1인 기업
제대로 시작하는 법

북 치고 장구 치고 돈까지 번다

1인 기업 제대로 시작하는 법

초판인쇄	2022년 1월 25일
초판발행	2022년 2월 4일
지은이	최서연 외 9인
발행인	조현수
펴낸곳	도서출판 더로드
기획	조용재
마케팅	최관호
편집	권 표
디자인	토 닥
주소	경기도 고양시 일산동구 백석2동 1301-2 넥스빌오피스텔 704호
전화	031-925-5366~7
팩스	031-925-5368
이메일	provence70@naver.com
등록번호	제2015-000135호
등록	2015년 06월 18일
ISBN	979-11-6338-225-6　03810

정가 15,000원

1인기업

1

제대로 시작하는 법

최서연
유현주
하민수
이지혜
최영자
박보경
김선희
라옥자
임화섭
김상미 지음

도서출판 더로드
The Road Books

1인 기업의 시대

'공저' 책 한 권을 여러 명이 같이 쓴다는 것은 장단점이 있습니다. 써야 할 원고 분량이 적으니 부담이 없어서 책을 처음 쓰는 사람에게는 좋은 기회이기도 하죠. 글을 써보는 경험도 하고요. 같은 목적을 가진 사람들끼리 쓰기 때문에 동기부여도 됩니다.

이전에도 두 권의 공저를 기획했어요. 보험설계사 독서 모임 공저는 중단된 사례입니다. 모두가 맞춰서 글을 써내야 하는 날에 연락이 안 되는 사람, 모두가 처음 글을 쓰는 건데 유독 혼자만 힘들다며 분위기를 흐리는 참가자로 인해 전체 균형을 맞추지 못하고 멈춰버렸어요. 간호사 독서 모임 공저는 첫 번째 경험을 바탕으로, 인원은 네 명으로 선정하고 출판사 대표와도 조율해 가며 출간할 수 있었어요. 출간을 해도 작가가 여러 명이기 때문에 '내 책이다'라는 애정 강도는 약해요. 홍보 활동에도 작가의 수만큼 의견 차이가 있어서 1인 출간일 때보다 속도가 느려요.

참여자와 기획자의 관점은 다르지만, 그후로 공저 작업은 하지 않았어요. 그런데 왜 또 공저하고 있냐고요? 네. 이 책의 주제인 제가 '1인 기업'을 시작했고, 누구나 1인 기업을 할 수 있도록 돕는 리더가 됐기 때문이에요.

2018년 1월 마인드맵 씽크와이즈 강사로 온라인, 오프라인 강의를 했어요. 일 년 동안 강의를 하고 돌아보니 커뮤니티의 필요성을 느꼈어요. 2019년 1월 카카오톡 단체 채팅방을 만들었어요. '책 먹는 여자의 BBM _Book, Binder, Mindmap'은 수강생들의 자기계발, 일상 이야기로 소통할 수 있는 공간으로 만들고 싶었어요. 2021년 11월 현재 700명의 수강생이 함께하는 플랫폼으로 성장하고 있어요.

강사 최서연은 나의 성장이 목표였지만, 리더 최서연은 함께하는 수강생들의 성장에 초점을 맞춰야 했어요. "어떻게 하면 1인 기업을 시작하게 도울 수 있을까? 그들이 더 나은 방법으로 사업을 하게 무엇을 도울 수 있을까?" 고민할 수밖에 없습니다. 그러던 차에 자이언트 북 컨설팅 이은대 작가님에게 제안을 받았어요. '격이 다른 공저'를 같이 기획해 보고 싶다는 연락을 받고 고민했어요. 시작했다가 예전처럼 포기할까 봐 두렵기도 했어요. 초점이 나에게 있으면 하지 않겠지만, 비비엠에서 활동하는 수강생들에게는 분명 기회였습니다.

비비엠 채팅방에 들어온 사연은 다양합니다. 우연히 유튜브에서 책 먹는 여자를 본 사람, 수업을 듣고 소통하고 싶어서 온 사람, 친구에게 소개받고 온라인 세상을 처음 접한 사람, 이대로는 더 이상 살면 안 될 것 같아서 독서 모임에 참여했던 사람 등, 모두 자신의 이야기를 하고 있습니다. 이 책은 이분들과 함께했어요. 1인 기업으로 뭔가 대단한 성과를 이룬 잘난 척하는 글을 쓰자는 취지가 아니었어요. 충고가 아닌 담담하게 내 이야기를 적다 보면 자신의 삶을 돌아볼 수 있는 경험을 하게 됩니다. 과거가 정리되면 미래가 불안하지 않고, 오늘을 어떻게 살아야 할지 결정할 수 있어요. 공저 작가들의 다양한 삶의 이야기가 책을 읽는 분들에게 위로와 자신감을 선물로 드릴 수 있어 기뻐요.

'나는 이렇게 살았고 지금 이런 걸 하고 있어요. 지금도 배우고 있지만 해보니 이런 점이 좋고 힘들더라고요.'

'아! 이런 사람도 1인 기업을 했네? 나도 해볼 수 있지 않을까?'

한 권의 책, 열 명의 글을 읽으며 도전할 용기를 얻는 것만으로도 이 책은 할 일은 했다고 봐요.

공저 작가들은 한마음으로 이야기하고 있어요.

"자신이 좋아하는 일이 있나요? 사람들에게 도움 주는 삶을 살고 싶나요? 가치 있는 일을 하면서 돈도 벌고 싶나요? 그렇다면 바로 1인 기업에 도전해 보세요."

공저 작가들의 시작이 이 책에 기록됐다면, 성과에 관한 이야기는 개인 출간을 통해 기다려보는 시간도 기획자인 저에게는 행복입니다. 김상미, 김선희, 라옥자, 박보경, 유현주, 이지혜, 임화섭, 최영자, 하민수 작가님과 공저 작업을 할 수 있어 감사해요. 응원해 준 비비엠 선배님들도 고마워요.

2016년 11월 이은대 작가님 책 쓰기 수업을 통해 작가 타이틀도 얻고 네 권의 책도 출간했어요. 시간이 흘러 책 쓰기 멘토와 프로젝트를 진행할 수 있는 경험도 1인 기업으로 성장하며 얻은 보너스입니다. 격이 다른 공저 기획부터 진행, 마무리까지 도와주셔서 감사해요.

당신의 풍요로운 성장을 돕는
책 먹는 여자 최서연

BBM방 비전

비비엠은 활기가 넘칩니다.
비비엠은 충만한 소속감을 갖습니다.
비비엠은 서로의 성장을 돕습니다.

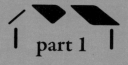

part 1

새로운 세계가
펼쳐지다

1) 〰〰〰〰 여자에서 사업가로

✳ 최서연

책상 앞에는 오프라 윈프리와 김미경 강사 사진이 붙여져 있다. 여자이자 사업가인 그녀들은 롤 모델이다. '지금, 이 상황에서 그들은 어떻게 할까?' 수업하다가 힘들 때, 예상치 않은 문제를 겪을 때마다 고개를 들어 묻는다.

"당신은 그 자리까지 가는 게 힘들지 않았나요?"

딸 다섯 중의 막내로 태어난 나는 가족의 따뜻함을 느껴보지 못했다. 초등학교 4학년 때 아빠의 죽음, 중학교부터 대학교까지 학비로 인한 엄마의 고통을 지켜보면서 빨리 돈을 벌고 싶었다. 여자로서의 엄마의 삶은 몇 점이었을까? 지금의 내 나이 때 딸 네 명을 키웠고, 마흔 중반이 넘어 아들을 얻으려고 임신했다가 나를 낳았다. 내가 엄마였다면 어떤 선택을 했을까? 여자보다는 엄마라는 이름으로 살아냈던 그녀를 생각하면 눈물부터 난다. 엄마의 기질을 이어받은 덕분에 나는 사업가가 됐다.

"엄마처럼 살지 않을 거야." 세상 딸들의 입에서 한번쯤은 나왔을 말이다. "너도 너 같은 딸 낳아서 키워봐라." 엄마들은 대꾸한다. 마흔이 넘어도 미혼인 나는 아직 나 같은 딸을 키우지도 않았는데 세상이 만만치 않음을 느낀다. 화장을 하다가 거울 속에서 엄마가 느껴질 때가 있다. '내 나이 때 엄마는 어떤 꿈이 있었을까? 무엇을 위해 이를 악물고 살았을까?' 나를 엄마에 대입해 본다.

여자 최서연은 엄마 심영숙의 진화된 모형이다. "내 뱃속에서 어떻게 너 같은 딸이 나왔을까잉." 서울에서 보험설계사를 할 때도, 코로나 때문에 오히려 사업이 잘 돼서 번 돈으로 가족들 여행비로 협찬을 할 때도 엄마는 물었다. "사람들이 너를 어떻게 알고 돈을 낸다냐?" 엄마는 아직도 궁금한 것이 많은 아이 같다.

엄마와 나는 닮았다. 궁금한 것은 해결해야 직성이 풀린다. 사람들이 불편해하는 게 있으면 해결해 줘야 발 뻗고 잔다. 언니들은 "엄마, 가만히 좀 계세요. 자기들이 알아서 하겠지…."라며 엄마를 말린 적도 많다. 그 피가 어디 갈까? 1인 기업을 하면서 블로그, 유튜브를 통해 사람들에게 도움이 될 정보는 꾸준히 올리고 있다. 딸이 그렇게 해서 돈을 버니 엄마는 내가 사는 세상이 신기하다고 한다.

딸 다섯 중에 사업을 하는 사람은 나밖에 없다. 엄마도 사업을 했다. 광주 대인시장에서 옷 장사를 했다. 재봉틀을 배워 직접 바짓단도 줄여줬다. 마진을 남기기 위해 어두운 밤 버스를 타고 서울 동대문 시장에서 옷을 떼 오기도 했다. 옷 장사를 하면서도 암웨이를 했다. 그러다가 정수기 사업을 했다. 알로에 화장품을 팔기도 했다. 옷 장사를 접고 의료기 침대 체험사업을 했다. 집에서는 한과를 만들어 새벽에 서울로 가져가 팔았다. 장사할 때 썼던 재봉틀로 집에서 수의를 만들었다. 조그마한 부엌은 작업 공간으로 변했다. 수의 다림질을 할수록 엄마의 주름은 늘었다. 생활비가 들어오는 만큼 엄마의 손과 팔뚝에는 다림질하다가 데인 상처가 늘었다. 엄마에겐 상처가 훈장이었다.

"우리 엄마는 왜 그럴까?" 어렸을 때 이런 생각을 한 적이 있다. 이제는 하는 일만 다를 뿐 나도 엄마처럼 살고 있다. 엄마는 자신의 꿈이 아니라 자식을 위해서였다. 얼마나 무섭고 힘들었을지 나이 마흔이 넘어서야 알 듯하다. 나는 꿈을 위해 엄마처럼 살고 있다. 광주에서 대학병원 간호사로 근무했고, 서울로 올라와서 보험회사에 다녔다. 생활비가 부족해서 주말에는 아르바이트를 했다. 해외에서 물건을 사서 팔아보기도 했다.

직장인에서 영업인으로 변했을 때 '보험설계사 최서연'이길 바랐다. 안타깝게도 고객들에게는 이름 없는 '그냥 설계사'일 뿐이었다. 나만은 나를 사랑하고 존중해 주자는 마음으로 보험영업 5년을 하며 버텼다. 무조건 버티지 않고 슬럼프가 올 때마다 자기계발 강의를 들었다. 덕분에 마인드맵, 3P 바인더 수강생에서 강사로 탈바꿈했다. 일반인을 강사로 만들어 주는 리더가 됐다. 23살 간호사 최서연은 41살 기업가로 성장했다. 세상을 탓하며 불평불만으로 보내던 소녀는 세상을 위해 무엇을 할 수 있을까 고민하는 어른이 됐다.

나는 엄마의 꿈이다. "엄마가 요즘 세상에 태어났으면 하고 싶은 거 다하면서 엄청나게 성공했을 텐데….'라고 말한 적이 있다. 아이디어, 실행력은 엄마에게서 받은 선물이다. 그것을 나누는 사람이 되려 한다. "나는 수천, 수만 명에게 기여하는 사람이다." 매일 외치는 확언이다.

'사업'의 사전적 정의는 "어떤 일을 일정한 목적과 계획을 세우고 짜임새 있게 지속해서 경영함" 또는 "주로 생산과 영리를 목적으로 지속하는 계획적인 경제 활동"이다. 여자 심영숙의 딸 최서연은 사업을 이렇게 정의한다.

"내 이름을 걸고 타인의 문제를 해결하고 도와주며 정당한 대가를 받는 의미 있는 활동"이라고 말이다. 누구의 엄마에서 자신의 이름으로 세상 밖으로 나올 당신과 함께할 내일이 기대된다.

내가 할 수 있을까

※ 유현주

퇴사하기로 마음을 먹었다. 차라리 아무도 없으면 혼자 하면 될 텐데…. '왜 나만 일이 많은 걸까?'라는 불만이 마음속에 가득했고, 불만은 겉으로 나타나기 시작했다. 일을 분배하는 과정에서 오해가 생겼다. 관계가 껄끄러워졌고, 동료들과 함께하는 시간이 편하지가 않았다. 장거리 출퇴근을 핑계로 회사에 사직서를 냈다.

나의 22년 직장 생활, 그중 퇴사한 곳에서의 17년은 약간의 아쉬움을 남긴 채 마침표를 찍었다. 그 당시에는 서운한 감정도 있었고, 그간의 노력이 인정받지 못했다는 생각에 마음이 좋지는 않았다. 회사에 없어서는 안 될 사람이 되려고 노력했지만, 최선을 다했는지 생각해 보면 그건 아니었던 것 같다. 설사 어느 부분에서는 최선을 다했다고 하더라도 나의 역할은 한계가 있지 않았을까 생각해 본다. 내가 잘할 수 있는 일이라서 오랜 시간 하고 있었지만, 내가 진심으로 좋아하는 일은 아니었다는 것은 일하는 중에도, 일을 그만둔 후에도 확실하게 느낄 수 있었다.

퇴사 후 10개월쯤 후에 집과 가까운 곳으로 취업이 됐다. 하지만 이미 1인 기업의 달콤함을 경험한 뒤라서 오래 일하지 못했다.

17년 동안 두 아이를 키우며 참 열심히도 다녔다. 그만두고 싶을 때도 많았고, 아침에 일어나 출근하기 싫은 날도 참 많았다. 중2가 된 첫째 딸은 12시간을 어린이집, 유치원, 학교 돌봄 교실에 있어야 했다. 아이 한 명도 힘들었기 때문에 외동으로 키울 생각이었다. 아이 한 명에게 쏟아지는 시선이 아이를 힘들게 한다는 생각을 하게 되면서 둘째를 낳았다. 남편도 나도 마흔이 넘었을 때다. 7살 터울, 그리고 다른 성별이라 더 힘들었지만, 현재 훌쩍 큰 둘째 아들을 보며 잘한 결정이라는 생각이 든다. 직장을 다니며 두 명의 아이를 키우는 건 쉬운 일이 아니었다. 그때 나는 왜 다른 일을 생각해 보지 않았을까? 변화를 두려워했고, 내가 알고 있는 그 세상이 전부인 줄 알고 지냈던 것 같다. 누군가 내게 그때 새로운 세계가 있다는 것을 알려 주었다면 지금 나는 어떤 모습으로 살고 있을까? 누군가 알려주었더라도 나는 받아들이지 않았을 것 같다.

퇴사하기 전 우연히 블로그를 시작하게 됐다. 블로그를 하면서 45년 동안 몰랐던 세상을 알게 됐다. 블로그, 유튜브 등 신세계를 접하면서 온라인 세상에도 이웃이 있다는 것을 알게 됐고, 이웃의 글을 통해서 현재 1인 기업을 잘 운영해 나가고 있는 최서연 작가의 유튜브 강의를 들었다. 감사 일기를 정기구독하게 됐고, 온라인 세상이라는 새로운 세계가 내 앞에 펼쳐졌다.

2년여 전까지 나는 아침에 일어나는 게 힘든 사람이었다. 알람이 울려도 한 번에 일어난 적이 없었다. 늘 10분만 더…, 5분만 더…, 하다가 마을버스 타러 뛰어가고, 지하철 타러 뛰어갔다. 아침 식사를 못해서 저혈압 증상으로 지하철 안에서 주저앉아 있었던 일도 생각난다. 몸무게도 늘고, 만성 피로에 감기 증상과 허리 통증 때문에 내과와 한의원을 자주 다녔었다. 이랬던 내가 SNS 세상에서 마음이 맞는 분들을 만나 지금은 미라클 모닝 프로젝트를 운영하고 있다. 초반에는 운영하면서 실패하는 날이 많았다. 알람이 울리면 일어나서 아침 루틴을 해야 하는데, 일어났다가 다시 잘 때도 있었다. 실패도 반복하다 보니 이제는 어느 정도 습관이 잡혔다. 다음 날 해야 할 일을 전날 적는다. 자기 전에 내일 아침 루틴을 해냈다고 선언하고 나서 눈을 감는다. 그러면 다음 날 알람이 울리자마자 벌떡 일어나 물을 마시러 주방으로 나간다.

특히 성공자들의 아침 습관을 따라 하기 위해 노력하고 있다. 묵상, 플랭크, 감사 일기 쓰기, 확언, 독서를 한다. 미라클 모닝과 아침 습관 실천이 가능했던 이유는 성장을 원하는 분들과 현재까지 함께 하고 있기 때문이다. 회사 동료와는 다른 끈끈한 유대감으로 미래를 위한 투자와 자기계발 노력을 응원하며 서로가 서로에게 환경이 되어 주고 있다. 미라클 모닝과 성공자들의 아침 습관을 따라 하는 일 모두 중요하지만 급하지 않은 일이다. 혼자 했다면 중간에 포기했을 게 뻔하다. 하지만 함께 실천하는 분들이 있었기 때문에 오랫동안 지속해 올 수 있었고, 미라클 모닝을 시작으로 또 다른 새로운 일들을 계획하고 도전하게 됐다.

　이 모든 일의 시작은 자신감이었다. '내가 할 수 있을까?'에서 '나도 할 수 있어!'로 바뀌었다. 자신감 덕분에 참여자에서 리더가 됐고, 생각 속에만 있던 일들을 꺼내놓기 시작했다. 좋아하고 해야 하는 일들이지만, 귀찮고 중요하지 않다는 이유로 실천하지 않았던 일들을 시작했다. 독서, 배움, 글쓰기, 만남, 여행, 파이프라인 구축하기 등등. 첫 번째로 독서를 시작했고, 독서 모임에 참여하며 독서 모임의 리더가 되었다.

　두 번째, 배움에 많은 시간과 재정을 투자했고, 내가 강의를 하는 경험도 했다. 세 번째, 글쓰기를 시작했다. 블로그와 인스타그램에 나의 일상, 정보를 공유했다. 이웃과 팔로워 수가 늘어났고, 내 글에 '좋아요'와 댓글을 남겨주는 분들이 생겼다. 네 번째, 만남을 많이 가졌다. 직장을 다니느라 평일은 시간이 안 되고, 주말에는 피곤해서 쉬기 바빠 주위를 둘러볼 수 없었던 때와는 달리, 지금은 사람과의 만남을 통해 즐거움과 에너지를 얻는다. 다섯 번째, 여행도 많이 할 수 있었다. 가족여행, 일을 겸한 여행, 휴식을 위한 여행, 친정나들이까지 직장을 다니면서 할 수 없었던 자유로움을 만끽하고 있다. 여섯 번째, 다양한 파이프라인을 구축하기 시작했다. 스마트 스토어, 네트워크 마케팅 등 온, 오프라인 유통 플랫폼 비즈니스 사업, SNS 프로젝트 리더, 주식 투자를 통해 수입을 늘려가고 있다.

급하지 않지만 중요한 일들을 먼저 해내면서 계속 성장하고 있다. 이제 어떤 일이든 '내가 할 수 있을까?'라는 질문을 하지 않는다. '해보자.' '할 수 있어!' '어떻게 하면 되지?' 로 바뀌었고, 먼저 해본 분들에게 조언을 구해서 알려주는 대로 일단 실천하고 있다. 이렇게 할 수 있게 된 건 주변의 도움이 크다. 주변 사람 대부분이 이런 성향을 지녔기 때문이다. 환경이 얼마나 중요한지 다시 한 번 느끼게 된다. 나는 지금 어떤 사람을 만나고 있는가? 새로운 세계를 함께 펼쳐나갈 사람이 있어서 감사하다.

③ 나도 세상에 나가고 싶다

✳ 하민수

나의 하루는 세 아이를 깨우는 것으로 시작했다. 아이들이 잠에서 깨면 먹이고 입히고 놀이터에 나가 같이 놀았다. 집에 돌아와서는 씻기고 먹이고 책 읽어주고 자장가를 불러주며 재웠다. 틈틈이 아이들 먹을거리 장만에 빨래, 청소까지 하다 보면 나의 하루는 쉴 틈이 없었다. 낮잠이라도 잤으면 조금 쉴 텐데, 아이들이 낮잠도 일찍이 뗐기에 나는 휴식다운 휴식 없이 하루하루를 보냈다. 지친 하루를 아이들을 재우는 것으로 겨우 마무리하고 나면 '오늘 하루도 잘 버텨냈구나' 하는 안도감과 함께 허무함이 밀려왔다. 나는 잘 하고 있는 걸까. 매일 밤 허무함을 달래려고 무언가 해보고 싶다는 생각을 했지만, 내가 처한 현실에서는 답이 나오지 않았다. 아이들을 돌보는 기쁨과는 별개로 느껴지는 답답함이었다.

아이를 낳기 전에는 아이 낳고도 일하는 여성이 될 수 있을 거라고 생각했다. 백일만 아이에게 집중하면 백일의 기적을 맛볼 수 있을 줄 알았다. 그 생각이 나의 바람일 뿐이라는 것은 첫아이를 낳던 날 깨닫게 되었다. 첫째 아이는 태어나자마자 구급차로 대학병원에 이송됐다. 나는 아이밖에 보이지 않았다. 감사하게도 아이는 무사히 내 품에 돌아왔지만, 그후로도 몇 년 동안 아이만 생각하고 지냈다. 그리고 나는 내가 어떤 사람이었는지조차 잊게 되었다. 공부하던 책들에는 먼지가 쌓여갔다. 집 안의 모든 자리는 육아용품으로 들어찼다. 책을 펼 여유도 없었고 서서히 독서대 펼 자리도 없어졌다. 아이가 둘이 되고 셋이 되면서 더 이상 내 책상도 필요 없게 되었다. 무난한 출산과 육아를 하면서 재취업이나 복직에 성공하는 사람들이 너무 부러웠다. 무난한 삶은 축복이었다. 나는 그 축복을 받지 못했다는 생각에 점점 더 작아져 갔다.

　내가 해야 하고 할 수 있는 일은 아이들을 건강하게 키우는 일뿐이었다. 세 아이를 키우면서 나는 사회와 더욱 멀어졌다. 가정만이 내가 있을 곳이고, 내가 속한 사회는 아이들이 다니는 어린이집 엄마들이 전부였다. 어린이집 엄마들과는 매일 비슷한 이야기를 했다. 대화를 나누는 순간에는 재미도 있고 공감과 위로도 받았다. 그런데 밤이 되면 내가 왜 그 사람들의 시댁 이야기를 듣고 있어야 하는지 모르겠다는 생각이 들었다. 점점 그곳을 나오고 싶은 마음이 커졌다. 이건 내가 원하던 삶이 아니었다. 나는 다른 사회를 원했다.

　세상에 나가고 싶었다. 일하고 싶었다. 나도 말끔한 옷을 입고 회사로 출근하고 싶었다. 내 통장에 들어오는 월급을 받고 싶었다. 결혼을 해서도 당연히 직장을 다니고 있을 거라 생각했다. 잘나가는 직장인이 되어 있을 거라 생각한 건 꿈일 뿐이었다. 내 삶이 부끄럽고 자신 없었다. 어쩌다 한 번씩 용기가 생길 때면 이만한 대학 나왔으니 지금이라도 어디든 취업할 곳이 있지 않을까 하는 생각이 들었다. 용기가 더 생기는 날에는 아이들이 잠든 후 혹시나 해서 채용 사이트를 뒤졌다. 결과는 그야말로 넘사벽이었다. 내가 원하는 곳에서는 나를 원하지 않았다. 게다가 나는 아이들을 두고 출근할 용기조차 없었다.

10년을 집에서 육아만 하던 내가 할 수 있는 것은 부러워하는 일 뿐이었다. 직장 맘 지인들의 볼멘소리조차 내 부러움의 대상이었다. 유튜브나 SNS를 통해 당당하게 살아가는 사람들의 모습을 그저 동경했다. '그 사람들은 조건이 좋았겠지, 아이들이 순했겠지, 아이들 돌봐주는 사람이 있을 거야, 남편이 육아를 같이 하겠지.' 나는 가지고 있지 않은 조건들이었다. 그런 생각이 다시 한 번 나를 가뒀다. 포기하다가도 다시 보게 되는 성공한 여성들. 그들의 삶에는 공통점이 있었다. 하나같이 책을 읽고 실천하고 있다는 것이었다. 책이라면 교육 서적과 문학이 전부였던 나인데, 그때부터 성공한 사람들이 추천하는 책을 읽기 시작했다. 책을 읽다 보니 나도 한번 나의 소리를 내볼까 하는 생각이 들었다. 책에서 목소리를 내는 여자들, 엄마들의 삶이 점점 가까이 느껴졌다. 지금의 내 모습이 그들의 과거와 같으니 나도 그들처럼 목소리를 낼 수도 있겠다는 용기가 조금씩 생겨났다.

나를 드러내는 사람들의 용기를 닮고 싶었다. 유튜브 특히 김미경 TV를 통해 알게 된 책들을 읽으며 나는 세상을 바라보는 시야를 넓혔다. 집 밖은 그야말로 신세계였다. 책을 꾸준히 많이 읽는 것은 기본이고, 자기 관리도 잘하면서 자신의 일로 돈을 벌고 있었다. 이제는 나도 멈춰있을 수 없었다. 나도 그 세계로 들어가고 싶어 SNS를 시작했다. 그곳은 내 자리를 내가 만들면 되는 곳이라 조금의 용기만 있으면 됐다. 계정을 만들어 놓고 배울 점을 찾자는 마음으로 해보고 싶은 것들에 하나씩 참여했다. 처음에는 아이들과의 시간이 빼앗기는 것 같았지만 점점 기준이 생기고 조율할 수 있게 되었다.

다이어트 모임에도 참여하고, 독서모임에도 참여했다. 꿈을 찾기 위해 꿈 지도 강의도 듣고, 시간 관리를 위해 바인더 강의도 들었다. 감사일기도 쓰고 필사와 글쓰기 모임도 참여했다. 그리고 한 1년을 최서연 작가가 운영하는 BBM에서 흐름을 읽어갔다. 그러다 보니 나도 무언가 시작해 보고 싶은 생각이 들었다. 그때 최서연 작가와 유현주 선배가 하는 말이 내 가슴에 꽂혔다. "다른 사람들이 선배님한테 자주 하는 질문을 생각해 보세요." "선배님도 할 수 있어요. 일단 시작해 보세요." 그 말들이 몇 달 동안 내 귀에서 떠나지 않았다. 가슴이 두근거렸다. 프로젝트를 시작해 봐야겠다는 용기가 생겼고, 나도 모르게 이름을 짓고 있었다. 머릿속에 떠오르는 단어들, 내가 생각하는 모임의 가치들을 적어보다가 며칠 만에 이름이 완성됐다. 아름다운 나를 만나는 시간, '아만나'였다.

육아만 하던 사람이라 육아 말고는 아무것도 할 수 없을 줄 알았다. 하지만 나에 대해 깊이 생각해 보니 그동안 경험하고 다듬었던 것들이 있었다. 생각도 못했는데 사람들이 나에게 묻는 것들이 과연 있었다. 그것이 누군가에게 도움이 될 수 있다는 생각을 가지고 용기를 냈더니 나의 일이 되었다. 나는 세상을 향해 한 발자국 내디뎠고, 아이들과 남편만 바라보던 눈이 나 자신과 세상도 볼 수 있는 눈으로 바뀌었다. 새로운 세계에 나가보니 내가 더 행복해졌고, 내 가족이 더 소중해졌다. 앞으로도 일하는 여성으로 나의 일을 만들어 가면서 누군가의 성장을 돕는 사람이고 싶다. 특히 세상에 나가고 싶어 하는 주부들에게 도움이 되는 1인 기업인이 되고 싶다.

4 벗어날 수 있다면

이지혜

드디어 벗어났다. 임상병리사로서 마지막 근무일에 나는 깃털처럼 가벼운 발걸음으로 병원을 나섰다. 이제 정말 끝이다. 몇 번을 돌아갔던가.

병원에서 14년간 근무했다. 사회 초년생에게는 길게 느껴질 수 있고, 30년 차 직장 선배님이 보면 아직 갈 길이 멀다 느껴질 경력이다. 3년 차, 6년 차, 10년 차에 고비가 있었다. 10년 차 이후부터는 매해 고비였다. 첫 직장을 6년 다녔고, 그 후 2년 이상 근무한 병원이 없었다. 병원 일을 다시는 하지 않겠다고 퇴사했다가 다시 입사하기를 반복했다.

처음에는 임상병리사일만 아니면 될 것 같았다. 운 좋게 청각사로 취업을 했고, 청각 장애가 있으신 분들과의 소통을 하며 사회복지사의 꿈도 키웠다. 그러나 100만 원 대의 월급을 받다가 현실의 벽에 부딪혀 임상병리사로 다시 돌아갔다. 그다음은 대책 없이 퇴사를 했다. 몇 달 공백을 갖고, 취직이 어려운 서른 살이 되었다는 걸 깨달았다. 결국 서른의 미혼 여성을 환영해 주는 병원이 나타나자 바로 취업을 했다. 다음에는 대비책을 세웠으나 마음의 준비가 단단하지 못한 채 퇴사를 했다. 누군가 "직업이 뭐예요?" 물을 때 "임상병리사예요."라고 답하지 못하는 것이 아쉬워서 다시 돌아갔다.

참 많이도 실패했다.

왜 그토록 벗어나고 싶었을까? 사람들은 "병원 잘 다니지 왜 나왔냐?"고 많이들 묻는다. 나는 병원을 다니면서도 투잡, 쓰리잡에 대학원 공부까지 수료할 정도로 다양한 일과 공부에 호기심이 많았다. 여러 가지를 경험하다 보니 내가 잘할 수 있는 다른 것이 있는

지 찾고 싶었다. 누구나 자신의 한계가 어디까지인지 넘고 싶다는 욕구가 한번쯤은 있지 않을까 생각한다.

또 무엇보다 경제적으로 자유롭고 싶은 욕심이 있다. 사업을 하셨던 아버지께서는 우리에게 안정적인 직장을 원하셨지만, 안정적인 월급으로는 한국 사회에서 집 한 채 사기가 어렵다. 어쩌다 특별한 날에 부모님께 멋들어진 식사 한 끼 대접하려면 세 자매가 몇 달간 돈을 모아야 했기 때문이다. 현실적인 문제 등 여러 가지 이유에 의해 나는 병원에서, 직장인에서 벗어나려 부단히 노력했다.

처음 벗어나야지 한 것은 가벼운 시작이었다. 성장을 위해 공부했고, 배움이 축적되자 도약하고 싶었다. 기왕이면 더 높이 오르고 싶었다. 두 번째는 어린 시절에 꿈꿨던 꿈을 찾았을 때였다. 아주 강렬하게 벗어나고 싶었다. 어린 시절 미뤄둔 심리학도 꿈을 이루고 싶었기 때문이다. 강한 열망은 현실과 부딪혔고, 깨지고 부서지자 다시 원래의 내 자리로 돌아갔다. 마지막 세 번째는 내 일을 하고 싶었다. 단순히 돈을 버는 경제 행위가 아니라 내가 가진 경험과 재능으로 세상에 더 많은 사람에게 전하고 싶고, 세상을 이롭게 하고 싶다는 마음이 생기자 '직장'이라는 틀에서 벗어나 더 좋은 일을 하고 싶었다.

임상병리사란 환자의 병명을 진단하는 데 필요한 각종 검사를 진행하는 의료 기사다. 대학병원에서 주로 진단 검사의학과, 조직 병리과, 뇌 심장기능 센터 등 다양한 분야에서 검사를 하고 있다. 환자의 팔에서 피를 뽑고, 그 피를 이용해서 각종 혈액 검사를 시행한다. 또한 암 환자의 악성 세포와 양성 세포를 확인하는 조직 병리 검사도 하고, 뇌 혈류와 심장기능 검사, 폐 기능검사 등 환자의 건강 상태를 진단하는 데 도움을 주는 검사를 하는 직업이다.

첫 직장은 건강검진 센터였다. 처음 3년간 설렘을 아직도 기억한다. 매일 같은 업무지만 효율적인 프로세스를 위해 프레젠테이션도 하면서 적극적으로 일했다. 자부심도 있었다. 내가 한 검사 결과 데이터를 기반으로 의사가 환자의 병명을 진단하는 데 도움이 되기에 즐거웠다. 학교 다닐 때는 학사경고 위기를 맞았던 나였지만, 병원 업무를 알아 가면서 질병에 대해 공부도 많이 했다.

천직이라고 여기고 활기차게 일하다 보니 4년 차 직장인이 되었다. 그때부터였다. 연봉이 더 높은 곳을 향하기 위한 자기계발이 시작되었다. 병원에 관련된 각종 자격증을 취득했고, 대학원을 준비했다. 자격증 뽀개기를 하듯이 여러 개를 취득하고 바쁘게 살았다. 병원에 관련된 새로운 자격증들을 취득했다. 청각사, 사회복지사, CS 강사 등등…. 아무리 채워도 갈증이 해소되지 않는 것 같았다.

사회복지사를 해보면 어떨까? 청각사가 되어볼까? 나도 강사가 될 수 있을까? 병원에서 벗어나기 위해 다른 분야를 기웃거리며 구직 사이트를 뒤적거리는 것이 일상이었다.

임상병리사의 길을 벗어나기 위해 많은 것을 배웠지만, 여전히 직업란에 '임상병리사'를 적는 나였다. '내가 공부한 것들을 모아서 무언가 만들 수는 없을까?' 질문했다. 질문하면 답을 주나보다. SNS 에서 만난 최서연 작가님을 통해 독서모임에 처음 참여하게 되었고, 작가님의 추천으로 '1인 기업'이라는 강의를 접하게 되었다. 1 인 기업. 내 모든 경험이 지식사업으로 연결되는 것. '아! 내가 찾던 것이 바로 이거다.' 확신이 들었다.

1인 기업이 되기 위해 노력하는 과정 중에서도 엎어지고 쓰러졌다. 하지만 포기하지 않았다. 나의 경험과 지식이 콩이라면 맷돌에 맛있게 갈아내고 싶었다. 나라는 사람이 맷돌이 되어 맛있는 두부, 비지를 만들어 다른 사람들에게 유익하게 전달하고 싶었다. 정확히 1인 기업 공부를 시작하고 1년 1개월이 지난 후, 나는 '확신'을 가지고 임상병리사의 길에서 벗어났다.

수차례 퇴사했기에 확신을 안고 퇴사했다는 것은 중대한 사건이었다. 누군가는 14년이나 걸렸다고 할 수도 있겠지만, 나에게는 간절한 길이었다. 길을 찾기 위해 질문하고, 새로운 것을 받아들이기

위해 마음을 열었더니 기회들이 찾아왔고, 드디어 벗어났다. 음악
소리가 들리는 듯 경쾌한 발걸음으로 말이다.

⑤ ～～～～ 더 높은 곳을 향하여

※ **최영자**

세일즈를 시작했다. 아이가 많았다. 결혼 전처럼 내가 원하는 대
로 조건을 맞추어 할 수 있는 일을 찾기는 어려웠다. 일을 포기하고
싶지 않았다. 집에서 아이들만 키우며 사는 것이 행복하지 않았다.
일하는 멋진 여자로, 엄마로 살아가고 싶었다.

산후 우울증으로 힘들어하고, 연년생 두 아이를 키우며 살고 있
을 때 친구로부터 소개받아 세일즈를 시작하게 되었다. 면접을 보
러 간 날 다른 생각은 없었다. 예쁘게 나를 꾸미고 멋지게 출근할
곳이 생겼다는 사실만으로 설렜다. "여보! 나 좀 도와줘. 나 한번 해
보고 싶어!" 라고 말했을 때 남편은 네가 무슨 영업을 하느냐고 걱
정했지만 반대하지는 못했다.

"그럼 한번 해봐. 한 달만 해보면 포기하고 들어오겠지."라고 남편은 말했지만, 3개월 만에 실적 우수교사로 베트남 하롱베이 해외여행 프로모션까지 달성했다. 나의 노력과 성과로 해외여행도 다녀왔다. 신기한 첫 경험이었다. 실적으로 회사에서 해외여행을 가다니. 결혼 전에는 이런 나를 한 번도 상상해 본 적이 없었다. 평범하게 직장 생활을 하면서 받는 월급이 전부였었다. 누군가를 설득하고, 일하는 만큼 월급을 받고 성과를 내는 일은 처음이었다. 그 사실을 직접 경험하고 나서 세일즈에 재미를 더 느꼈다.

책 세일즈로 시작해서 화장품, 보험설계사까지 해오면서 어떤 한계에 부딪히면 극복하지 못했다. 그럴 때마다 마음이 힘들었다. 무엇 때문일까? 왜 오래 하지 못하고 한계에 부딪히는 것일까? 그것은 내가 만나는 고객과의 문제보다는 영업조직의 체계, 함께하는 사람들과 관련하여 생기는 크고 작은 문제들이었다. 일을 좀 잘하면 목표는 나 자신의 목표가 아닌 조직의 목표를 따라야 했다. 매출이 곧 인격이었다. 따르지 않으면 힘들어지는 그런 관계 속에서 방황도 했었다. 그러다가 네트워크마케팅을 시작한 지 6년이 되었다. 세일즈를 해오면서 다양한 분야를 공부하게 되었고, 그렇게 쌓인 경험이 많은 도움이 되고 있다.

세일즈의 매력은 시간적 자유가 있다는 점이다. 아무리 워킹 맘이지만, 내 자식을 제대로 키우지 못하면서 일만 하고 싶은 엄마는 없을 것이다. 나 역시도 그랬다. 아이들도 보살피면서 일에서도 스스로 책임을 지는 사람이 되고 싶었다. 가정과 일에 있어서 시간의 분배와 계획은 아주 중요한 문제였다. 지금의 일에서도 여러 번의 고비는 있었지만, 그전에 한계 앞에서 스스로 포기했던 것과는 달리 넘고 싶다는 생각이 들었고, 순간마다 따르는 고통도 감내해 내기로 자신을 다독이고 노력했다. 그만큼 나에게는 가치 있는 일이었고 지키고 싶었다. 혼자서 눈물을 흘린 날도 많았다. 하지만 포기는 없었다.

최선을 다해 일했고, 목표를 정하고 계획을 잡아서 행동으로 실천하며 앞만 보고 나아갔다. 3개월 만에 첫 번째 직급, 1년 만에 두 번째 직급, 2년 만에 세 번째 직급인 국장을 달성했다. 국장 달성 기간에는 10년 만에 다시 나에게 넷째 아이라는 커다란 변수가 찾아왔지만 가족들, 함께 일하는 파트너들과 극복하며 즐겁게 일했다. 국장이 되고 나서 아이는 태어났고, 50일 만에 다시 현장으로 복귀했다. 누가 시킨 것이 아니고 현장을 뛰며 신나게 일하는 게 더 즐거웠고 파트너들이 원하기도 했다.

나만의 성공이 아닌 함께하는 파트너들의 성공을 위해 그래야만 했었다. 사실 그때 나의 빈자리로 인해 다시 조직이 무너지는 건 아닐까 하는 두려움도 있었다. 어쩌면 그 두려움이 다시 뛰게 한 것인지도 모르겠다.

남편이 육아휴직을 하고 100일까지 아기를 키웠다. 그 후로도 늦둥이 육아는 온 가족이 함께하고 있다. 나의 목표에 함께 도움을 준 가족들을 위해 열심히 일했다. 가족들이 없었다면 상상도 못했을 것이다. 나의 의지와 가족의 도움으로 꾸준함을 유지할 수 있었다. 2020년 새해 다음 직급으로 오르기 위한 계획을 준비하고 다짐하며 파트너들과 2019년 12월 송년 파티를 마무리했다.

일은 생각대로 진행되지 못했다. 2020년 1월 말 우리에게 찾아온, 그 누구도 상상하지 못했던 바이러스, 코로나19 팬데믹이 모든 것을 멈추게 했다. 수많은 인원이 함께 모여 진행하던 세미나는 전면 취소되고, 센터마다 집합 금지명령 행정처분이 내려왔고, 우리는 집에 있어야 했다. 무서운 바이러스 공포였다.
2020년 2월과 3월 두 달을 그렇게 보내며 '무엇을 어떻게 해야 하지?' 라는 고민에 빠졌고 막막했다. 다시 또 안 되는 걸까? 다시 한계가 찾아온 것일까? 두렵고 겁났다. 그렇게 포기할 수는 없었고, 아무것도 하지 않고 있을 수는 없었다. 지금까지 해오던 방법들과는 다르게 무언가를 해야 하는데 그게 뭐지? 계속 생각하다가 유튜브를 통해 김미경 학장의 북 드라마 채널을 보게 되었고, 알고리즘을 통해 존 리 대표의 다양한 강의를 보면서 경제 공부를 새롭게 해야겠다는 생각도 했다. 거기서 최서연이라는 사람을 보게 된다.

김미경 학장과 존 리 대표는 누구나가 알 수 있는 공인인데, 최서연이라는 사람은 누구지? 평범한 사람인 것 같은데, 존 리 대표와 인터뷰를 해서 본인의 유튜브에 올렸다. 그렇게 그녀에 대한 검색을 마치고 인스타그램을 통해 쪽지를 보내고 감사 일기와 독서 모임 리더 과정이라는 것에 참여하게 되었다.

그 후 최서연 작가가 운영하는 오픈톡방, BBM(Book, Binder, Mindmap)이라는 곳을 알게 되었다. 온라인 공간, 많은 사람이 이미 그곳에서 함께하고 있었다. 신기한 세상이었다. 새로운 세상이 거기 있었다.

오프라인을 통해서 사람을 만나 나를 알리고 정보를 전하던 내 사업이 발이 묶였다고 생각했지만, 온라인을 통해 이런 세계도 있다는 것을 알게 되고, 그렇다면 나는 여기서 내 사업을 알릴 기회를 만들 수도 있겠다는 생각이 들었다. 또 다른 무언가를 배우고, 그로 인해 나 역시도 더 나은 사람이 되면서 한 발 더 성장할 수 있겠다는 희망이 생기기 시작했다. 그렇게 나는 온라인 1인 기업 시장을 알게 되었다.

코로나가 준 선물이다. 2020년 4월부터 감사 일기를 쓰기 시작했다. 평범한 일상이 감사임을 알게 되고 조금씩 생각을 바꾸기 시작했다. 이 새로운 세계에서 다시 한 걸음 높이 뛰고 싶어졌다. 더 높은 곳을 향하여 나의 1인 기업 도전은 그렇게 시작됐다. 위기를 기회로 바꾸었다.

6 ──── 그래, 나도 꿈이 있었지

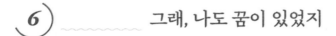

박보경

꿈이 멀리 있을 때는 그렇게 간절히 원하다가 막상 그 꿈이 가까이 오면 알아채지 못하고 딴 곳만 보거나 그냥 지나쳐버리는 경우가 있다. 2년 전 내가 그랬다. 그날 하루 종일 번 돈 3만 원. 그 숫자를 보고 훌쩍거리기 시작해 한 시간을 펑펑 울었다. 호기롭게 차려놓은 공간의 화장실 앞에서 쪼그리고 앉아 울었다.

대한민국 사교육 시장에서 15년 동안 일했다. 강의, 학원, 과외등등 할 수 있는 것은 다 했다고 생각했고, 더 이상 틀에 박힌 교육은 싫다, 정말 행복할 수 있는 교육을 하겠다며 공간을 만들었다. 남편과 나는 꿈을 이루기 위해 다니던 회사를 그만두었다. 하지만 드디어 꿈이 이루어진다며 신났던 우리에게 초심자의 운 따위는 없었다. 모아둔 돈은 임대료로 다 쓰고, 융통할 수 있을 줄 알았던 돈은 막혀버리고, 당장 다음 달 생활비조차 여유가 없었다. 그렇게 시작한 우리는 계속 계단을 내려가기만 했고, 결국 지하 저 깊은 곳까지 내려갔다. 돈이 없어도 이렇게 없을 수 있구나 싶었다. 우리는 점점 돈이 없는 상황과 역시나 하루 10만 원이 채 되지 않는 카페 매출에만 집중하게 되었다. 그렇게 세상에서 가장 불쌍한 사람인 것처럼 살았다. 불꽃이 터지는 것처럼 벅차게 꿈을 꾸다가 그 꿈을 잃고 땅속 깊이 내려가는 데까지 6개월, 바닥만 내려다보며 모든 행복 다 잃고 살기를 1년. 그렇게 꿈꾸던 공간을 만들어 놓고 돈에 시달려 오히려 그 공간을 원망하고 있었다. "괜히 이걸 차려서는 장사도 안 되고, 이제 어떻게 살아." 그러다 이 원망은 점점 남편에게로 향하기 시작했고, 우리는 서로를 향해 날을 세웠다. 돈도 없고, 희망도 없고, 원망만 커져가는 최악의 상태가 되었다.

그러던 어느 날, "어? 내가 그렇게 꿈꾸던 것이 여기에 있네?" 작은 촛불이 켜졌다.

언제나처럼 마감을 하고 있었다. 그날의 매출이 얼마든 마감 시간은 어김없이 왔다. 마감 후 매출을 확인하는 시간은 항상 두려웠다. 아니, 사실 두려울 것도 없이 그날 커피를 몇 잔 팔았는지 기억하는 날이 더 많았다. 그날도 열 손가락으로 방문한 손님 수를 셀 수 있는 날이었다. 빗자루가 바닥을 쓰는지, 내 한숨이 바닥을 쓰는지 모를 정도로 깊은 한숨을 내쉬다 확인한 포스기의 당일 순이익 3만 원. 최악의 매출을 갱신한 그날 화장실 앞에 쪼그리고 앉아 한 시간을 울었다. 이렇게 한 달 30일 장사해도 버는 돈이 90만 원, 그 돈이면 우리 가족생활비도 안 되는데 이제 정말 죽겠다 싶었다. 세상이 무너지는 것 같았다. 아니, 차라리 세상이 무너졌으면 싶었다. 꺼이꺼이 소리 내어 우는 동안 남편은 내 옆에 오지도 못했다. 조금 울음이 그칠 때 다가왔던 남편에게 화를 내며 소리를 질렀는지, 끌어안고 더 울었는지 기억이 나지 않는다.

실컷 울고 나와서 의자에 앉았다. 평소에는 잘 앉지 않는 카페 안쪽 자리였다. 그때 고개를 들어 본 공간은 평소와 달랐다. 그날따라 왜 그렇게 환한지, 그날따라 왜 그렇게 예쁜지, '도대체 넌 뭐 하는 거냐'고 나를 탓할 것 같았는데, 오히려 무기력하기만 했던 나를 일으켜 주었다. 나는 꿈을 잊었지만, 꿈은 여전히 나를 기다리고 있었다. 하고 싶은 것이 많았다. 이쪽 벽에는 전시를 하고, 저쪽 무대에서는 공연을 하고, 여기서 마이크를 들고 강연을 하면 청중이 50명 정도 앉을 수 있을 거야, 생각만 해도 설레는 일들을 상상하며 이 공간을 만들었다. 사람들과 함께 재능을 나누고 싶었다. 뭐든지 할 수 있는 공간을 만들고, 그곳에 재능 있는 사람들을 모으고 싶었다. 그 꿈이 그제야 기억이 났다.

많이도 울고 원망하며 서로를 할퀴었다. 이젠 더 내려갈 곳이 없을 정도로 지하로 내려가고 나서야 잊고 있던 꿈이 작은 불빛을 밝혔다. 신기한 날이었다. 꿈꾸던 것이 가까이 왔는데도 보지 못하고, 죽지 못해 살다가 이뤄놓은 꿈마저 잃기 직전에 정신을 차렸다. 실컷 울어서였을까? 부정이 다 씻겨 나간 건지, 더 이상 생길 부정이 없었던 건지 모르겠지만, 그날 이후 점차 긍정적인 생각을 하게 되었다.

방법을 찾기 시작했다. 다시 책을 읽고 새로운 것들을 배웠다. 코로나가 시작되는 시기였다. 카페 장사는 여전히 힘들었고, 집합 금지로 사람들을 모을 수도 없게 되었다. 돈을 벌기가 더 어려워지기만 했다. 그나마 자주 오던 단골들의 발길도 줄었다. 예전처럼 울기만 했으면 하루 종일 울 수도 있었을 시간이었다. 하지만 코로나 덕에 마인드 컨트롤을 할 수 있었다. 손님이 없는 게 내가 잘못해서가 아니라 코로나 때문이라고 생각하니 마음은 편했다. 이참에 뭐라도 배우고 방법을 찾아야겠다고 마음먹었다.

이 시기에 사람들은 온라인으로 모이기 시작했고, 나 또한 온라인에서 지식과 정보를 찾았다. 코로나 시기였기에 온라인에는 더욱 좋은 정보가 넘쳤고, 오프라인에서는 만나기 힘든 사람들도 많이 만났다. 장사는 문을 닫아야 할 지경이었다. 코로나는 끝이 보이지 않았고, 영업 제한까지 걸려 더 힘들어진 상황이었지만 조금만

각도를 틀어서 보면 코로나 덕분인 것도 있었다. 온라인 교육이 활성화되어 필요한 것들을 쉽게 배울 수 있었고, 오프라인이 아닌 온라인에서 자본금 없이 도전할 수 있었다. 생각보다 내가 할 수 있는 게 많다는 것을 알게 되었고, 더 이상 잃을 것이 없었기에 배짱도 생겼다. 오프라인으로만 가능하다고 생각했던 독서모임과 코칭 프로그램을 온라인으로 진행해 보며 계속 배우고 시도했다. 그렇게 의미큐레이터 박보경을 브랜딩하기 위해 노력하고 있다.

그날 내 꿈이 밝혀준 불빛을 키워 나갔다. 꺼질 듯 말 듯 위태로운 불빛이었지만, 옆에 두고 잘 지킨 덕에 2년이 지난 지금은 그 불빛이 우리의 공간을 가득 채운다. 그동안 각자의 꿈을 가지고 찾아오는 사람도 늘어났다. 힘들었던 시간들이 사람으로 연결되어 한 명, 두 명 모여든다.

꿈이라는 것은 늘 막연하기만 했다. 언젠가 이런 공간을 차려야지, 언젠가 이런 사람들을 만날 수 있겠지, 언젠가 이런 기획을 해봐야지, 언젠가 책 한 권 꼭 써야지. 살다 보면 언젠가 먼 훗날에 꼭 한번, 이런 식으로 꿈을 꾸다 보니 꿈이 가까이에 와도 오고 있는 것을 모르고, 이루어져도 이루어진 것을 몰랐다. 내가 있는 장소가 내가 꿈꾸던 장소라는 것을 모르고 세상 원망만 하며 살고 있었으니 얼마나 한심한 일인가. '이제 절대 내 곁에 온 꿈을 두고 한눈 팔지 않아야지' 다짐한다. 함께하는 사람이 재산이며, 모든 순간 꿈이 이루어지고 있음을 믿는다. 그리고 또 다른 꿈이 생겼다. 모두가 꿈을 꾸고 그 꿈이 다가오고 있음을 알 수 있게 돕고 싶다. 매일매일 겪게 되는 성공과 실패가 어떤 의미가 있는지 느낄 수 있게 돕고 싶다. 우리에게 다가온 꿈을 놓치는 일이 없길 바란다. 꿈은 언제나 우리가 자신을 찾아주길 기다리고 있다.

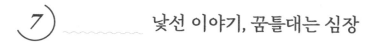

7 ──── 낯선 이야기, 꿈틀대는 심장

米 **김선희**

2018년 9월. 7년간 일하던 회사를 그만두었다. 오픈 멤버로 시작해서 내 사업을 한다는 마음으로 열심히 일했다. 스타트업의 작은 회사라 하나부터 열까지 내 손이 닿지 않은 곳이 없었다. 대표와 함께 회사를 일으키겠단 일념으로 열정을 쏟았다. 회사는 작은 성공을 거두었고, 나는 그만 거기에 안주하는 큰 실수를 하게 되었다. 하나의 결과물을 냈다고 해서 끝이 아니라 계속해서 발전시키고 새로운 것을 만들어내야 한다는 것을 간과했던 것이다. 결국 나는 내가 만든 상품을 유지시키지 못했다. 최악은 내 잘못은 모른 채 남탓만 한 것이다. 정작 포기해 버린 건 난데, 마치 버림받은 양 원망하면서 회사를 나오게 되었다.

쉽게 취업할 수 있을 거라 생각했다. 작은 회사에서 경리부터 영업, 마케팅, 인사관리까지 안 해본 일이 없으니 무슨 일이든 할 수 있을 것 같았다. 그러나 현실은 마흔을 코앞에 둔 아이 엄마가 있을 뿐이었다. 경단녀는 아니었으나 이력서에 쓸 만한 경력도 마땅치 않았다. 작은 회사였지만 많은 결정권을 가지고 있던 자리에 있었기에 평사원으로 들어가고 싶지 않았다. 원하는 조건을 맞춰줄 회사는 없었고, 최저시급을 받으며 일하는 건 자존심이 허락하지 않았다. 참담했다. 냉정한 현실의 벽 앞에서 한계를 깨달았다. 당당한 커리어 우먼을 꿈꿨지만 내세울 거 하나 없는 아줌마. 그게 나였다.

회사에 취업하는 대신 영업일을 시작했다. 부동산 관련 일이었다. 출퇴근을 안 해도 되고 사람만 만나서 집을 보여주면 된다고 했다. 일만 잘하면 많은 돈을 벌 수 있다고 하니 솔깃했다. 대표가 넘겨주는 전화번호로 전화를 걸고 약속을 잡아서 만났다. 하지만 세상에 쉽게 돈 벌 수 있는 일이 어디 있던가. 일반적인 영업과 달랐던 그 일은 적성에 맞지 않았다. 힘들고 우울했다. 매일 나가기가 싫었고, 일은 나를 갉아먹었다.

제대로 된 일을 하고 싶었다. 좋아하는 일을 하면서 돈도 많이 벌고 싶었다. 남들은 잘만 사는데 왜 나만 이러고 있는지 답답하고 한심했다. 더 환장하겠는 건, 내가 좋아하는 일이 뭔지도 모르겠다는 거였다.

'나는 대체 누구지? 내가 진정으로 하고 싶은 건 뭐지? 나는 어떤 사람이 되고 싶은 거지? 내가 좋아하는 일은? 잘하는 일은? 난 도대체 지금까지 뭘 하면서 살아온 거지? 왜 이제야 나이 마흔을 앞두고 20대 때에나 할법한 고민을 하고 있는 거지?' 그렇게 사춘기 때보다 더 절실히 나에게 질문을 던지기 시작했다.

막막했다. 어디서부터 뭘 어떻게 해야 할지 전혀 감이 오지 않았다. 겨우 눈을 뜨고 하기 싫은 일을 하면서 하루를 낭비하고 있었다. 하고 싶은 일을 하면서 돈도 버는 멋진 삶을 살고 싶었다. 방법을 찾아야 했다. 일단 인터넷을 켰다. '하고 싶은 일을 찾는 법', '원하는 삶을 살려면' 등 의식의 흐름대로 검색을 했다. 책 소개와 함께 책을 읽고 달라진 경험담이 많이 나왔다. 책을 읽으면 답이 나온다고? 하루를 살아내기도 바빠 죽겠는데 언제 책을 읽으라는 거지? 대체 이 사람들은 어떻게 시간을 내서 책을 읽는 건지 궁금했다. 그들의 공통점을 발견했다. 책을 읽는 시간은 생기는 게 아니라 만들어 내는 것이라는 걸.

시간만큼은 누구에게나 평등하게 주어진다. 그 귀한 걸 나는 평평 써대며 허비하고 있었던 것이다. 시간을 효율적으로 활용하고 싶었다. 다시 인터넷을 뒤졌다. 일반적인 다이어리가 아닌 시간 관리를 할 수 있는 다이어리를 찾았다. 한참을 검색 끝에 '3P 바인더'라는 시간관리 전문 플래너를 알게 되었다. 그렇게 '자기계발'이라는 새로운 세계를 만나게 된다.

3P 바인더는 다이어리 치고 꽤 비싼 편이었다. 3P 바인더를 만든 강규형 대표의 〈성과를 지배하는 바인더의 힘〉이 필독서로 같이 나오기에 책도 주문했다. 반신반의했다. 다이어리를 책까지 보면서 배워서 쓸 필요가 있을까 싶었다. 막상 읽어본 책은 충격 그 자체였다. 생전 처음 보는 세계가 펼쳐져 있었다. 그대로만 하면 시간 관리는 물론 자기관리도 문제없을 것 같았다. 하지만 혼자서 실천을 한다는 건 쉽지 않았다. 궁금한 게 생겨도 물어볼 데가 없었고, 혼자 하니 지속력도 떨어졌다.

모르는 걸 해결하기 위해 유튜브를 찾다가 '책 먹는 여자 최서연 작가'를 알게 되었다. 3P 바인더를 체계적으로 알려주고, 실습하고 피드백까지 해주는 과정이 있었다. 이걸 들어보면 좀 나아질까 싶은 마음에 수업을 신청했다. 카카오톡 단체방에서 여러 사람이 모여 함께하는 수업이었다. 배운 대로 각자가 바인더에 쓴 걸 사진을 찍어서 올리면 피드백을 받는다. 다른 사람들이 쓴 걸 보면서 엄청난 충격을 받았다. 열심히 사는 사람들이 이렇게나 많았다니. 나는 완전히 우물 안 개구리였다.

바인더 수업이 끝나고 최서연 작가가 운영하는 전체 카톡방에 초대받았다. 그곳은 또 다른 신세계였다. 자기계발을 하면서 1인 기업을 꿈꾸는 사람들이 모여 있었다. 책을 읽고 배우고 실행하는 삶을 사는 사람들. 배운 걸 나누고 서로 돕는 사람들. 나의 경험과 지식을 돈으로 바꾸는 사람들이 있는 전혀 다른 세상!

나이, 학벌, 외모, 자녀 등은 전혀 문제 되지 않았다. 그들에겐 자기 자신만 있을 뿐이었다. 오로지 나를 성장시켜 원하는 목표를 달성하는 데 온 힘을 다했다. 시간이 없다는 말은 핑계였다. 어떻게든 시간을 만들어 냈고 육아와 일, 자기계발을 멋지게 병행해 내는 사람들이 있었다.

심장이 두근거렸다. 신기하고 부러웠다. 나도 그런 삶을 살고 싶었다. 용기를 내서 새로운 프로젝트들에 하나씩 참가했다. 처음엔 책 한 권을 제대로 읽는 것도 힘들었다. 돈을 주고 독서법을 배웠다. 예전에는 이해 못할 행동이었다. 생전 처음 독서모임에도 나가 보았다. 모임에 가서 무슨 말을 해야 하지? 떨기도 엄청 떨었다. 할

수록 재미있었다. 한 권의 책을 읽었을 뿐인데, 독서모임에 참여한 사람만큼의 관점을 얻어 가는 게 신기했다. 그렇게 하나씩 프로그램에 참여하면서 사람들과 동화되었고, 나 역시 그들과 비슷한 사람이 되어 가고 있었다.

생각해 본 적도, 들어본 적도 없었던 1인 기업.
자아를 상실한 채 무기력한 일상을 보내던 나에게 운명처럼 다가와 준 고마운 세상이다.
더 이상 내가 할 수 있는 게 무엇일까를 고민하지 않는다. 잘할 수 있는 걸 더 잘할 방법을 찾는다. 긍정적인 마음과 명확한 목표, 사명과 비전이 있으면 내가 원하는 곳에 결국 다다를 수 있다는 걸 배워가고 있기 때문이다. 바로 여기 새로운 세계에서.

8 왜 나만 이렇게

☀ **라옥자**

20년 동안 직장 생활을 했다. 매일 반복되는 하루. 출근해서 일하고, 저녁 시간까지 다람쥐 쳇바퀴처럼 돌아가는 일상이었다. 아이들을 어린이집에 데려다주고 출근해서 일하다 보면 퇴근 시간이 다가온다. 퇴근 후에 아이들 픽업하고 집에 와서 아이들을 돌보고 지쳐서 잠자리에 든다. 세월이 그렇게 빨리 지나갔다. 이젠 아이들도 크고 여유가 생겼다. 우연한 기회에 4차 산업혁명 진로 모임을 알게 되었다. 큰아들이 중3 때였다. 고등학교 진로 문제로 의견이 엇갈려 고민 중이었다. 전화 상담을 하고 몇 번 사무실로 찾아가서 강의도 듣고 책 추천도 받았다. 아들은 본인이 가고 싶은 학교에 입학했고, 벌써 고3이 되었다.

추천받은 책을 찾아 읽기 시작했다. 김승호 회장님의 〈생각의 비밀〉과 최인철 교수님의 〈프레임〉을 읽었다. 책을 읽으면서 아들과의 관계도 조금씩 좋아졌다. 아이들 공부에 너무 연연하지 말자. 아이들이 자기의 길을 찾아갈 수 있게 돕는 엄마가 되자. 그러기 위해선 우선 나를 돌아보는 시간이 필요하다는 걸 알게 되었다. 남들이 보기엔 생뚱맞은 소리인지 모르지만, 회사에 2018년 12월까지 다닌다고 이야기했다. 10년 넘게 다닌 회사이다. 후임이 구해지면 회사에서 탈출하고 싶었다. 딱히 다른 계획이 있었던 건 아니다. 답답한 마음에 퇴사하고 싶은 마음이 들었다. 누구나 회사에 다니면서 한번쯤은 하는 생각이다. 그렇다고 바로 실행하기는 망설이게 된다. 그렇게 20년을 보냈다. 회사를 벗어나고 싶다는 마음이 가득했다. 내가 하는 일보다 직장에서의 대우가 기대에 못 미친다고 생각했다. 오래 다녔으니 그냥 그런 사람으로 생각하는 것 같았다. 아이들 키우면서 다니기에 딱 적합한 회사였다. 아이들에게 문제가 생기면 먼저 아이들에게 집중할 수 있게 해주었다. 그런 회사를 그만둔다고 하니 주변에서는 말렸다. 그만두라고 할 때까지 버티라고 했다. 한번 마음먹었더니 좀처럼 바뀌지 않았다. 생각해 보면 무모한 도전이기도 했지만, 2년이 지난 지금은 잘 선택한 결정이라고 말하고 싶다.

하지만 어디 생각한 일이 내 뜻대로 되는가? 1년을 회사에 더 다니기로 했다. 전보다 조건이 좋은 1시간 전 퇴근, 주 4일 근무이다. 이것만으로도 난 좋았다. 딱히 퇴사 후 준비를 한 것은 아니었기 때문이다. 나에게 생긴 자유 시간을 어떻게든 의미 있게 보내고 싶었다. 그동안 만나지 못했던 지인들을 만나고, 배우고 싶었던 강의를 신청해서 들었다. 전보다 여유롭게 시간을 보낼 수 있어서 감사했다. 아이들에게도 더 신경을 쓰고, 나를 위한 시간을 확보하기 시작했다.

드디어 2019년 12월 31일 회사 마지막 출근하는 날이 다가왔다. 마음이 후련했다. 가볍게 회사 문을 열고 나왔다. 퇴사를 하니 뭔가 매우 다를 것 같았지만 딱히 변화는 없었다. 회사에 다니면서 하고 싶었던 일을 했다. 진짜 나만을 위한 자유 시간을 보내는 것이 꿈만 같았다. 어느 날 아는 동생 소영이가 DID 강연 코칭 수업을 듣자고 여러 번 권유했다. 거절을 잘 못하는 성격 탓에 고민 후 5주 동안 수업을 들었다. 퇴사하고 2주 만의 일이다. 5주 수업을 듣고 과제가 있었다. 1인 기업 김형환 교수님 인터뷰. 인터뷰? 어떻게 하는 거지? 질문을 들고 가라고 했다. 김형환 교수님에 대한 궁금한 질문을 들고 가야 했는데…. 직장을 다니면서 시키는 일만 하던 삶이었던 난. 동기들과 인터뷰하러 갔지만 인터뷰한 게 아니라 인터뷰를 당했다. 어떤 질문으로 시작해야 할지 몰랐다. 김형환 교수님의 질문에 답변도 제대로 못했다. 왜 이 일을 하는지? 나의 꿈이 무엇인지? 1인 기업을 통해 얻을 수 있는 게 무엇인지? 어려운 질문이었다. 한 번도 깊게 생각하지 못했던 질문이라 더 당황스러웠다. 생각 없이 살았던 나를 알게 되었다. 궁금했다. 1인 기업이 뭐지? 김형환 교수님이 운영하는 1인 기업 5주 강의를 신청했다. 새로운 세상, 첫 직장을 다닐 때의 떨림이었다. 회사 다닐 때보다 더 바빴다. 강의를 듣고 과제도 하고, 1인 기업 대표들을 인터뷰하러 다녔다. 그때 최서연 작가 인터뷰를 하면서 비비엠 방을 알게 되었고, 비비엠에서 운영하는 프로그램을 하나씩 신청했다. 1인 기업에 대해서 조금씩 알게 되었다. 코로나19로 온라인 강의가 많았고…. 새로운 사람들을 만나서 적응하는 게 나에게는 좀 힘든 시간이었다. 하나씩 배우는 기쁨도 있었지만 배울수록 방향을 더 잡기가 힘들었다. 2020년 9월부터 재테크 독서 모임에 참여했다. 책을 제대로 읽고 싶었다. 독서 모임을 통해 하나씩 배우기 시작했다. 열심히 배우는 선배님들과 함께여서 용기를 갖고 도전할 수 있었다. 역시 함께하니 배울 점은 더 많았다. 그곳이 바로 비비엠 방이었다.

유튜브 채널을 오픈하고, 스마트 스토어도 운영하게 되었다. 여러 강의를 통해서 나의 사명, 비전도 찾게 되었다. 무슨 일을 시작할 때는 생각을 많이 하는 편이라 쉽게 결정을 못하는데, 점차 결정하는 시간도 단축되었다. 적극적으로 변화되는 내 모습을 찾게 되었다. 갇혀있던 사고에서 열린 사고로 변화 중이다. 주변에서 자주 말한다. 퇴사하고 우울증 걸릴 시간도 없이 바쁜 것 같다고. 사실 하는 일 없이 바쁘게 보내긴 했다. 조금은 쉬고 싶은 생각이 들 때도 있었다. 새로운 것을 배우고 익히고 사람을 만나는 즐거움이 20년 직장 생활을 하면서는 느끼지 못했던 짜릿함이 있었다. 주말에는 오프라인 강의를 들으러 가기도 하고, 온라인 강의도 자주 들었다. 필요하다 싶은 강의는 신청해서 우선 들었다. 아이들이 엄마는 왜 그렇게 바쁘냐고…. 또 독서 모임 가냐고? 불만 섞인 소리를 내기도 했다. 안 하던 일을 시작했더니 가족들에게 신경 쓰는 시간이 부족했다. 당연히 가족들과도 가끔 트러블이 생겼다. 포기하지 않고 가족들을 위한 시간을 보내기 위해 노력했다. 꾸준함으로 그런 시간도 물 흐르듯 지나갔다. 가족들에게 고마운 마음을 항상 가지고 있다. 배우고자 하는 열정이 있었기에 중도에 포기하지 않고 신청한 강의는 거의 완주를 했다.

지금은 가족들이 많이 이해해 주고, 엄마가 하는 일을 응원해 주고 있다. 직장 다닐 때는 찾을 수 없었던 열정이 생겼다. 지금 배우고 성장하는 과정이 즐겁다. 특히 시간을 내가 선택할 수 있다는 것이 좋다. 틀에 박힌 생활만 했던 나에게는 활력이 넘치는 세상이다. 1인 기업으로 어떤 성과가 나올지 모른다. 지금도 배우고 있기 때문이다. 하나만은 기억하고 싶다. 나 자신이 할 수 있는 게 뭐가 있을까? 혼자였다면 상상할 수 없었던 일이다. 새로운 일을 시작할 수 있도록 주변에서 많이 도와주었다.

내년이면 오십 세다. 인생 후반전을 준비하는 마음으로 지금보다 더 열심히 하고 싶은 일에 도전할 거다. 모르는 것은 찾아서 배우고. 어떻게 확장이 될지 모르겠지만 하나만은 확실하다. 예전에 없던 자신감이 생겼다는 것이다. 프로젝트를 진행할 때마다 떨리지만 신이 나고 재미있다. 예전에는 왜 나만 이렇게 못났지 하는 생각을 많이 했다. 지금은 다르다. 내가 즐겁고 좋아하는 일을 찾아서 하고 있고, 긍정적인 생각으로 바뀌고 있다는 것을 2년 동안 강의를 듣고 책을 읽으면서 경험하고 있다.

운명은 없다

※ 임화섭

학창 시절 난 공부를 참 열심히 했었지만 썩 잘하진 못했다. 그래도 특유의 인내심으로 공부를 놓지 않았다. 그땐 원하는 대학 간판을 얻고, 원하는 학과에 가면 인생이 탄탄대로로 풀릴 거라는 막연한 기대가 있었다. 그랬기에 첫 수능도, 재수도, 삼수도 다 최선을 다해 도전했다. 대학 입시를 준비하며 알게 된 확실한 사실은 나는 머리가 대단히 좋은 사람은 아니며, 요령을 피워서 잘 될 사람은 더더욱 아니란 사실이었다.

삼수 끝에 들어간 대학 동아리 타임반에서 동기들과 친해져 대학생활에 적응할 수 있었다. 다만 수업에는 제대로 임하지 못했고, 결과적으로 2점대 학점을 받은 채로 더 이상 미룰 수 없어 떠밀리듯 군대에 가게 됐다. 느지막이 간 군대는 최전방 철원으로 배치됐고, 자대에 도착하자마자 두세 살 어린 선임들에게 멱살을 잡히는 등 험난한 날들이 이어졌다. 그러던 와중 나와 동갑내기 바로 윗선임과 친해져 군 생활을 잘 버틸 수 있었다. 2년간의 군 복무를 마치고 복학생이 되니 스물여섯 봄이었다.

딱히 어떤 목표도 뚜렷하게 설정하지 못한 채 시간이 흘러갔다. 주어진 일에 열심히 임하는 나였기에 20대 중반쯤엔 뭔가 정해져 있고, 그 목표를 향해 열심히 달리는 내가 되어 있을 거라는 막연한 기대를 갖고 살았다. 하지만 그런 건 없었다. 구체적이지 못한 꿈에 목적 없는 매일은 그저 불안의 연속이었다. 이 불안을 해소하는 방법은 불안과 제대로 마주하는 방법뿐이었다. 이때까진 나조차도 내가 어떤 모습으로 살지 대충의 그림조차 그려지지 않았다. 나란 사람은 어떤 사람인가? 내가 바라는 나는 어떤 모습인가에 대해 고민하기 시작했다.

계속된 고민 끝에 '세무사'란 직업을 인생의 직업으로 삼아야겠다는 확신을 갖게 됐다. 사람 만나고 대화하기를 좋아하는 내게, 의뢰인의 절세 상담과 고민 상담을 들어주고 도움을 드리는 일은 보람과 성취까지도 있는 최고의 업이라 판단했다. 무엇보다 정년이 없으면서도 내 스스로 출퇴근을 결정하는 사업가가 될 수 있다는 것이 큰 매력으로 다가왔다. 세무사가 되겠다고 결심한 순간, 다른 것은 보이지 않았다.

처음 세무사 공부를 시작한다고 했을 때 대부분의 대학 지인들은 내 결정이 오래가지 못할 것이라고 생각하거나 더러는 비웃었다. 내가 대학 시절 보여준 학점과 내 모습들이 딱히 세무사에 합격할 만한 끈기와 머리를 가졌다고 보기는 어려웠던 모양이다.

그들의 예상과는 달리 나는 매일 공부할 시간을 벌기 위해 김밥한 줄로 식사를 때우며 매일 성실하게 15시간씩 공부했다. 휴대폰도 없애고 계속 몰입했다. 내가 이렇게 열심히 공부할 줄은 나 역시도 몰랐다.

하지만 대부분의 예상대로 세무사 시험 합격은 나에게서 아주 멀리 있었다. 세 번을 탈락했다. 응시 두 번째 해에 1차에 합격하고, 세 번째 본 시험에서 2차 시험의 총점은 높았지만 한 과목 1점 과락으로 인해 탈락했다. 친구들과 소통을 단절하고 어두운 종로 독서실 한 편에서 쪽창으로만 들어오는 빛을 조금씩 느끼며 외로운 수험생활을 견뎌왔는데, 돌아온 보상이란 처음부터 다시 시작하라는 유예 불합격이었다. 그렇게 침몰하는 내 자존감의 바닥을 경험하며 침대에 누워 있었다. 다시 시작하는 게 맞을지, 안 맞을지 헷갈리기 시작했다. 그때 내 나이 스물아홉이었다.

며칠을 누워서 천장만 바라보고 있으니, 외동아들의 세 번째 불합격 소식에 부모님의 안타깝고 안쓰러워하는 마음과 걱정이 집안을 가득 채웠다. 죄송한 마음과 '결국 나는 안 되는 건가?'라는 생각에 힘든 시간이었다. 그때 대학에서 제일 친한 병우 형이 힘내라고 보내준 글귀에 눈물이 났다.

> 뭘 배우든 간에, 뭘 하든지 간에
> 미친 듯이 피를 토하는 마음으로 제대로 하여라.
> 그렇게 할 때 미래는 그 암흑의 빗장을
> 서서히 열어주기 시작할 것이며,

조만간 그 빗장 너머에서 비치는 강렬한 태양빛 아래에서
당신은 감격의 눈물을 흘리게 될 것이다.

그때 이 글귀가 나를 붙잡아 일으켜 세워주었다. 다시 굳게 마음을 먹고, 부모님께 여기까지 와서 포기할 수 없으며, 절대 포기하지 않겠다고 말씀드렸다.

다시 토익점수를 따고 하나하나 각개 격파하듯 다시 1차 합격, 2차 합격을 이듬해에 일궈냈다. 합격하는 데 꼬박 4년 반이 걸렸다. 합격을 확인했을 때 합격의 짜릿함보다는 '이제는 됐다, 끝났다'라는 안도감만 들었다. 어차피 이번에 떨어지면 내년에 또다시 준비했을 것이고, 합격할 때까지 또 보고 또 보고 계속 도전할 것이었기 때문이다.

세무사를 준비하는 과정에서 중간 중간 어떤 이는 나에게 말했다. "세무사 되기는 어렵겠다." 어머니께서도 아들이 자꾸 뭐가 안 되니 점을 보러 다니셨고, 거기서도 내가 누군가에게 들었던 그 안된다는 말을 들으셨던 모양이다. 다행히 안 될 거란 그 말을 내 귀에 옮기진 않으셨다. 아들이 되든 안 되든 도전해 보고픈 만큼 도전하는 게 맞다고 생각하셨다고 한다. 아들을 응원하는 배려였을 것이다.

이제 세무업을 택해서 1인 기업으로 5년 넘게 성장시키고, 현재 직원 네 명을 둔 세무사무실을 운영 중인 세무사이자 사업가이다.

나에게 정해진 운명이 있고 운명에 몸을 맡겨 살아보자고 생각했다면 지금의 삶은 없었을 것이다. 정해진 운명이 있다고 생각하는 순간, 인생은 그대로 흘러가 버리곤 한다. 그리고 거기에 나의 결정이 개입할 여지는 없어져 버린다. 하지만 운명론자에서 벗어나 내 길을 만들어 가다 보면 때론 뜻하지 않은 일들이 막는 것 같아도, 결국 나의 인생을 만들어 가는 건 오직 나라는 걸 깨달을 수 있다. 너는 안 될 거라고 한 그 말들에 사로잡혀 그 말들이 곧 나의 운명이라고 믿었고, 흔들렸다면 지금의 인생은 달라졌을 것이다.

운명은 없다. 아니, 운명이 있다 해도 그걸 우리는 바꿀 수 있다. 오직 나라는 사람만이 내 삶의 주인이며 내가 직접 내 인생을 결정하고 만들어 갈 뿐이다.

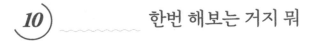

10) 한번 해보는 거지 뭐

※ 김상미

2018년 미국 서브프라임 모기지 사태가 터졌다. 여행사는 급격히 상황이 안 좋아졌다. 보통 달러로 환율을 측정해 리조트 요금을 책정한다. 3개월, 6개월 후불로 지불하다 보니 환율이 너무나 올라

버렸다. 1,050원대에 책정한 환율 금액이 1,400~1,500원까지 뛰니 그 차액을 여행사가 그대로 떠안게 되었다. 항공사 유류할증료도 추가 금액이 커플 당 45만 원이 나왔다. 다른 여행사들은 유류할증료 추가 금액을 받았지만, 우리 회사는 이상하게 그 금액을 받지 않았다. 고객과 고통 분담을 같이하고 싶다는 것이었다. 그것이 잘못된 판단이었다. 몇 달 되지 않아 회사의 자금은 바닥이 보이기 시작했다. 회사에서는 인건비 부담이 제일 컸기에 나갈 사람과 남아 있을 사람을 정해 달라고 했다. 지금 나가면 퇴직금 정산과 실업급여를 받을 수 있도록 배려해 준다고 했다. 이렇게 경기가 안 좋은데 무턱대고 나가면 어디서 취업을 할까? 불안했다. 남아 있는 쪽을 택했다.

팀장님도 사표를 내고 회사에 있던 인원 중 반이 그만두었다. 결국 남아 있는 직원들이 기존 나간 사람들의 고객 관리 차트를 넘겨받았다. 신혼여행 상품은 빠르면 3~6개월의 시간차를 두고 선 예약을 한다. 한 쌍의 신혼부부가 신혼여행을 떠날 때까지 장기적으로 관리를 하며 여러 차례 전화와 이메일을 주고받아야 한다. 남아 있던 영업사원은 고객님들에게 담당자가 바뀌었음을 알렸다. 긴 시간 동안 고객을 관리하다 보면 아무래도 까칠한 고객과 마음 편히 이야기를 주고받을 수 있는 고객이 분리된다. 떠난 동료들이 영업 차트에 코멘트를 남겨 주었다. 중간에 관리 차트를 넘겨받은 나로

서는 더 세심하게 챙겨 드릴 수밖에 없었다. 드디어 작은 문제들이 연일 터지기 시작했다.

리조트 정산이 제대로 이루어지지 않자 리조트들이 방을 마음대로 취소하기 시작했다. 컨펌 받은 객실도 AUTO CANCEL이라며 빨간 글씨의 이메일 통보를 해오기 시작했다. 해당 리조트만을 오매불망 기다리며 신혼여행 갈 생각만으로 꿈에 부풀어 있던 신혼부부들에게 리조트가 취소되었다고 차마 말할 수가 없었다. 뭐라고 평계를 댈 것인가? 리조트가 일방적으로 취소 통보를 해왔다. 우리 여행사와 우호적인 리조트로 돌려야 하는데, 고객 입장에서는 다른 리조트가 눈에 들어올 리가 없었다. 프라이빗하면서도 할리우드 스타들만 머물고 누린다는 버틀러 서비스, 미끄럼틀 시설, 한 단계 위 등급 리조트를 내밀어도 왜 우리가 그 리조트를 가야 하냐며 안 가겠다고 했다. 출발일이 이제 일주일 남은 고객들에게 전화를 걸 때마다 뭐라고 평계를 대야 할지 정말 막막했다. 심한 경우는 출발 당일 공항 샌딩 과정에서 리조트가 변경된 것을 통보해야 하는 날도 있었다. 대학교를 졸업하고 들어온 지 얼마 안 된 직원이 고객에게 쌍욕을 얻어먹고 더 이상은 못하겠다고 소리쳤다.

"왜 우리가 욕을 먹어야 하는 거죠? 사장이 직접 나서야 하는 거 아닌가요? 우리가 총알받이인가요?"

그녀의 말이 맞다. 우리는 윗사람이 시키는 대로 말할 수밖에 없는 앵무새였다. 더 이상 고객들과 싸울 힘이 남아 있지 않았다. 현지에서 체크아웃하는 고객들에게 너희 여행사가 숙박비를 지불하지 않았으니 너희가 내야 한다며 이중 청구를 요청했다. 고객은 이게 무슨 일이냐며? 현지에서 다급하게 전화가 걸려오기도 했다. 그렇게 하루하루가 지옥인 직장 생활을 버티고 있었다.

결국은 나도 더 이상 버티지 못하고 직장 동료가 떠나고 난 5개월 후 여행사를 그만두었다. 그즈음 이상하게 배가 콕콕 쑤시고 전화 통화를 할 때마다 가슴이 미친 듯이 심장박동이 빨라졌다. 내 몸이 극심한 스트레스로 인해 병들어 가고 있는 걸 알지 못했다. 화장실에 가서 변을 보면 피가 보이기 시작했다. 배가 살살 아픈 통증도 간혹 가다 있어서 퇴사 후 시간적 여유가 있었기에 대장내시경 검사를 받아보기로 했다. 수면 마취 후 깨어나니 의사는 나에게 환우회 수첩을 건넸다.

"이게 뭔가요?"

"앞으로 마음의 준비를 하셔야 합니다. 이 병은 고혈압, 당뇨처럼 평생 데리고 살아야 합니다. 이 수첩의 내용을 잘 보시고 환우회에 가입해서 정보를 받아보세요. 그리고 추천서를 써드릴 테니 대학병원에서 진료를 보셔야 합니다."

"네? 제가요? 대체 무슨 병이죠?"

"궤양성 대장염이라고 장에 염증이 있어요. 약을 드시면서 잘 관리하셔야 합니다."

"대학병원이요. 네, 알겠습니다."

집에 돌아와 이 병에 대해서 미친 듯이 검색을 시작했다. 다음 카페에 있는 환우회에 가입하니 회장인가 하는 분이 전화를 걸어왔다.

"어떻게 알고 저희 카페에 가입하셨나요?"

"병원에서 환우회 수첩을 주셨는데, 이 안에 카페 주소가 있어서 가입했어요."

"그러셨군요. 앞으로 마음을 편하게 가지세요. 이제 시작이에요."

"이거 죽는 병은 아니죠? 저한테 무슨 일이 일어난 건가요?"

"카페에 여러 사람이 올린 글과 정보가 있으니 천천히 살펴보세요. 거기에 계신 분들이 댓글이나 상담을 해줄 테니 너무 걱정하지 마세요. 차차 받아들이게 되실 거예요."

그랬다. 나는 점점 더 심해져 갔다. 집 근처 이대 대학병원을 찾아갔는데 여의사가 나를 기다리고 있었다. 이 병에 관해서 설명했고 아주 낮은 단계의 약부터 써보자고 했다. 그렇게 나는 알 수 없는 약을 한 보따리 받아서 왔다. 따로 떨어져 살던 엄마는 내 병을 알고 집으로 찾아오셨다. 손에는 손수 만드신 여러 반찬이 들려 있었다.

"내가 너를 옆에서 잘 챙겼어야 했는데…. 혼자서 자취하면서 인스턴트 음식 막 사 먹어서 이렇게 된 거야."
"엄마랑 다시 한 번 병원 가보자. 오진을 할 수도 있고, 한 병원 말을 그대로 믿을 수가 없다."

엄마랑 다시 찾은 병원에서도 내 병명은 바뀌지 않았다. 현실을 인정해야 했다. 나는 세상 속으로 다시 나가는 게 무서웠다. 뭔가를 먹으면 바로 화장실로 달려가야 했다. 배를 찌르는 듯한 통증이 심해 혼자서 눈물을 흘리며 이렇게 살아야 할 내 운명을 한탄했다. 집에서 좋아하던 일본 드라마를 보면서 그렇게 히키코모리(은둔형 외톨이) 생활을 시작했다. 여행사를 다니면서 일본어 학원을 꾸준히 다녔기에 어느 정도 일본어가 들리기 시작했다. 나의 유일한 낙은 일본어 드라마 보기와 손을 놓았던 일본어 능력 시험을 다시 준비하는 것이었다. 병원을 가는 것만이 유일한 외출이었다. 그렇게 나는 나의 새로운 운명을 받아들이기 시작했다.

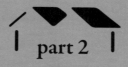

part 2

이토록 멋진
인생이라니

1 매일 설레는 하루

※ 라옥자

알람이 울린다. 새벽 5시 기상. 회사를 퇴사하고 한 달이 지난 후 미라클 모닝을 시작했다. 혼자 시작할 수는 없어서 미라클 모닝 모임에 들어갔다. 처음에는 알람을 여러 개 울리게 하고 시작했다. 알람이 울려도 끄고 그냥 잔 적도 많다. 포기하지 않고 5시 기상을 누가 시키지 않아도 계속했다. 김승호 회장님의 〈생각의 비밀〉에 '6시를 2번 만나는 사람이 세상을 지배한다.' 이 문장이 참 좋았다. 아침 6시와 저녁 6시. 저녁 6시는 만나지만, 아침 6시는 선택에 따라 만날 수도, 못 만날 수도 있는 시간이다. 잠이 좋아 아침에 늘어졌던 생활을 6시 전에 일어나면 무엇이라도 할 수 있겠다 싶어서 미라클 모닝을 시작했다. 두세 달이 지나자 아침 알람이 울리기 전 몸이 일어나기 시작했다. 아침 시간의 고요함이 참 좋았다. 아침 시간의 맛을 알게 되면서 책도 읽고, 블로그에 글도 쓰는 시간으로 미라클 모닝 시간을 알차게 보냈다. 강요가 아닌 자발적인 루틴으로 새벽 시간을 보낸다. 아이들이 등교나 온라인 수업을 할 동안 집 앞 관악

산 둘레길을 걷기도 한다. 정신이 맑아진다. 걷기만 해도 기분이 좋아진다..

무엇을 먼저 시작해야 할까? 마냥 집에서 놀 수는 없었다. 직장 생활을 오래 해서인지 가만히 있는 것은 체질에 맞지 않았다. 새로운 환경에 들어가 보면 어떨까? 하는 생각으로 블로그에 나에 대해 기록을 하기 시작했다. 일상, 책에 관한 이야기, 배움에 대한 글들이 하나씩 블로그에 쌓였다. 이웃도 추가하고 그들과 소통하고 공감한다. 꾸준히 글을 올렸더니 네이버 애드 포스트도 두 번 만에 승인이 났다. 나의 첫 번째 파이프라인이다. 근로소득 외에는 아무것도 없었던 나에게 매일 몇 원, 몇 백 원, 많은 날은 몇 천 원이 점을 찍는다. 신기하다. 단지 글을 썼을 뿐인데 돈이 들어오다니. 열심히 글을 올리고 또 올렸다. 이렇게 온라인 세상을 알아가게 되었다.

"꿈이 뭐니?" 이런 질문을 받았다. 생각해 보니 초등학교 때부터 요리하는 걸 좋아했다. 요리보단 먹는 걸 더 좋아한 것 같다. 주방을 어지럽혀 뒷수습은 엄마가 했지만, 나의 요리를 가족들이 맛있게 먹는 걸 보고 막연하게 요리사가 되고 싶었다. 직업은 전혀 다른 법무사 사무소에서 일을 시작했다. 힘들게 수습 기간을 보내고 어느 정도 경력이 되자 일하는 것이 재미있었다. 일에 대한 사명은 없었지만 늘어나는 월급에 만족했고, 그렇게 시간이 빨리 지나갔다.

어느 날 목표가 있는 건 아니었지만 직장을 계속 다니고 싶지 않았다. 사직서를 내고 퇴사를 했다. 2019년 12월 31일.

퇴사하고 나니 딱히 할 일이 없었다. 지인 따라 강의를 듣고 책을 읽기 시작했다. 다른 세상의 사람들을 만나면서 난 그동안 뭐 했나? 그런 생각이 들었다. 뭘 해야 할까? 난 좀 쉬려고 회사를 그만둔 건데…. 또다시 다른 일을 시작하기가 겁이 났다. 우선 좋아했던 요리사의 꿈을 위해 유튜브 강의를 들었다. 요리 유튜브 채널을 오픈하기로 마음먹었다. 열심히 과제를 했다. MVP에도 뽑혀서 다꿈스쿨 청울림 대표와 점심 식사도 했다. 무슨 일을 하나 시작하면 완벽함 때문에 소홀히 하지 않는 것이 내 장점이다. 일주일에 두세 개씩 유튜브 영상을 올렸더니 한 달 만에 구독자 사백 명이 넘었다. 허접한 편집, 보여주기 민망한 영상이었지만 열심히 영상을 찍어 업로드했다. 요리 주제는 집에서 쉽게 만들어 먹을 수 있는 메뉴로 정했다. 특히 둘째 아이가 많이 도와주었다. 엄마가 유튜버가 되었다는 게 좋았던 것 같다. 도전은 끝이 없다. 유튜브에 목소리를 넣지 않고 자막만 넣는 게 마음에 걸려서 목소리 트레이닝을 받기로 했다. 한 달간 매일 녹음을 하면서 코칭을 받았다. 이성임 대표님이 친절하게 가르쳐 주었다. 팟빵 개설도 하게 되었다. 이렇게 하나씩 나도 온라인과 연결되었다. 책을 읽고 녹음해서 팟빵에 하나씩 올렸다. 간혹 조회 수가 많이 나오는 것이 있었다. 두 번째 파이프라인이 팟빵이다. 수입이 50원, 100원씩 가끔 들어온다.

온라인으로 할 수 있는 게 또 뭐가 있을까? 우연한 기회에 비비엠 방에서 스마트 스토어 강의 공지를 보게 되었다. 유현주 선배님의 강의를 고민하고 신청했다. 한 달 동안 사업자 등록을 내고 제품 등록까지 마쳤다. 처음으로 내 이름으로 사업자등록증이 나온 것이다. 첫 1인 기업의 출발이었다. 첫 번째 주문은 지인이었다. 세 번째 파이프라인이다. 부지런히 상품 등록을 꾸준히 했더니 주문이 들어왔다. 바쁘다는 핑계로 주춤하면 역시 주문도 안 들어왔다. 역시 정성을 들이고 꾸준히 해야 성과도 나오는 것 같다.

최서연 작가를 알게 된 후 여러 강의를 들었다. 그중 8월에 신청한 온라인 강사과정을 통해서 나의 첫 프로젝트를 기획할 수 있었다. 강의를 듣고 과제를 하면서 6기 동기들과 즐겁게 수료식까지 할 수 있었다. 강사과정을 마치고 첫 번째 프로젝트는 요즘 핫한 주식이다. 주식 책을 혼자 읽기 힘들었기에 함께 모여 낭독을 하면 어떨까? 하는 생각을 했다. 과연 모집에 성공할까? 동기분들이 좋은 프로젝트라고 용기를 주었다. 그 덕분에 1기부터 4기 모집 공지를 올렸다. 생각했던 것보다 모객이 잘되었다. 내가 주식 책 읽기 힘들었던 경험을 통해 다른 분들도 어렵겠지? 하고 접근했더니 반응이 좋았다. 저녁반, 새벽반으로 나누어서 낭독 모임을 했다. 백만장자 메신저에서 브렌든 버처드는 "당신의 경험이 돈이 되는 순간이 온다."라고 했다. 주식 책을 읽은 경험만으로도 하나의 파이프라인이 만들어진 것이다. 메신저란 자신의 경험과 지식을 메시지로 만들어 다른 이들에게 전달하는 사람이다.

아침에 일어나면 메일을 확인하고 스토어 주문 현황을 본다. 새벽, 저녁 낭독이 있으므로 컨디션 조절도 해야 한다. 피곤한 날은 낮에 낮잠도 잔다. 새벽 낭독이 있을 때는 될 수 있으면 저녁에 일찍 자려고 한다. 경험하고 좋아하는 일을 하면서 수익을 낼 수 있다니. 통장에 수입이 들어오니 더 신나게 프로젝트를 진행할 수 있었다. 아침마다 눈을 뜨면 감사 일기를 쓰고 하루 스케줄을 확인한다. 미라클 모닝으로 아침 루틴을 시작하고, 참여하고 있는 프로젝트 과제와 하루 일정을 체크한다. 책을 읽고 필요한 영상도 찾아본다. 요즘 이런 편안한 일상이 감사하다. 아이들이 등교한 날은 카페에 가서 책도 읽고 지인들도 만난다. 불과 2년 전에는 상상할 수 없었던 일상이다. 내일은 또 어떤 일이 나를 설레게 할까?

2 성취감, 내가 해냈다

✴ **김상미**

회사를 퇴직하고 나의 유일한 낙은 일본어 공부였다. 일본어 3급은 땄고 2급을 준비하고 있었다. 몇 번 2급 시험에 떨어지고 나니 독학하기로 마음을 먹었다. 혼자서 모의고사 문제집도 풀어보고 대형 전지를 사다가 문법을 써서 벽에 붙여 놓았다. 창문에는 일본어 단어를 빼곡하게 붙여 놓고 지나다니면서 외우기 시작했다. 이거라도 하지 않으면 살아갈 낙이 없었다. 퇴직금과 실업급여는 6개월 지나니 이제 통장이 바닥을 보이기 시작했다. 뭐라도 해야 했다. 도저히 일반 회사를 들어갈 자신이 없었다.

북촌 한옥마을의 게스트하우스에서 일본어 통역 안내와 하우스 키퍼 평일 아르바이트를 모집하고 있었다. 이거라면 정식 직원이 아니다 보니 해볼 수 있을 것 같았다. 주말 아르바이트생에게 여러 가지 일을 배우던 중 매니저 자리를 권유받았다. 그 당시 남자 매니저가 있었는데 불성실해서 자주 나오지 않았다. 아무래도 조만간 그만둘 것 같으니 언니가 매니저 역할을 하라며 들어온 지 일주일도 안 되었는데 매니저가 돼버렸다.

북촌 한옥 게스트하우스는 밤에는 외국인 숙박으로, 낮 시간대에는 일본인을 상대로 김치 만들기, 막걸리 만들기 체험상품을 진행했다. 일본어가 능숙하지 못했던 나는 한복을 입히고 사진을 찍어주는 보조 역할을 했다. 일본인이 오면 체험상품을 진행하는 이모가 있었는데, 10년 이상을 일본에서 살다 오셔서 일본어를 유창하게 사용하셨다. 이것도 하다 보니 일본어가 안 늘 수가 없었다. 하우스키퍼 남자 아르바이트생이 따로 있어서 주로 외국인 체크인은 아르바이트생에게 맡겨서 영어를 사용할 기회는 별로 없었다.

그 일을 나도 모르게 1년 넘게 하게 될지 몰랐다. 매번 새로운 일본인을 만난다는 사실이 즐거웠다. 일이 끝나고는 종로에 있는 시사일본어 학원에 가서 자격증 공부를 했다. 말은 좀 되는데 시험운이 없는 건지 번번이 떨어졌다. 가끔가다 늦은 밤에 걸려오는 체험 예약 확인도 일본어로 소통해야 하니 한번 통화를 하고 나면 식은땀이 흘렀다. 북촌에서의 생활 중에는 〈다큐 3일〉이라는 TV 채널에 잠깐 출연하는 일도 있었다. 이 일은 회사 일처럼 매일 반복되지만, 오는 사람들이 달라지니 나름 오늘은 어떤 사람이 올지? 두근두근 설레는 하루를 살 수가 있었다. 그 당시 1년여간 병원을 오고 갔지만, 나에게 맞는 약을 찾지 못해 병원을 더 이상 다니지 않고 있었다.

그 당시 엄마의 소개로 만나는 남자분이 있었다. 하지만 내가 가진 병을 사실대로 말할 수가 없었다. 나 같아도 병이 있는 사람을 배우자로 받아들이는 건 용기가 필요하기 때문이다. 결혼을 준비하던 중 그 사람이 한 번 결혼했다는 사실을 알게 되었다. 그쯤에 나는 심한 통증으로 병원에 긴급하게 입원할 수밖에 없었다. 남자친구는 내가 아프다는 사실을 알게 되었다. 서로가 서로에게 약점 하나를 가지고 살아가야 했다. 크게 서로에게 상처를 주는 말을 하고 각자의 길을 걷는 것으로 결론을 내렸다. 내 인생에 결혼은 없다고 못을 박았다. 이런 몸으로는 건강한 아이를 낳는다는 건 상상할 수가 없었다.

"그 몸으로 네가 뭘 할 수 있냐?"
"이미 36살이면 결혼하기 늦은 나이다."

모든 것들이 나에게 유리 조각처럼 알알이 박혀 들었다. 내 인생에 누군가를 좋아하고, 결혼이라는 건 모두 부질없는 짓이라는 걸 깨달았다. 혼자서 살아남아야 했다. 나의 능력을 키워서 보란 듯이 잘 살고 싶었다.

방황의 시간을 보냈다. 일본 홈스테이를 다녀오면 일본어 실력이 늘까 싶어서 한 달간 훌쩍 시코쿠 지역으로 떠났다. HIPO라는 단체를 통해 한국어에 관심이 있는 가정에 배정되었다. 2주씩 로테이

션으로 두 가정을 만나볼 수 있었다. 내가 도착할 때부터 내 이름이 적힌 부채를 들고 반겨주는 일본인 식구가 반가웠다. 일본어 학과를 다니며 홈스테이를 같이 체험하러 온 대학생과 둘이서 양쪽 가정을 체험하며 한국어와 일본어를 번갈아 사용하니 재미가 있었다. 바리바리 싸 들고 간 한국 요리 재료로 떡볶이, 잡채, 부침개까지 알차게 요리해서 같이 나눠 먹었다. 여기서 나는 환대 받고 있었다. 손님으로 가기에 당연히 부족한 일본어에도 귀 기울여 주고, 불편한 게 없는지 체크해 주어 시코쿠 홈스테이는 즐거운 기억으로 남아 있다.

살아야 한다. 그렇게 아르바이트 생활을 하면서 몸이 아프면 다시 병원에 입원했다가 나오기를 여러 번 반복했다. 내가 좋아하는 일이 뭘까? 회사로 돌아간다는 건 나에게는 상상할 수가 없었다. 엄마가 뭐라도 배우라고 학원비를 대줄 테니 기술을 배우면 어떻겠냐고 했다. 미용사는 내내 서 있어야 하니 힘들 것 같았다. 앉아서 해주는 네일아트라면 할 수 있을 것 같았다. 김포는 마땅한 학원이 없어서 강남에 있는 네일아트 전문 학원을 찾아갔다. 기초반 3개월, 아트반 3개월, 국가자격증반 3개월 이렇게 하다 보니 1년여 시간을 학원만 다녔다. 긴 일본어의 마침표를 찍고 싶어서 1급 자격증을 따자 종로에 있는 일본어 통역 학원도 등록했다. 네일아트와 통역 학원 2가지를 병행하면서 새로운 직업을 가지기 위해 정말 열심히 살았다. 일본어 면접에서 떨어졌던 나는 1년에 한 번 있는 시험에서 또 떨어지면 다시 필기부터 봐야 했다. 절박한 심정으로 일본인 강사에게 일대일 코칭을 받으면서 면접을 준비했다.

네일아트로 밥벌이할까? 일본어를 할까? 그때는 뭐가 되었든 자격증을 손에 넣고 싶었다. 2015년 드디어 난 네일 자격증, 일본어 관광 통역안내사, 피부미용사 자격증까지 총 3가지에 합격했다. 눈물이 흘렀다. 눈에 보이는 자격증들이 내가 열심히 살았다는 증거가 되어 주었다. 몸이 아프고 5년의 방황을 끝내자 뭐든지 할 수 있을 것 같았다. 한창 일할 나이인 30대 중반, 아픈 몸으로 무엇을 시작해야 할지 방황하던 시간이 주마등처럼 스쳐 지나간다. 나는 해냈다. 다시 돌아간다 해도 새벽 5시 중국어 학원, 하루 4시간 명동에서 호객행위를 하며 호두과자 팔기, 네일&피부 학원 다니기, 주말 궁궐 지킴이 자원봉사 교육까지 다 해낼 수 있었을까? 내 인생에서 가장 열심히 살았던 시간이다.

내가 그 당시 일본어 드라마, 일본어 자격증, 뭐라도 하지 않았으면 나는 왜 사는가? 내가 무슨 일을 할 수 있겠어? 절망의 늪에 빠져서 집 밖을 나오지 않았을 것이다. 사람에게는 인정의 욕구, 생리의 욕구, 식욕의 욕구 등 다양한 욕구가 있다. 내가 어떤 것을 하게 되면 행복할까? 멈추지 말고 작은 시도를 여러 번 해서 성공의 경험을 맛보기를 바란다. 그러면 나는 다음 목표를 향해 나아갈 수 있다. 내가 이것도 했는데 이 정도도 못해 낼까? 생각이 들 것이다. 나는 배움에 대한 욕구가 정말 컸다. 지금도 새로운 걸 배울 때면 가슴이 콩닥콩닥한다. 세상에 대한 호기심과 끈기가 오늘의 나를 만들었다.

  어제보다 나은 오늘

※ 하민수

사회로 나가고 싶었다. 언제나 사회에서 내 자리를 만들어야겠다고 생각은 했다. 하지만 무엇을 해야 할지 감이 잡히지 않았다. 먼저 취업 사이트를 둘러보며 이력서를 써봤다. 10년의 공백. 10년 동안 열과 성을 다했던 '삼남매 육아'는 이력서에 어울리는 단어가 아니었다. 내가 할 수 있는 일은 진정 몸 쓰는 일 뿐일까. 이력서에 쓸 몇 줄을 위해 다시 무언가를 배워야 할까, 고민했지만 나는 아이들을 두고 학원에 다닐 수 있는 상황도 되지 못했다. 결국 이력서를 포기했다.

좌절했지만 희망을 놓을 수는 없었다. 이력서 없이 사회생활하며 이력을 만들어 가는 여자들은 어떻게 살고 있는지 궁금해졌다. 그 때부터 SNS에서 엄마라는 이름을 가진 사람들의 사회 진출이 눈에 들어왔다. 그들과 소통하는 사람들도 모두 멋지게 자신의 일을 찾는 사람들이었다. 신기했다. 1인 기업으로 성공하는 여자들의 모습을 보았을 때 미묘한 기분이 들었다. '다들 복 받은 사람들인가,' '나만 쭈구리로 독박 육아 했나,' 자괴감이 먼저 밀려왔다. 하지만 그들에게도 드러나지 않은 고충이 있다는 걸 알고는 큰 위로가 되었다. 나도 할 수 있지 않을까 하는 희망이 생겼다. 그들도 헤쳐나간 현실이라면 나도 해볼 만하다고 생각했다. 다만 누가 나의 진가를 알아줄까라는 걱정만이 남았다.

오징어 게임에서 깐부 할아버지가 그런 말을 했었다. 게임은 지켜보는 것보다 참여하는 것이 재미있다고. 나는 용기를 내서 1인 기업 여성들의 프로젝트에 참가해 보기로 했다. 가장 먼저 하고 싶었던 일은 나의 외모를 바꾸는 일, 다이어트였다. 마침 〈마음 가면〉이라는 책을 읽고 나의 취약성을 드러낼 용기를 가지게 됐던 때였다. 다이어트 모임에 참가 신청서를 썼고, 며칠 후부터 단톡방에 참여했다. 그동안 단톡방과 달리 모르는 사람들과 나의 이름으로 참여하게 된 것 자체가 활력이었다. 나는 누구 엄마가 아니라 나의 이름 또는 나의 닉네임으로 불렸다. 이젠 진짜 내 게임이었다. 게임은 적극적으로 참여해야 재미있기에 더 적극적인 자세를 가지려고 노력했다. 역시나 적극적인 사람들이 성공률이 높았다. 나는 절실했기에 3개월에 20Kg이라는 기적 같은 감량 결과를 얻어냈다. 아무것도 못하겠다고 자신을 못 믿고 살았던 내가 그 어렵다던 다이어트에 성공한 것이다. 작은 성공이라도 하고 나니, 또 할 수 있는 일이 있지 않을까 하는 용기가 생겼다. 나는 무엇이든지 할 수 있는 사람일 수도 있겠다는 자신감도 커져갔다.

그 기세를 몰아 다른 모임에도 도전했다. 사람들과 함께하는 힘을 이제는 알게 되었고 재미를 느꼈다. '성장'이라는 말이 나에게도 어울리는 단어일 수 있겠다는 희망이 생겼다. 무엇이든 도전해 봤다. 미라클 모닝을 통해 나만의 시간의 필요성을 알게 되었고, 꿈지도와 아티스트 웨이 모임을 통해 잊고 있었던 꿈을 다시 생각하게 되었다. 그렇게 희망을 키우고 있을 때 만나게 된 곳이 BBM이다. 그곳에는 인생에 진심인 분들이 많았다. 나랑 비슷하게 사는 사람들인 것 같은데, 하나같이 열심히 삶을 가꾸며 살고 있었다. 그분들과 함께 감사 일기를 쓰며 하루의 충만함을 느꼈고, 바인더를 배우며 시간 관리에 신경을 쓰게 되었다. 그 외에도 여러 가지 프로젝트에 함께했는데, 여러 가지에 참여하다 보니 나라면 어떤 프로젝트를 운영할 수 있을까 하는 생각이 들었다. 그 시작이라면 내가 가장 큰 변화를 맛보았고 많이 고민했던 다이어트 모임이 좋겠다는 생각으로까지 구체화되었다. '해보자.' 실패하더라도 해보자 싶어 몇 날 며칠을 고민하고는 모집 글을 올렸다. 단돈 만 원에 시작한 한 달 프로젝트였다. 감사하게도 모집 글에 신청 댓글이 올라왔다.

SNS를 통해 사람들을 만나 소통하는 것은 신기한 경험이었다. 게다가 나도 모르는 누군가가 나의 블로그와 인스타를 통해 내 프로젝트를 신청할 때는 짜릿하기까지 했다. 더 큰 책임감이 느껴졌다. 공지 글 하나 믿고 오신 분들에게 무엇을 채워드릴 수 있을지 고민하고 또 고민했다. 그 고민은 때로는 자괴감을 밀고 오기도 했다. 하지만 포기할 수도 없고, 포기해서도 안 되고, 포기하고 싶지도 않은 나의 일이었다. 회사라면 그럴 수 있었을까. 다른 사람에게 미룰 수 있는 일은 미루고 포기할 수 있는 일은 포기하지 않았을까. 하지만 나의 일에서는 달랐다. 내가 시작한 내 일은 온전히 나의 책임이었다.

아침에 일어나서부터 잠들기 전까지 내가 운영하는 단톡방이 돌아간다. 자신의 체력과 스케줄에 맞게 운동하고 걷고 인증을 한다. 예전보다 할 일이 늘어났지만, 함께하는 분들의 삶이 느껴져서 오히려 더 신이 난다. 움직이자고 독려하고, 좋은 음식 먹자고 정보를 공유하는 것 또한 즐겁다. 함께 읽을 책을 선정하는 데 있어서 내 선택이 맞지 않으면 어쩌나 싶은 책임감에 힘들 때도 있지만, 고민한 만큼 좋은 책을 고를 수 있을 거라 생각하며 그 고민을 즐기고 있다.

'아만나'와 글쓰기 프로젝트 등을 운영하면서 내 일을 시작했다는 즐거움에 참 행복하다. 나는 내가 바라던 대로 집에 있지만 집안일만 하는 사람이 아닌, 내 일을 하는 사람이 되었다. 아이들에게도 엄마가 더 이상 집안일만 하는 엄마가 아닌, 프로젝트를 운영하는 일하는 엄마라는 사실이 다르게 와닿는 것 같다. 남편도 달라진 내 모습을 응원하며 용기를 주고 있다. 매달 공지 글이 올라오면 몇 명이나 신청을 했는지 신경 써주는 남편이 참 감사하다. 일하는 주부에게 가장 필요한 조건인 남편의 지지와 아이들의 응원이 있으니 앞으로 더 신나는 미래가 펼쳐질 거라 기대된다.

한 발자국 걸어 나왔더니 새로운 세계를 경험하게 되었고, 그 세계에서는 어제보다 나은 오늘이 있었다. 아직은 시작에 불과하지만, 0에서 1이 되는 큰 벽을 넘었기에 이제는 다른 어떤 일도 시작할 수 있을 것 같다. 그리고 조심스럽게 큰 꿈도 꿔본다. 김미경, 켈리 최, 고 박완서 작가처럼 누군가에게 희망이 되는 사람이고 싶다. 그녀들에게도 힘든 시기가 있었지만 지혜롭게 극복하고 정상에 섰듯이, 나도 계속 고민하며 나를 채워가고 싶다. 나 자신이 브랜드가 될 날이 올 때까지.

4 　　　더 큰 꿈이 생기다

이지혜

　31세, 삼성서울병원에서 퇴사하고 취직이 되지 않아 구직 사이트에 이력서를 올렸다. 헤드헌터가 나를 검색하도록 설정해 두었다. 사회복지사, CS 강사 등 다른 길로 가볼까? 하지만 쉽지 않았다. 사회복지사 초년생 연봉은 임상병리사 8년 차 연봉에 비해 너무 적었기 때문이다. 그래도 임상병리사를 하는 게 나을까? 매일 고민하면서 이력서를 넣고 있었다. 어느 날 전화 한 통을 받았다. 〈의료기사 국가고시 대비〉 교육 사이트를 제작하다는 스타트업 회사였다. 나에게 CS 강의가 아닌 〈임상 혈액학〉 강의를 하자고 제안했다. "내가 〈임상 혈액학〉 강의를 한다고?" 믿어지지 않았다. 나는 학사경고 위기를 겪었던 대학시절을 보냈다. 동기들이 "이지혜가 국가고시에 합격했다고?" "이지혜가 정규직이 되었다고?" 할 만큼 꼴통이었는데, 임상병리학 국가고시 온라인 강사 제안이 들어온 것이다.

　생각지 못한 기회였다. 망설여졌다. 내가 할 수 있을까 두려웠다. 언젠가 사람들 앞에서 강의를 하고 싶다고 생각했지만, 그게 혈액학이 될 줄은 상상조차 하지 못했기 때문이다. 고민이 되어 주변에 상의를 했다. 가족과 주변 지인들이 사기일 수 있으니 조심하라고 조언을 해주었다. 이런 상황에서 어려운 선택을 했다. 온라인 강의를 해보겠다고 결심을 한 것이다. 낮에는 직장인 임상병리사로, 야간에는 프리랜서 온라인 강사로 말이다. 강사 계약서를 쓰던 날 "와, 강사의 꿈이 이렇게 실현되는 건가?" 심장이 쿵쾅거렸다. 그렇게 강사의 길이 시작되었다.

물론 강의를 한다는 것이 좋기만 한 것은 아니었다. 하나의 강의 45분짜리 영상을 만들기 위해 공부해야 할 것의 양은 어마했다. 〈임상 혈액학〉이라는 시험과목 안에 4개의 전공이 들어가기 때문에 더 방대했다. 여러 권의 책을 직접 공부해서 이해하기 쉽게 만들어 내기까지 시간이 많이 소요되었다. 퇴근 후의 시간을 활용하자니, 잠을 줄일 수밖에 없었다. 그뿐만 아니라 학생들이 공부할 교재도 직접 만들어야 했다. 스타트업 회사였기 때문에 출판 관련 담당자나 편집팀이 별도로 없었기 때문에 하나부터 열까지 강사인 내 몫이었다.

열정적으로 준비하다 보니 강의에 욕심이 생겼다. 대학 다닐 때 전공 공부가 너무 어려웠고 학점도 나빴기에 누가 들어도 이해가 되는 강의를 하고 싶었다. 또 〈임상 혈액학〉이 국가고시에서 비중 높은 시험과목이라 평점을 확 올려서 합격에 기여할 수 있도록 돕고 싶다는 목표가 생겼다. 꿈이 커지는 만큼 부담도 점점 부풀어갔다. 영혼을 모두 쏟아 만든 〈임상 혈액학〉이 개봉 박두를 했다. 게시판에 학생들의 긍정적인 피드백을 보면서 힘들지만 포기하지 않고 종강을 해낼 수 있었다.

이듬해 1월. 국가고시 합격 발표가 나고 합격 소식이 들려왔다. 수강생들의 후기 반응은 뜨거웠다. 이메일과 SNS를 통해 감사하다는 소식이 빗발쳤다. 처음으로 나도 누군가에게 도움을 줄 수 있는 존재구나 하고 깨달았다. 수업을 들은 후배들이 합격하기를 간절히 바랐고, 그 마음을 담아 전달했을 뿐인데 더 큰 감동을 받았다. 사람들에게 선한 영향력을 끼친다는 것이 이런 것이구나 생각하게 되었다. 강의에서 보람을 느끼게 되자, 지금은 주 업무가 임상병리사지만 나중에는 '사람들에게 강의하는 사람이 되고 싶다'고 더 큰 꿈을 꾸게 되었다.

온라인 강의 업체와 계약을 갱신한 지 3년 정도 되자, 이론은 미리 촬영해 둔 영상을 활용하고 문제풀이만 최신 경향으로 업그레이드를 하기로 했다. '제작해 놓은 콘텐츠'의 편의를 처음 느꼈다. 점차 강의 촬영하는 시간이 줄어들자, 여유가 생기면서 마음속에 잠시 미뤄두었던 심리학에 대한 관심이 다시 스멀스멀 올라왔다.

그즈음 또 다른 경험을 하게 된다. 언니랑 함께 홍대 이색 카페인 심리 상담 카페에 놀러 갔다. 에니어그램을 분석을 통해 상담과 코칭을 해주는데, 호기심이 발동했다. 당시 자격증 취득에 달인이었던 나는 "이거 배우려면 무슨 자격증 따야 돼요?" 물었다. 마침 우리를 상담했던 분들이 카페 사장님이셨다. "고객님, 에니어그램 성향상 이 일을 잘 하실 것 같은데 면접 보러 한번 오세요."라고 말씀하셨다. 그렇게 해서 나는 평일에는 임상병리사로, 야간에는 온라인 강사로, 주말에는 상담 카페에서 '커플 상담사'로 일하게 되었다.

커플 성격분석 상담을 하게 되자 또 새로운 세계가 열렸다. 갈등이 있는 커플이 찾아와 성격분석 그래프를 보고 갈등의 원인과 해결책을 찾아 주는 상담이었다. 내가 가진 지식과 정보를 전달할 뿐인데, 빠르게 갈등을 해소하고 원만하게 풀어가는 모습을 보니 뿌듯했다. 마치 길을 못 찾던 이들이 '성격분석'을 통해 멀리 돌아가지 않는 쾌속 지름길을 찾아가는 것 같아서 보람도 있고 즐거웠다.

열정을 가지고 쌓아온 나의 경험들이 하나하나 모여서 누군가에게 유익함을 주게 되었다. 병원 임상 경력, 온라인 강사, 커플 상담 경험을 모아보니 할 수 있는 것이 많았다. 병원 경력과 상담스킬을 갖추었다는 점이 장점으로 작용해서 여러 보험사에서 러브콜이 왔다. 고르고 골라서 영업이 잘되는 보험사로 입사했고 병원을 퇴사했다. 그리고 보험 상담사로 놀랍도록 큰 성과를 올렸다.

선한 영향력을 미치며 살고 싶다. 그러기에 1인 기업가가 답이었다. 세상은 넓고 나의 경험을 필요로 하는 사람은 많다.

살아온 경험의 조각을 모아보니 새로운 것이 빚어졌다. 돌이켜보니 나의 경험은 하나도 헛된 것이 없었다. 누구나 자기 삶의 경험을 엮으면 더 큰 꿈과 비전을 세울 수 있을 것이란 생각이 들었다. 나의 경험을 잘 모아서 더 많은 사람들에게 선한 영향력을 미치는 사람이 되고 싶다는 큰 꿈을 갖게 되었다. 아래 '이나모리 가즈오'의 말처럼 '미래진행형'으로 생각하면서 할 수 있다고 믿고, 자신의 인생에 꿈을 그리면 좋겠다.

> 나는 이것을 '미래진행형'으로 생각한다고 표현한다. 이 말은 인간의 능력은 미래를 향해 끝없이 성장해나가는 가능성을 품고 있다는 사실을 믿고, 자신의 인생에 꿈을 그리자고 당부하고 싶다.(중략) 할 수 있다고 믿고 일단 일을 시작하면 앞으로 반드시 할 수 있게 됩니다. 그 미래의 도달점을 향해 온힘과 열정을 쏟아주십시오.
> - 〈왜 일하는가〉의 이나모리 가즈오

5 무한한 가능성

※ 김선희

2020년 초부터 세상은 유례없는 코로나19 바이러스로 혼란에 빠지게 된다. 다른 바이러스들처럼 얼마 안가 끝날 거란 예상과는 달리 코로나19는 이 글을 쓰는 지금까지도 가장 큰 이슈이다. 코로나로 인해 세상은 변했다. 사람들은 접촉을 꺼리게 되었고, 많은 것들이 갑작스럽게 비대면화되었다. 자기계발, 교육 쪽의 영향은 더 컸다.

코로나 이전 대부분의 강의나 독서모임은 오프라인에서 진행했다. 그때도 온라인 강의는 있었지만 주로 녹화한 강의였다. 결제를 해놓고 안 듣는 경우가 많기 때문에 직강에 비해 인기가 없었다. 직접 가서 배우는 게 익숙하고 당연했다. 하지만 시대가 그럴 수 없게 만들었다.

코로나 팬데믹으로 세상은 갈렸다. 변화를 빠르게 받아들여 더 성장한 쪽과 도태돼 버린 쪽으로 말이다. 자기계발 시장은 엄청난 발전을 이루었다. 재택근무가 늘며 업무환경이 변했다. 밖을 다닐 수 없게 되니 집안에서 놀 거리를 찾아야 했다. 많은 사람들이 자아를 발견하는 시간을 갖게 되었다.

강의, 독서모임, 스터디 등 오프라인에서만 가능할 것 같던 것들이 '줌(Zoom)'이라는 도구를 통해 빠르게 온라인화되었다. 언제 어디서나 노트북, 핸드폰만 있으면 얼굴을 마주하고 만날 수 있게 되었다. 공간적 제약이 없어지니 만남은 오히려 쉬워졌다.

기존부터 강사나 코치를 하던 분들이 먼저 빠르게 변화를 흡수하고, 그 기술을 온라인에서 나누어 주었다. 어느 때보다 활짝 온라인 세상이 열린 것이다. 자격 없이 할 수 없던 '강의', 자본 없이 시작하기 어려웠던 '창업', 점포 없이도 물건을 팔 수 있는 '온라인 스토어'를 누구나 쉽게 할 수 있게 만들어 준 게 코로나와 줌이다.

노트북과 스마트폰만 있으면 1인 기업이 될 수 있는 무한한 가능성이 열린 것이다. 1인 기업은 혼자서 수익을 창출해 내는 사람이다. 주로 온라인에서 활동하며 물건이나 지식을 판매한다. 기업이라고 해서 거창하게 사무실이 있거나 직원이 있어야 하는 건 아니다. 혼자서 어떤 형태로든 수익을 만들어 낼 수 있다면 1인 기업이다. 직장인이어도, 자영업을 하면서도, 집에서도 가능하다. 즉, 누구나 할 수 있다.

1인 기업은 나의 지식과 경험, 혹은 내가 원하는 무언가를 판매

한다. 지식을 판매하는 1인 기업은 '메신저'라고 부르기도 한다. 예전에는 상상도 못했던 일이다. 교수도 아니고 유명한 강사도 아닌 내 지식과 경험을 대체 누가 산단 말인가. '이 정도는 누구나 아는 거 아니야?' 나 역시 그렇게 생각했다. 그러나 경험을 해봤던 나에게는 당연한 게 누군가에게는 처음인 경우가 생각보다 많았다.

인터넷이 발달하면서 원하는 정보를 쉽게 얻을 수 있게 되었다. 지금은 오히려 정보가 넘쳐나서 문제인 시대이다. 가짜 정보, 마케팅을 위해 포장된 정보가 많아지며 경험을 통한 진위 여부의 확인이 중요해졌다. 사람들은 보이는 정보가 진짜인지 아닌지를 구별하기 시작했다. 진짜 리뷰와 협찬 리뷰를 구분하고, 직접 경험한 것이나 신뢰하는 사람이 경험한 것만 믿는다. 시행착오와 시간을 아끼기 위해 돈을 쓰는 사람들이 늘어나기 시작했다.

나도 그랬다. 나보다 몇 발 앞서 간 사람의 경험을 사기 위해, 시행착오를 줄이기 위해 기꺼이 돈을 지불했다. 닮고 싶은 사람, 따라하고 싶은 사람에게 강의료를 내고 독서법, 3P 바인더 사용법, 시간 관리법, 마인드맵 활용법 등을 배웠다. 온라인에서 무자본으로 창업을 하는 방법과 스마트 스토어를 운영하는 방법도 배워서 실천했다. 지금 나는 스마트 스토어 2개, 네이버 블로그, 네이버 카페, 티스토리, 인스타그램, 유튜브를 운영하고 있다. 노트북 한 대로 온라인으로만 사업한다.

1인 기업으로 살아가려면 자기계발은 선택이 아니라 필수이다. 혼자서 일하기 때문에 아무도 관리해 주지 않으니 스스로 철저히 관리 감독해야 한다. 2년간 쉴 새 없이 다양한 도구를 배웠다. 알게 된 것, 깨달은 것을 블로그, 인스타에 기록했다. 혼자서는 작심삼일로 끝나기 일쑤라 계속 실행 프로젝트에 참여했다. 나의 의지력을 믿지 못했기에 돈을 지불해서라도 할 수밖에 없는 환경을 만든 건데, 그것이 또 다른 기회로 돌아왔다. 프로젝트에 참여하는 참여자에서 리드하는 리더가 될 수 있었던 것이다.

살기 위해 시작한 공부였다. 간절히 변하고 싶었다. 성공하고 싶었다. 책을 읽고 강의를 듣고 환경을 바꿔가며 자기계발을 했다. 하고 싶어서, 좋아서, 나를 위해 시작한 일이었는데, 그걸로 돈을 벌 수 있게 되었다. 어느덧 내가 한 발 앞선 사람이 된 것이다.

코로나로 인해 온라인 세상이 활짝 열리며 그 어느 때보다 무한한 가능성이 생겼다. 이제는 누구나 1인 기업이 될 수 있다. 좋아하는 일을 하면서 얼마든지 돈을 벌 수 있다. 취미가, 지식이, 경험이 돈이 되는 세상. 초보가 왕초보를 가르치는 세상. 작은 것일지라도 돈을 주고 배우는 게 당연해진 세상!

지금 온라인에는 수많은 습관 프로젝트가 있다. 독서모임, 다이어트 모임, 새벽 기상을 함께하는 미라클 모닝 프로젝트, 아이들과 책 읽는 모임, 영어 공부 모임, 바인더 함께 쓰는 모임, 블로그, 인스타, 유튜브 등 매일 업로드하는 모임, 영화 토론 모임, 그림 모임 등…. 현재 내가 속한 BBM에서도 다하고 있는 프로젝트들이다. 이런 걸 돈 주고 하는 사람들이 있다는 게 신기한가? 나도 그랬다. 그런데 한다. 그것도 꾸준히. 게다가 재밌다.

처음엔 참여하면서 배우고, 내가 하고 싶은 프로젝트를 오픈하면 된다. 직접 리더가 되어 운영하면 책임감이 생겨서 더 열심히 하게 되고, 돈도 벌고 일석이조! 내가 하고 싶은 프로젝트를 하면서 나도 발전하고, 다른 사람도 돕고, 돈도 벌 수 있다니 얼마나 멋진 일인가.

변하고 싶었던 열정이 무한한 가능성의 씨앗이 되었다. 얼마나 큰 열매를 맺게 될지, 나 역시 기대하며 열심히 키워가고 있다.

6 ～～～～～ 주인공은 나야

※ **최서연**

나 빼고 모든 사람이 행복해 보일 때가 있다. 저 사람만 아니면 내가 성공할 수 있을 거란 어리석은 마음을 가진 적도 있다. 사람들이 나를 봐주지 않는다고 소리쳐 울기도 했고 원망도 했다. 도대체 왜 나만 힘든 거지?

스무 살, 서른, 마흔이 지나며 과거의 모습을 용서하게 됐다. "괜찮아. 그땐 그럴 수 있지. 잘 살아 왔어. 이제부턴 나만의 세상을 시작하는 거야." 남이 아닌 나, 밖이 아닌 안으로 시선을 돌렸다. "저 인간은 왜 저런 식으로 행동하지?"에서 "오늘 집에서 무슨 일이 있었나 보네." 상대방을 있는 그대로 보는 연습을 했다.

사람들에게 알아봐달라고 소리치지 않고 먼저 그들을 바라봤다. 그랬더니 사람들이 눈을 들어 나를 봐주고 찾아왔다. 예전에 나는 주인공 자리를 원했으면서도 오디션을 보러 가지도 않고 대본 연습도 하지 않았다. 화려한 조명 아래 서 있는 주인공은 누구보다 치열하게 산 사람이다. 그들의 화려함은 땀의 결과물이었다. 이제는 땀을 더 흘리는 사람이 되려 한다. 우연히 접한 정보는 블로그나 유튜브에 콘텐츠로 올렸다. 먼저 배워서 다시 수강생들에게 알려줬다. 몸은 고달팠지만 배움이 깊고 넓어질수록 주변에 끼치는 영향력은 확장됐다.

2015년 보험설계사를 시작하면서 유튜브를 했다. "밖에 나가서 고객 한 명이라도 더 만나지 무슨 영상촬영이냐!"라며 선배들이 외계인 보듯 했다. 만나 주지 않는 고객들에게 영상을 찍어 보장 설명을 보내주는 용도였다. 처음엔 목소리도 듣기 거북했고 무슨 말을 하는지도 알 수 없었다. 스스로를 마주한다는 것이 불편한 진실이 됐다. 모니터 속의 최서연의 모습은 내가 아는 여자가 아니었다. 자꾸 보니 그녀는 자신이 아는 것을 사람들에게 알려줄 때 행복해했다. 억지 미소가 아닌 기쁨이 느껴지는 표정이 보였다.

서울살이가 팍팍해서 체험단을 시작하며 2007년도부터 블로그를 했다. 공짜로 생필품을 받으려면 사진을 찍고 글을 써야 했다. 보험설계사를 할 때도 고객 미팅 후 새로운 정보를 알게 되면 블로그에 무조건 글을 남겼다. 누군가 알아주지 않을 때도 매일 썼다. 대단한 글이 아니었다. 짧지만 그 순간에 내가 할 수 있는 만큼 집중해서 기록하려 했다. 다른 블로거와 비교하지 않았다. 어차피 나는 그들처럼 될 수 없으며, 그들의 방식이 내 DNA와 맞지 않기 때문이다.

어느 날 다른 회사의 보험설계사가 유튜브를 배우고 싶다고 연락을 해왔다. 보험사를 퇴사한 후에는 블로그 쓰는 법을 알려달라며 강의 요청이 왔다. 네이버 인플루언서가 됐고, 인스타그램과 유튜브는 구독자가 1만 명을 넘었다. 블로그 강사들이 이야기하는 수익화와 내 강의는 거리가 멀다. 그들이 말하는 공식 외에도 깨달은 것이 있다.

공식은 하나가 아니라는 것을 말이다. 내 삶의 주인공이 나라고 해서 그 외 사람은 조연이 아니었다. 각자 자기 삶의 주인공이며 서로 어우러져 세상은 흘러갔다. 나는 강사이면서도 수강생이 될 수 있는 것처럼 각자 자기 삶을 충실하게 살아내는 것으로 충분하다.

"꿈이 뭐예요?", "원하는 노후의 모습은 어떻게 돼요?" 수강생에게 물으면 "돈 걱정 없이 행복하게 살고 싶어요."라고 추상적으로 말한다. 돈은 얼마를 가지고 싶은지, 행복하다는 것은 무엇인지 표현하지 못한다. 그러니까 매일 열심히만 살고 성과가 없다. 주인공이 되고 싶다면 목표를 세우고 손에 잡힐 듯 시각화하고 실행해야 한다.

"책 먹는 여자는 일하면서 여행도 즐기는데, 어떻게 그렇게 살 수 있죠?" 인터뷰를 통해 자주 받는 질문이다. 하루 중에 가장 많은 대화를 하는 사람은 나다. "어떻게 하면 이 문제를 해결할 수 있을까? 이렇게 하면 어때? 이날은 컨디션 조절을 해야 하니까 쉬자. 그래. 이건 꼭 해야 하는 거니까 힘내자." 무대에 서고 싶지만, 그러기 위해선 큰 노력을 해야 하는 것을 알기에 시작이 두려울 때가 있다. 그럴 때는 역할이 끝난 후 무대 아래에서 어떤 모습일지를 상상해 본다. 시작하면서 끝났을 때의 모습을 시각화하는 것이다. 그것이 나에겐 여행이기도 하고, 카페에서 즐기는 커피 한 잔의 여유이기도 하다.

이십 대는 서울살이에 적응하느라 바빴다. 삼십 대에는 일을 배우고 나를 찾는 시간이었다. 불안했고 슬펐다. 돈을 벌어도 기쁘지 않았고, 허한 마음에 소비만 했다. 앞으로 걸어도 어디로 가는지 모른 채 제자리걸음만 했다. 서른 살 중반에 책을 만나면서 삶이 변했다. 책이라는 도구가 나를 만나게 해줬다. 삶의 주인공이 되고 싶다면 책을 읽으면 좋겠다. 아무도 나를 바라보지 않을 때도 무대에 오를 수 있는 용기를 얻을 수 있다. 그들이 나를 바라볼 때까지 버티는 아이디어도 얻는다. 당신이 무대 중앙에 설 때까지 책 먹는 여자가 응원할 테니 오늘도 한 걸음 앞으로 걷기를….

나도 이젠 사업가

※ 유현주

비비엠에 입성해서 빅리치 독서 모임에 참여하며 경제에 관심이 생겼다. 1인 기업을 위한 독서 모임에 참여하면서 사업하는 사람뿐만 아니라 직장인, 주부도 누구나 1인 기업이 될 수 있다는 것을 깨달았다. 좋아하는 일을 하면서 현재 소득 외에 추가로 수입을 창출할 수 있는 파이프라인을 누구든지 만들 수 있다는 것도 알게 됐다. 그렇다면 내가 만들 수 있는 파이프라인은 무엇이 있을까, 진지하게 고민하기 시작했다.

똑같은 일을 17년 동안 반복하는 게 재미없었지만, 매월 고정적인 급여를 받으려고 회사에 다녔다. 오랫동안 직장인이었던 나는, 사업가는 아무나 하는 게 아니라고 생각했다. 하지만 내가 만난 많은 사람이 하고 싶은 일을 하며 돈도 벌고, 자신이 좋아하는 일을 즐겁게 하고 있었다. 나도 그들처럼 하고 싶은 일을 하며 멋지게 살고 싶었다.

여러 가지 상황으로 회사를 그만두게 돼서 새로운 직장을 알아보기도 했고, 무엇을 할지 고민하며 재취업 역량 강화 교육도 받았다. 온라인 세상에 적응하기 위한 여러 가지 도구들을 배우고, 책을 읽으며 독서 모임에도 참여했다. 네이버 스마트 스토어 창업 과정을 배웠고, 무점포 무자본으로 시작할 수 있는 스마트 스토어 위탁 판매를 시작했다. 나처럼 스마트 스토어를 하고 싶어 하는 분들에게 시작할 수 있도록 도와주는 일도 병행하고 있다.

얼마 전부터는 내가 물건을 찾지 않아도 되는 또 하나의 유통 사업인 네트워크 마케팅을 알게 됐다. 좋은 제품을 저렴하게 사용하도록 안내하고, 소비만 해도 사업이 되는 방법을 알려드리며 재미있게 일하고 있다. 나도 이젠 사업가다.

물론 이제 시작한 사업가의 길이 순탄하기만 한 건 아니다. 수입 측면에서도 아직은 직장 다닐 때만큼 수입이 확보된 건 아니다. 하지만 점점 더 늘어날 거라 믿는다. 나는 이제 고정 수입을 받는 직장인이 아니다. 노력한 만큼 수입이 발생하는 사업가가 된 것이다. 내 수입은 내가 정한다. 직장인은 특별한 일이 없다면 9시 출근, 6시 퇴근이다. 하지만 사업가는 프로젝트 기획 및 진행, 상품 등록, 상품 홍보 등 사업의 확장을 위한 일을 해야 한다. 그렇게 하다 보면 늦은 시간까지 또는 이른 아침에 일해야 할 때도 있다. 나의 짧은 경험이지만, 직장에서의 야근과 나의 일을 하며 밤늦게까지 일하는 느낌은 사뭇 다르다. 직장에서 야근할 때는 불만스러운 마음이 가득했고, 일의 능률도 오르지 않았다. 내 일을 하면서 늦게까지 일할 때는 몸은 피곤해도 마음은 즐겁다. 일을 마무리했을 때의 성취감으로 언제나 뿌듯함이 느껴진다.

블로그를 시작할 때 닉네임을 '친슈맘'이라고 정했다. '친슈맘'은 친절한 슈퍼맘을 세 글자로 줄인 건데 친절한 슈퍼우먼과 같은 엄마라는 뜻이다. 이렇게 닉네임을 정한 뒤로 닉네임과 비슷하게 살게 된 것 같다는 생각이 문득 든다. 많은 사람이 나를 친절한 사람, 여러 가지를 해내는 사람으로 생각하고 있다. 나 또한 그런 사람이 되려고 노력하고 있다. 얼마 전부터는 친슈맘 앞에 엄마 사업가라는 수식어도 붙이기 시작했다. 엄마로서 멋진 사업가가 되어 있는 모습을 상상해 본다. 엄마라는 위대한 이름을 가지고 당당하고 멋지게 사업가로서 성공한 친슈맘이 되고 싶다. 그리고 한 걸음 더 나아가 엄마 사업가를 꿈꾸는 세상의 모든 엄마에게 내가 발견한 파이프라인을 통해 그들의 경제적 자유를 돕고 싶다. 사명을 이루기 위해 멋진 삶을 살아갈 것이다.

사업가로서 그리고 나의 사명을 이루기 위해서 지켜야 할 것은 무엇일까 생각해 본다. 정답이라고 할 수는 없지만, 한결같은 마음으로 초심을 잃지 않는 것이 아닐까. 초심을 잃지 않으려면 늘 나를 되돌아봐야 한다. 일의 과정과 성과를 가지고 평가하고 다시 계획

한다. 그리고 반복적으로 꾸준히 실천한다. 한두 번 해보고 그만두지 않고, 될 때까지 하는 꾸준함이 필요할 것 같다. 꾸준함은 2021년 나의 원 워드였다. 모든 일들 특히 사업하는 부분에 있어서 꾸준함으로 실천해 나가려고 한다. 나의 한결같은 모습을 보며 나를 지지하고 나를 응원하는 사람이 생길 거라고 믿는다.

그리고 사업가로서 내가 지켜야 할 것은 서로 돕고, 감사하고, 겸손한 마음을 가지는 거라고 생각한다. 사업은 혼자 할 수 없다. 사람이 절대적으로 중요하다. 서로 힘들 때 돕고, 기쁜 일이 있을 때 함께 기뻐하고, 늘 감사함을 표현해야 한다. 내 일이 잘되고 있을 때도 너무 자만하지 않고 겸손한 마음으로 어려운 사람이 없는지 돌아볼 것이다.

마지막으로 늘 배우려고 한다. 강의나 교육을 통해 배운 것은 한 가지라도 적용할 것이다. 책을 통해서도 배우고 실천한다. 또한 먼저 성공한 분들의 이야기와 삶을 보며 나에게 적용할 부분을 찾는다. 성공자가 어떤 마음가짐을 가지고 어떤 행동을 하는지 관찰한다. 성공자의 삶을 따라가기 위해 노력을 아끼지 않겠다.

점포가 없어도, 자본이 없어도 '나도 이젠 사업가'다. 여느 직장인처럼 매일 출근을 하지 않아도 되고, 내가 하고 싶은 일을 하면서 수입도 조금씩 발생하고 있다. 무엇보다 내가 일한 만큼 생기는 수입이 보람되고 감사하다.

직장을 다니면서도 이미 사업가의 삶을 살아가는 사람이 주변에 많이 있다. 정말 대단하고 존경스럽다. 두 가지를 병행하며 성공적으로 멋진 인생을 펼쳐나가고 있는 분들을 진심으로 응원한다.

이토록 멋진 인생이 어디 있을까?

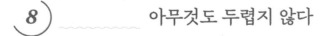

8 ———— 아무것도 두렵지 않다

※ **임화섭**

세무사 합격 후에 정식 세무사로 활동하려면 수습세무사 생활 6개월 과정은 필수다. 수습으로 일하기 위해 각종 세무 법인과 세무 사무실에 지원을 했다.

이때 수습할 곳을 찾기 위해 두 가지 조건을 정해 두고 지원을 했다. 첫째, 일을 제대로 잘 배울 수 있는 곳이어야 한다. 말 그대로 세무사님의 마인드가 좋고 실력이 훌륭하신 분일 것. 둘째, 개인 사무실 운영 노하우를 세무사님 본인이 잘 갖고 계신 곳일 것. 이 두 가지 조건 외에 사무실의 외형에는 집중하지 않았다. 그렇게 마주한 박인규 세무사무실 수습세무사 모집 공고에서 도제식 교육의 수습생활이 강조된 점이 끌려 지원하게 됐다. 서류 합격 후 2차 질문 양식에 메일로 사전 회신을 요청하셨다. 진솔한 마음으로 성실히 작성하여 회신하였고, 최종 면접을 통해 수습세무사 모집에 합격하였다. 감사하게도 박인규 세무사무실에서 6개월간의 수습생활을 보낼 수 있었다.

박세무사님과 함께한 기간은 도제식 교육이라는 말에 걸맞게 실력 있는 세무사로 성장을 하는 중요한 시간이었다. 신고 기간에는 하루 2시간씩 수면시간이 주어지는 날도 많았다. 일의 양은 어마어마했고, 재결재를 10번 받은 건도 있었다. 기장을 하여 결재를 올리면 틀린 부분에 대한 코멘트를 달아 피드백을 주시면 그걸 가지고 공부하고 연구해서 다시 수정하여 결재를 올리는 방식이었다. 박세무사님은 항상 정확한 해답을 갖고 계셨고, 그걸 스스로 찾을 수 있게 시간과 기회를 주셔서 사고를 확장하고 심화시킬 수 있게 단련시켜 주셨다. 나는 그 정답을 찾기 위해 무던히 애썼다. 지금 생각해 보면 업력 34년인 세무사님 입장에서 나는 자격증만 있을 뿐, 참 많이 답답하고 부족한 세무사였을 것이라고 그때의 나를 떠올리며 생각해 본다. 다행히 박세무사님은 감정의 기복으로 화를 내는 분이 아니고 참고 기다려 주셨기에 더욱 감사했고, 그 감사함을 주신 일을 100% 해내는 것으로 보답하고 싶었다. 수습 과정을 6개월간 거치고 박세무사님 사무실에서 직원등록을 하고 근무 세무사로 계속 일할 수 있게 해주셨다. 그렇게 일을 배우고, 신고 기간들을 거쳐 가며 조금씩 내 몸이 달라지는 것을 느낄 수 있었다.

그러던 어느 날 박세무사님께서 본인 사무실 한 편에 사업자 등록증을 내걸 수 있게 하시겠단 말씀을 하셨다. 소위 파트너 세무사로 있게 해주신단 말씀이었다. 1인 사업자로 일할 사무실 한 편을 내주시고 내 거래처를 모으면서 박세무사님의 세무 용역 업무를 대신하는 부분에 대하여 수수료를 받는 방식을 제안하셨다. 사실상 초보 세무사에게 파격적인 제안이었고, 이 제안으로 나는 말 그대로 1인 사업자로 첫 발을 내딛게 된 것이다.

사무실 내 책상 위에 사업자등록증을 걸고 업무를 시작했다. 그렇게 내 사업을 시작한 것이다. 첫 거래처를 수임하는 것은 쉽지 않았다. 수습이 끝났다고 지인들에게 연락하기 시작했다. 사업의 첫 영업을 시작한 것이다. 사업을 시작했음을 실감하는 순간이었다.

세무사에 합격해서 수습 기간에 접어들기 전까지는 사업 준비 기간이었다. 그 기간에는 설레는 마음도 있었지만 그저 막연하고 답답한 마음이 더 컸다. 나중에 세무사가 되면 사람들이 찾고 사람들에게 도움이 되는 명품 세무사가 되겠다고 이런 저런 모습을 상상했을 뿐, 사실 그냥 머릿속에서 영사기를 돌려보는 수준으로 마무리 되었었다. 상상 속의 이야기일 뿐이었다.

꽤 긴 시간에 걸친 수험생활과 수습 기간 등의 내 세무업에 대한 트레이닝 기간을 보내며 사업 준비기간을 갖고 실전에 투입되니, 실제 업무는 훨씬 유기적이면서도 다양한 모습을 띠고 있었다. 그런 생소함과 낯선 느낌들이 어렵다기보단 알아가는 즐거움으로 다가왔다.

그리고 그렇게 하나씩 알아가는 설렘 속에 업무 대응력을 키워가면서 성장하는 나를 발견했다. 극한의 수습 기간, 매 신고 기간마다 제대로 자본 적도 쉬어 본 적도 없었지만, 그렇게 무섭게 몰입하며 지나온 신고 기간들 속에서 고객을 대하는 태도와 실력, 이 모든 것이 달라져 가는 것을 느끼며 이젠 정말 아무것도 두렵지 않게 되었다. 사업을 상상만 할 때에는 두려움이 크지만, 막상 그 안에 뛰어들어 호흡하고 계속 도전하며 내 몸을 적응시키고 고민해 나가면, 결국 두려움이 자신감으로 변하는 순간이 온다. 마치 운전이 처음에 두려웠다가도 막상 몸에 배는 순간 바로 반응하며 자동으로 운전하게 되는 것처럼 말이다.

사업도 마찬가지다. 정말 그 사업에 직접 뛰어들어 실제 운영하다 보면 그때그때 위기 상황에 대응할 힘과 자신감이 쌓인다. 그리고 그 속에 나만의 노하우도 갖게 된다. 그건 나만이 얻을 수 있고, 나만이 해낼 수 있는 사업의 중요 요소가 구축되는 경험이다.

나 같은 경우는 사업의 준비 기간이 너무나 길어진 상태였고, 그 시간이 전부 낭비였다고 생각하진 않지만, 실제 사업을 해보니 사업을 직접 운영해 봐야지만 배울 수 있는 것도 많고, 상상한 사업과 내가 하는 사업의 차이는 크다는 걸 알게 됐다.

내가 가진 내 몸 하나로 1인 사업을 시작한다면 우선 내가 어떤 사람인지, 내가 그 업을 하기 위해 가져야 할 자세와 실력은 어떻게 키울지에 대해 계속 고민하고 발견하며 정진해 나가는 것이 필요하다. 그러한 성찰 속에 사업을 이어가는 지금, 이제 그 무엇도 두렵지 않다.

9) 나의 우주를 확장하기로 했다

박보경

모두 각자의 우주를 만든다. 태어나서 죽을 때까지 자신의 우주를 만들고, 부모가 되면 아이의 우주를 함께 만든다. 첫아이 임신했을 때, 나의 우주에 나 아닌 생명체가 들어온다는 것이 두려웠다. 내가 이 아이의 우주를 한정 지을지도 모른다는 사실에 가슴이 답답했다. 어떻게 살아가야 할지 막막했다. 참 오래 걱정하고 고민했다. 이미 아이는 내 뱃속에서 존재감을 뽐내고 있었다. 긴 고민의 결과는 "내가 살아갈 세상을 넓혀야 이 아이에게 넓은 세상을 보여

줄 수 있겠구나, 열심히 살아야겠다."였다. 분명 그때는 알고 있었다. 내가 살아가는 세상은 내가 만든다는 것을.

하지만 그로부터 8년 후, 완전히 잊었다. '나는 왜 이렇게 살고 있나, 이게 다 누구 때문인가?'라는 생각으로 가득했다. 원망 가득한 시기를 보내고 다시 책을 읽어야겠다고 생각했을 때 돈에 관련된 책들을 많이 읽었는데, 일본 작가의 책에서 '우주님'이라는 단어를 보았다. 그 우주님이 무엇인지 이해하기 어려웠다. 시크릿의 유인력의 법칙이 이야기하는 우주의 에너지인가? 비슷하지만 또 다른 것 같았다. 나의 잠재력인가? 그것도 비슷하지만 좀 달랐다. 한참을 생각하다 떠올랐다. '아! 첫아이 임신했을 때 생각했던 그거! 그 세상, 내가 만들어간다는 그 세상이 우주님이구나!'

그렇게 나의 우주에 대한 생각을 하게 되었다. 사람은 모두 각자의 우주에서 살아간다. 같은 시간 같은 공간에 있어도 각자의 우주는 다르다. 매 순간의 의미가 다르고, 모든 것의 가치가 다르다. 느끼는 바가 다르고, 얻어 가는 것이 다르다. 모든 것은 각자의 우주만큼 주어진다. 그것을 깨닫고 나서 그동안의 시간을 돌이켜보았다. 나는 어떤 우주를 만들고 있는가?

경제적으로 힘든 날들이 계속되어 결국 파산에 이르렀을 때, 힘들어하는 내게 아버지께서 이렇게 말씀하셨다. "남들은 수백억 날려가며 이런 경험을 하고 공부를 하는데, 그에 비하면 니는 얼마나 다행이고? 싼값에 좋은 공부하는 기다. 돈에 미련 갖지 말고 그릇부터 키워라. 가족들 함께 있고 건강하면 됐다. 더 공부해서 준비해라. 그릇이 커야 오는 돈을 담지." 그 말을 듣고 깨달았다. 지금의 힘든 상황도 내가 만든 것이구나. 내가 만든 나의 우주였구나. 나의 아버지는 이렇게 나의 우주를 확장시켜 주셨다.

그동안 내가 살던 우주는 어땠을까? 주어지는 일을 하고 그에 대한 돈을 받았다. 나의 가치도, 시간과 노력에 대한 보상도 타인에 의해 결정되었다. 나에게 선택권과 결정권이 없는 것에 익숙했다. 딱 그만큼이었다. 스스로 우주를 창조할 수 있는 능력 없이 누군가가 만들어 놓은 우주에서 살고 있었다.

이것을 깨달았을 무렵 내가 가진 건 시간뿐이었다. 생각하고 또 생각했다. 이 상황을 어떻게 벗어나야 할지, 앞으로 무엇을 해야 할지 끊임없이 생각했다. 부정적인 생각에 스스로를 갉아먹는 날도 있었고, 긍정적인 생각에 희망이 보이던 날도 있었다. 남편과 서로 총을 쏘아대던 날도 있었고, 서로 토닥이며 전우애를 다지는 날도 있었다. 다행인 것은 희망이 보이는 날이 점점 많아진다는 것이다. 그 희망이 보여주는 청사진을 따라 우주를 확장하기로 했다. 적군인지 우군인지 헷갈리던 남편도 함께 노력했고, 드디어 우주 확장에 동참하게 되었다. 매일 "감사합니다."라고 중얼거리며 가진 것과 원하는 것에 집중하는 연습을 했다. 익숙하지 않아 힘들었지만 우리는 마치 기도를 하듯 그렇게 했다. 아침 출근길에 남편과 함께 나란히 앉아 "우리의 일터가 있어서 감사합니다." "타고 다닐 차가 있어서 감사합니다." "오늘 아침에도 아이들의 웃는 얼굴을 볼 수 있어 감사합니다." "푸르고 높은 하늘을 볼 수 있어 감사합니다." 라고 중얼거렸다. 그러다 한참 동안 서로 눈도 마주치지 못한 채 앞만 보고 입술을 깨물었다.

하루 매출 3만 원짜리 장사꾼의 우주가 10만 원짜리로 커졌고, 통장에 100만 원이 입금되던 날 우리는 장사꾼이 아닌 기획자가 되어 있었다. 동네 카페의 조용하고 엉뚱한 사장은 커뮤니티 아트 기획자가 되었고, 나는 교육 문화기획을 하는 의미큐레이터가 되었다. 강사와 코치 경력을 살려서 나만의 브랜드를 만들기 시작했다.

어떻게 이렇게 우리의 우주가 바뀌었을까 생각을 해보면, 그저 마음먹었을 뿐이다. 우주를 확장하겠다고 마음먹은 후부터 이전의 고난이 더 이상 고난이 아니었다. 큰 우주로 나아가는 과정이었을 뿐. 이 또한 과정이라 생각하니 죽을 것만 같았던 현실은 그저 하나의 스토리가 되었다. '언젠가 이것도 이야깃거리가 될 거야. 아무렇지 않게 이야기하는 날이 오겠지'라고 생각했는데 예상보다 그날이 빨리 왔다. 이렇게 이 책에 "나 하루에 3만 원 벌다가 파산했어요." 라고 쓰게 될 줄 몰랐다. 이 또한 내 우주가 더 확장되었다는 증거이리라.

또 우주를 확장하기로 한 후 주변 사람들이 달라 보였고, 실제로 예전의 우주에서는 만나지 못했을 사람들을 만나게 되었다. 확장하고 있는 나의 우주에 관심 있는 사람들이 생기고, 우주 확장에 좋은 재료가 되는 일들이 생겼다. 그렇게 모인 사람들과 자기계발과 성장을 위한 비영리법인 단체인 '고래 둥지'를 만들고, 멤버들의 재능을 바탕으로 한 프로젝트들을 운영하고 있다. 김미경의 '리부트'라는 책을 읽는 독서모임을 열었다. 이 책을 좀 더 꼼꼼히 읽고 적용하고 싶어서 만든 모임이었다. 코로나가 시작되는 시기라서 변화하는 세상에 긴장을 한 사람이 나뿐만이 아니었는지 생각보다 많은 사람이 모였다. 그 모임으로 시작하여 관심사가 비슷한 사람들끼리 모이더니 걷기 모임, 바인더 쓰기 모임, 독서모임, 글쓰기모임과 그림 그리기 모임이 생겼다. 하나의 프로그램이 자연스럽게 다섯 가지 모임으로 늘어났다. 각 모임의 호스트가 모두 다르며, 이분들이 나와 함께 '고래 둥지'에서 활동하고 계신다. 우주 확장을 시작한 지 2년이 채 되지 않아 얻은 성과이며, 나의 우주와 멤버들의 우주가 확장되며 생긴 교집합이라고 믿는다.

많은 사람들이 자신의 우주를 한정 짓는다. 자신의 재능에 호의적이지 못하고, 가능성을 인정하지 않는다. 지금의 삶에 만족하는 건가? 새로운 도전에 대한 두려움 때문인가? 아니면 지나친 겸손인가? 나의 경우는 무지에서 비롯된 귀차니즘이었다. '뭐 별거 있겠어'라는 생각으로 살던 대로 살다가 그 별거를 찾아야 하는 절실한 순간이 되어서야 달라졌다. '내가 뭘 할 수 있겠어'가 '내가 못할 게 뭐 있어'로 바뀌었고, 지금도 그 생각으로 이 글을 쓰고 있다. 예전에 회사를 다니며 강의를 할 때는 책을 읽으며 돈 버는 삶을 살고 싶었다. 하지만 몇 달 전부터 이왕이면 책을 쓰기도 하면서 돈을 벌고 싶어졌다. 나의 우주가 확장된 것이다. 스스로 우주를 확장하자 책을 쓸 기회가 찾아왔다. 타인이 만든 커리큘럼으로 주어지는 강의만 하다가 '의미큐레이터'라는 브랜딩을 하고 1인 기업으로 활동을 시작하자 나만의 프로그램이 생기고, 나의 노하우를 배우고 싶어 하는 사람들이 생겼다. 강사를 양성하며 더 많은 영향력을 줄 수 있는 기회가 생긴 것이다. 이렇게 나의 우주를 계속 확장하고 있고, 1인 기업이기에 무한대로 확장이 가능하다. 주어지는 일이 아닌 할 일을 찾아 하는 1인 기업은 내가 원하는 대로 확장할 수 있다.

우주 확장이라니, 황당한 소리로 들릴지도 모르겠지만, 우리가 살아가는 동안 당신의 우주는 자의로든 타의로든 확장된다. 최근 코로나로 인해 우리의 일상이 많이 달라졌다. 여러 가지 규제들로 통제받은 것 같지만, 사실 비대면의 새로운 시스템을 사용하게 되면서 우리의 우주는 확장되었다. 누군가는 어쩔 수 없는 상황에 겨우 적응하며 우주가 확장되지만, 다른 누군가는 빠르게 적응하고 새로운 환경을 이용하며 자신의 우주를 스스로 확장했다. 전자는 확장된 우주에서 헤매고 살지만, 후자는 확장한 우주를 누리며 산다. 나는 과연 어느 쪽에 해당될까?

이 글을 읽고 있는 당신과 나의 우주가 무한대로 확장되기를 바란다. 그리고 그 우주의 교집합에서 만나는 날이 생기기를 기대해 본다.

10 ～～～～ 당당한 인생

※ 최영자

"난 자기가 돈에 환장한 여자인 줄 알았잖아."

사원 아파트에 입주해 살면서 알게 된 언니가 친해지고 나서, 나를 처음 보았을 때 말했다. 남편이 잘 벌고 있는데 사원 아파트에 오자마자 연고도 아닌 곳에서 직장을 구해서, 운전해서 30분 거리를 임신 막달이 될 때까지 다녔었다. 그런 내 모습이 주변 사람들에게 그렇게 보였나 보다.

결혼하고 남편과 9개월 정도 주말부부를 했다. 남편은 결혼 직전에 새로운 회사에 입사 면접을 보았다. 입사 결정이 났고, 첫 출근하는 날이 3월 25일, 우리 결혼식은 3월 9일이었다. 신혼여행에서 돌아와 2주 후에 남편은 바로 새로운 회사 숙소로 가게 되었다. 사원 아파트가 나올 때까지 집을 구하지 말고 주말부부로 지내자는 남편의 말에 동의했고, 그때부터 남편은 아산, 나는 대전의 시댁, 남편의 방이 우리의 신혼 방이 되어 지냈다. 금방 나올 거로 생각했던 사원 아파트는 9개월 만에 갈 수 있게 되었다. 시부모님이 계신 시댁에서 살면서 직장 생활을 했고, 첫아이 임신과 동시에 사원아파트에 당첨이 돼서 회사를 그만두고 아산이라는 낯선 곳에 새롭게 정착해야 했다.

아는 사람 하나 없이 그저 남편만 보고 따라간 그곳의 생활은 적막했다. 그렇다고 해서 의미 없는 시간을 보내기도 싫었다. 무언가 하고 싶다고 생각했고 해야 할 것 같았다. 시청 구직 신청란에 등록해 두고 연락 온 곳에 바로 입사해서 다시 직장생활을 했던 내가 그들에게는 이상하게 보일만도 했다.

난 항상 내가 가장 중요했다. 가끔 이기적이란 말도 들었지만 내가 행복해야 한다고 생각했다. 그 행복이 주변을 밝게 한다는 생각이 들었다. 이타적으로 되기 위해 가끔 이기적이기도 해야 한다.

연년생 두 아이를 출산하고 나서 일하고 싶었던 이유는 내 삶에 스스로 당당하고 싶어서였다. 남편이 벌어다 주는 돈만 가지고 쓰고 싶은 것을 제대로 쓰지 못하는 환경을 바꾸고 싶었고, 남편의 퇴근 시간만 기다리며 남편을 괴롭히는 여자로 살려고 하는 나 자신을 보는 순간 인정하고 싶지 않았고, 받아들이고 싶지 않았다.

그렇게 일을 시작하게 되었고, 매일매일 최선을 다해 살았다. 일도 육아도 병행하며 누구보다 부지런해야 했고, 누구보다 잠도 못 자야 했고, 정신없이 살아야 했지만 일할 수 있는 게 좋았다. 남편은 아이를 더 낳고 싶다고 했다. 둘보다는 셋을 원했고, 우리는 그렇게 셋째 아이도 가졌다. 셋째 아이 막달에 팀장 교육받으러 갔고, 출산 후에 팀장으로 복귀해야 했다.

아이 때문에 책임을 피하고 싶지 않았었다. 팀장의 자리도 지키고 싶었다. 돌까지는 내가 키워야 하지 않을까? 어린이집을 보내야 하나? 고민하던 내게 남편이 말했다. "지금 네가 하는 일이 전문직이라고 생각해 봐, 간호사나 선생님처럼 전문직이면 너 어떻게 했을까?" 그 말은 지금 내 일에 당당해지라는 것처럼 들렸다. 백일이 갓 지난 아기를 가정 보육 어린이집에 보냈다. 아기를 어린이집에 두고 출근하던 그날 미치도록 눈물을 흘렸다. "아가, 엄마가 오늘 하루만 운다." 마음을 굳게 먹었다.

셋째를 같은 날 출산하고 산후조리원에서 지냈던 친구가 말했다. "네가 그렇게까지 하면서 돈을 벌어야 하는 이유가 무엇이냐고?" 지금 그 친구와는 연락하지 않는다. 내가 일을 하는 이유를 돈으로만 연결하고, 그렇게 이기적인 너는 엄마도 아니라며 모진 말을 던지는 친구와 더는 대화가 되지 않았다. 사람이 꼭 돈 때문에 일을 하는 건 아니다. 그런 나를 친구는 이해하지 못했다. 안타깝고 속상했지만 어쩔 수 없었다.

결혼생활이나 육아가 싫어서가 아니었다. 나를 잘 지켜야 내 가정도 잘 지킬 수 있다고 생각했다. 자책하지 않으려고 했고, 아이나 남편에게 미안해하지 않으려고 노력했다. 다만 그런 아내이자 엄마를 받아들이고 환경에 맞추어 주는 부분을 감사하게 생각했다. 그때 포기하지 않은 것이 잘한 일이다.

아이들은 자란다. 우리는 각자 독립적인 존재이다. 부모 자식이라는 관계로 연결되어 있지만, 모든 걸 소유하고 책임져야 하는 것은 아니다. 각자 서로 도움이 되는 관계로 나아가야 한다고 생각했다. 아이도 자라고 어른이 되어 가는 과정에 있으므로, 엄마도 한 사람으로서 성장해야 한다. 함께 부족함을 받아들여 주고 성장도 함께해 나가는 것이다. 아이들에게 엄마도 아직 하고 싶은 게 많다고 이야기하며 이해를 구했고 서로를 존중해 주고 있다.

그렇게 꾸준히 나를 지키며 나의 일과 삶의 균형을 잡으려고 노력하며 살아냈다. 쉽지만은 않았지만 해낼 수 없는 일도 아니었다. 셋째 출산 후 10년 만에 생긴 넷째 아이, 충격과 갈등이 있었다. 가족회의를 열었다. 육아에 함께하지 않으면 낳기 힘들 것 같다고 말했고, 가족의 다짐을 받아 내야만 했다. 가족들이 모두 좋아했다. 그렇게 넷째 아이가 태어났고 우리는 함께 육아한다. 아이를 함께 키우면서 큰아이들이 내게 물었다. "엄마, 우리 키울 때도 이렇게 힘들었어?" 내 지난 시간에 대한 인정을 받는 것 같아서 뭉클했다. 살면서 크고 작은 일들은 계속 일어날 것이다. 순간마다 지혜롭고 현명하게 해결해 나가며 살아갈 수 있을 것 같다.

어릴 적에 자주 아팠다. 결혼은 할 수 있을까? 아이는 낳을 수 있을까? 부모님은 나를 보며 그런 걱정을 하셨다고 했다. 그런 내가 네 아이의 엄마로 살아가고 있다. 혼자서 하기 힘든 일은 가족의 도움을 청했고, 모두의 도움을 받으며 아주 당당하게 말이다. 일도 계속하고 있다. 어려운 환경에서도 포기하지 않고 꾸준함을 보인다. 가족들에게 인정받으며 살아가고 있다. 화려한 삶이 아니어도 괜찮다. 나에 대한 그리고 일에 대한 확신으로 스스로 당당하면 된다. 그게 지금 내 인생이다. 너무 멋진 인생 말이다.

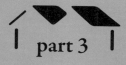

part 3

1인 기업, 나는
이렇게 시작했다

1 ——— 무모한 도전

✴ 김선희

첫 시작은 누구에게나 어렵다. 완벽주의 성향을 가진 사람이라면 더 그렇다. 내 얘기다. 처음부터 완벽할 수 없다는 걸 알면서도, 어느 정도 준비가 되기 전까지 시작을 못한다. 마음의 준비는 물론 물리적인 준비도 상당히 필요한 사람이다. 그러다 보니 시도도 하기 전에 끝나 버리는 경우가 허다하다. 숱한 기회를 날려 버렸다.

1인 기업에 도전하면서 그 버릇부터 뜯어고치기로 했다. 무모해져야 했다. 아니면 한 발자국도 나아가지 못할 테니까. 금전적 여유가 없었지만 배우고 싶은 건 무조건 배웠다. 물은 가득 차면 결국 넘친다. 넘치도록 인풋을 넣다 보면 아웃풋이 마지못해서라도 쏟아져 나오지 않을까 싶었다. 무모한 생각이었지만 거기라도 기대고 싶었다.

38년을 살면서 읽었던 책보다 최근 2년간 훨씬 많은 책을 읽었다. 성공한 사람들은 읽고 쓰고 가르치고 나누는 삶을 살았다고 하니, 따라 하려고 노력했다. 끌리는 책이나 추천도서 한 권을 읽고 나면 꼬리에 꼬리를 물고 계속 읽고 싶은 책들이 딸려 나왔다. 처음엔 한 권을 완독하는 것도 어려웠다. 지금은 여러 권을 한꺼번에 읽기도 한다. 필요한 책은 10번을 읽기도 하고, 한 권을 천천히 읽기도 한다. 다양한 독서의 즐거움을 알게 되었다. 독서모임도 거의 매주 참여했다. 모임에 참여해야 했기에 책을 끝까지 읽을 수 있었고, 다른 사람의 의견을 들으며 새로운 시선을 배울 수 있었다. 그 모든 것이 아이디어의 씨앗이 되었다.

블로그와 인스타그램 등의 SNS도 새로 시작했다. 배운 것과 깨달은 것, 생각의 단편을 기록했다. 가치관과 목표가 비슷한 사람들과 소통하며 새로운 세상을 배워갔다. 온라인이라 줌(Zoom)이나 사진, 동영상, 글로 만난 게 다였으나 우리들을 이어주는 끈끈한 동지애가 있었다. 그들을 보며 계속 자극받았고 스스로를 채찍질할 수 있었다. 아이들을 키우며, 일을 하며, 다들 바쁜 와중에도 어떻게든 시간을 만들어냈다. 책을 읽고, 강의를 들으며 삶에 적용해 나가는 모습은 신선한 충격이었다. 너무 멋있고 대단해 보였다. 나도 그들처럼 살고 싶었다. 그곳에는 SNS를 많이 하면 나타난다는 상대적 박탈감은 없었다. 질투의 배 아픔이 아닌 선망의 부러움만 있었다.

우리는 별종들이었다. 그들과 나의 주변 사람들 중에는 우리를 이해하지 못하는 사람들이 많았다. 왜 그렇게까지 힘들게 사느냐고. 학생도 아니고 그 나이에도 무슨 공부를 하냐고. 책을 읽으면 돈이 나오냐고. 책 사고 강의 듣는 돈이 아깝지 않으냐는 말들을 많이 들었다. 그랬기에 서로를 더 잘 이해할 수 있었다.

배우는 게 재밌고 좋았다. 배운 걸 토대로 지식과 경험을 녹인 나만의 정보가 다른 사람에게 도움이 될 수 있다는 것도 신기했다. 그걸로 돈도 벌 수 있다. 얼마나 멋진 일인가. 내가 좋아하는 일로 수익도 창출하고 다른 사람도 도울 수 있다니.

물론 가만히 있어도 돈을 벌 수 있는 건 아니다. 실행을 해야만 번다. 인풋을 넣었으면 반드시 아웃풋을 만들기 위한 노력을 해야한다. 아웃풋은 나 아닌 다른 누구도 만들어 줄 수 없다. 도와줄 수는 있다. 하지만 결국 발걸음을 떼는 건 나 자신이다. 뒤에서 아무리 밀고, 앞에서 끌어도 제자리에서 꼼짝도 하지 않으면 움직일 수 없다. 내가 오랫동안 그 자리에 머물러봐서 안다. 한 발자국을 떼기가 얼마나 어려운지. 한 발만 떼면 뛰는 것도 금방인데 그놈의 한 발이 그렇게 어렵다.

오래 다닌 회사를 그만두고 현실의 벽 앞에 무너지며 하는 선택마다 실패를 경험한 탓에 자신감이 떨어져 있었다. 완벽주의 성향까지 강했기에 두려움도 컸다. 2년 가까운 시간 동안 인풋만 넣으며 제자리에서 움직이지 못했다. 아는 건 많아지는데 실행 속도는 더뎠다. 그때 BBM 커뮤니티 방장이자 더 빅리치 캠퍼스 최서연 대표가 "이거 해볼래? 저거 해볼래?" 하며 손을 내밀어 주었다. 커뮤니티 단톡방 관리, 네이버 카페 관리 등 소소한 일들부터 시작했다. 작은 성공들이 모이면서 조금씩 큰 것도 도전할 수 있는 용기가 생겼다.

단톡방 스텝부터 시작해서 'BMW(Blog Me Write) 블로그 글쓰기 습관 프로젝트' 코치로 함께했다. 그 후 블로그 프로젝트를 혼자 운영하게 되며 강사라는 큰 산에 도전하게 되었다. 이 글을 쓰며 작가도 도전하고 있다. 둘 다 살면서 단 한 번도 생각하지 못했던 업이다. 주변의 도움이 정말 컸다. 하지만 아무리 도와줘도 나를 움직이고 나아가게 하는 건 나 자신뿐이다. 스스로를 관리하지 못하면 도와주는 사람에게도 민폐를 끼칠 뿐이다.

블로그 코치를 혼자서 해보기 전에는 내가 강의에 소질이 있다는 걸 몰랐다. 가르치는 걸 좋아한다는 것도, 의외로 세심하고 꼼꼼한 성향이라는 것도 몰랐다. 수강생들에게 들어서 알게 된 사실이었다. 강의를 통해 나를 한 단계 성장시킬 수 있었다.

그때 깨달았다. 실행력을 높이는 가장 좋은 방법은 일단 저질러 놓고 보는 거라는 것을. 사람은 책임감이 강해서 말로 뱉어놓은 건 지키려는 성향이 있다. 그래서 조금 더 무모해지기로 했다. 누가 "이거 해볼래?"라고 물으면, 할 수 있을지 없을지를 생각하기 전에 일단 "네"라고 대답한다. 그 후에 수습한다. 나는 그렇게 두려움을 극복해 나갔다.

블로그 코칭을 받았던 분이 본인의 회사 사람들을 모아 올 테니 그룹 강의를 해줄 수 있는지 물어보셨다. 내가 할 수 있을까, 없을 까를 따지고 재 봤다면 포기했을 것이다. 지금까지 했던 것보다 훨씬 업그레이드를 시켜야 했고, 기간도 길었기에 준비할 시간이 필요했기 때문이다. 하지만 일단 "네"라고 대답했다. 저지르면 어떻게든 수습을 해낸다는 걸 경험을 통해 알았으니까 말이다.

또 한 번의 무모한 도전을 통해 '나'를 브랜딩하고, 1인 기업을 위한 블로그를 운영할 수 있도록 도와주는 강의를 론칭할 수 있었다. 지금은 1:1 코칭도 진행하며 1인 기업을 위한 콘텐츠 기획이 필요한 분들과 더 가깝게 만나고 있다.

나의 무모한 도전은 이제 걸음마를 뗐다. 앞으로도 누군가 손을 내민다면 그 손을 잡고 걸어갈 것이다. 처음엔 과연 내가 할 수 있을까 두려웠지만 하나씩 해나가고 있다. 처음이 어렵지 하다 보면 누구나 결국 잘하게 된다. 더 이상 '내가 뭘 할 수 있을까?'라는 생각은 하지 않는다. 끊임없는 배움과 작은 성공들을 통해서 뭐든 해낼 수 있다는 걸 알게 되었기 때문이다. 책을 통해 아이디어를 얻고, 같은 꿈을 가진 사람들에게 위로와 희망을 받으며 앞으로만 나아간다. 가끔 힘들 땐 제자리에 앉아서 쉬기도 한다. 하지만 절대로 뒤로 돌아가지는 않는다. 1인 기업이지만 나에게는 함께하는 동료와 나를 이끌어주는 멘토가 있기 때문이다.

2 가진 것은 경험뿐

박보경

나의 경험을 다 지워버리고 싶을 때가 있었다. 10년 넘게 했던 교육업을 그만두고 공간을 차렸을 때 예전에 하던 건 절대 안 하겠다고 다짐했다. 학생들을 가르치는 것도 좋았고, 성인들을 코칭 하는 것도 좋았다. 하지만 회사 생활에 너무 질려서 그만두었기에 뒤도 돌아보기 싫었다.

그러나 그런 일 한 적 없는 척하고 사는 것도 고작 몇 달 뿐, 자주 만나는 사람들과의 대화에서 나도 모르게 티가 났다. 공부하기 힘들어하는 학생들을 보면 도와주고 싶었고, 고민을 들으면 나도 모르게 코칭을 하고 있었다. 결국 "나 교육하던 사람입니다." 하고 고백하고는 이런저런 이야기를 나눈 적이 있었는데, 대화 내용은 기억이 안 나지만 굉장히 즐거웠던 기억이 난다. 너무나 자연스러웠고 편안했다. "그래 나 이런 거 하던 사람이었지, 잘하는 편이었는데." 하는 생각이 들었고, 오랜 시간 동안 일하면서 보람 있고 좋았던 기억이 새록새록 났다. 하지만 "사장님 이게 천직이네~ 수업할 때는 사람이 달라 보인다. 표정이랑 목소리가 달라지네."라는 말을 들으면서도 나는 이제 교육은 하지 않을 거라며 계속 부정했다. 그러나 회사를 그만두고 시작한 일이 잘 되지 않아 경제 상황은 어려워지기만 했다. 돈을 벌어야 하니 잘하고 익숙한 일을 하는 수밖에 없었다. 너무 하기 싫은데, 할 줄 아는 게 이것밖에 없어서 해야만 한다는 생각에 끌려가듯 수업을 하러 갔다.

그런데 어찌 된 일인지 막상 시작하고 보니 에너지가 생기고 마음이 편했다. 낯선 곳에 여행을 갔다가 집에 돌아온 기분이었다. 단순히 익숙한 일을 다시 해서 느껴지는 감정이 아니었다. 절대 하기 싫었던 일인데, 왜 다시 하니 생기가 돌기 시작했을까? 다행이다 싶었지만, 또 한편으로는 도돌이표처럼 돌아간 것 같아 허망하기도 했다. 복잡 미묘한 감정으로 6개월 정도 일을 하다가 깨달았다. 내가 좋아하는 일을 하고 싶은 방법으로 하고 있구나!

회사에 다닐 때는 시키는 일을 해야만 했다. 강의안이 만들어진 강의를 배워서 하고, 해마다 똑같은 수업을 반복했다. 하지만 혼자서 다시 시작했을 때에는 나의 방법을 찾아서 했고, 하고 싶었던 수업을 만들었다. 내 경험을 바탕으로 교육 프로그램을 기획했다. 마침 그때 남편은 지역에서 문화기획자 양성과정을 수료했고, 우리 부부는 파트너가 되어 교육 문화기획을 시작했다. 너무나 하고 싶지만 방법도 모르고 인맥도 없어 막막했던 일이 묻으려 했던 경험과 접목되어 우리가 가장 잘할 수 있는 콘텐츠가 되었다. 이렇게 나의 1인 기업은 시작되었다.

학습 코칭과 학원 수업을 오래 했기에 교육제도에서 놓치고 있는 것이 무엇인지 알 수 있었고, 수많은 학생들을 만난 경험이 있기에 많은 사례를 바탕으로 코칭을 하는 프로그램을 기획할 수 있었다. 사내 강의와 직원 교육의 경험이 많았기에 고민하는 청년들을 위한 프로그램을 기획할 수 있었고, 생명공학 석사 졸업 후 교육으로 진로를 변경해 본 경험을 통해 더 현실적인 진로코칭을 할 수 있었다. 그 모든 경험을 바탕으로 온라인에서 북코칭 프로그램을 진행하며 자기계발이 필요한 사람들에게 재능기부를 하고 있다.

진절머리 나도록 싫었던 나의 경험이 돈으로 살 수 없는 사업 밑천이 된 것이다. 1인 기업을 시작하는데 가장 큰 재산은 경험이다. 경험으로부터 자신의 강점을 찾을 수 있다면 더할 나위 없이 좋겠다. 내가 잘하는 것을 명확하게 알고, 그 능력을 어떤 방법으로 발휘할 수 있는지 깨달을 수 있었던 사건이 1인 기업을 시작하는 계기가 되었다. 그 이후 중요한 것은 스스로 기획을 해야 한다는 것이었다. 혼자 일하지만 다른 사람이나 기업이 정해 주는 일을 한다면 그건 프리랜서이지 1인 기업이라 할 수 없다. 자신이 무대를 만들고, 그 무대의 주인공이 되어야 진정한 1인 기업이 아닐까?

퍼스널 코칭을 하다 보면, 하고 싶은 일과 잘하는 일이 달라서 고민하는 사람들을 많이 만난다. 그런 사람들에게 하고 싶은 일을 정말 즐겁게 하려면 잘하는 일을 통해 돈을 벌어야 하지 않겠냐는 조언을 한 적이 있는데, 내가 똑같은 갈등을 겪고 나니 그때 그분들을 찾아 다시 코칭해 드리고 싶다. 그 두 가지를 함께할 수 있는 방법을 같이 고민해 주고 싶다. 하나를 위해 다른 하나를 억지로 하거나 포기해야 하는 선택을 하지 않고 두 가지를 접목하여 할 수 있는 일을 스스로 만드는 것. 그게 1인 기업의 시작이다.

팔려는 것이 물건이든, 지식이든, 재능이든 상관없다. 1인 기업은 무엇이든 팔 수 있다. 단, 스스로 무엇을 팔 수 있는 사람인지 정확히 알아야 한다. 그렇기에 1인 기업을 시작하는 밑천은 돈이 아니라 경험이다. 모든 경험이 밑천이 된다. 만약 돈이 밑천이라 하면 적은 금액도, 구겨진 돈도 중요한 것처럼 소소한 경험도, 좋지 못한 경험도 밑천이 된다. 다시는 하지 않겠다고 마음먹을 만큼 싫었던 경험이 콘텐츠가 된 나의 사례를 기억해 주기 바란다.

살면서 가장 돈이 없을 때, 정말이지 가진 것이라고는 경험밖에 없던 그 시기에 1인 기업이라는 것을 알게 되었고 좋은 롤 모델을 만났다. 최서연 작가의 '배돈기(배움을 돈으로 바꾸는 기술)'라는 강의를 듣고 경험을 수익으로 만드는 모습에 자극을 받았다. 정말 하늘이 무너져도 솟아날 구멍이 있구나, 다시 도전할 수 있는 일이 있어 얼마나 다행이었는지 모른다. 이후 1인 기업으로 활동하시는 많은 분들을 보면서 내 경험을 바탕으로 돈을 벌기 위해 노력했다. 앞서가는 분들 사이에서 배워가며 하나하나 실행했다. 지금도 따라 하면서 내 것을 찾고, 실패하면서 보완하고 있다.

나는 1인 기업가이고, 성공하기 위한 경험을 쌓고 있다. 경험이 재산임을 깨달은 지금은 모든 순간이 콘텐츠가 된다. 새로운 것을 배우면 그것이 콘텐츠가 되고, 책을 읽고 영화를 봐도 프로그램 아이디어가 떠오른다. 책을 읽고 배운 것을 나누고 싶어서 매달 읽은 책 중 한 권을 선택하여 온라인으로 북코칭을 진행하고, 조연심 대표의 책 〈나를 증명하라〉를 보고 골드칼라(gold collar) 페스티벌을 기획했다. 내가 좋아하는 일을 더 잘 할 수 있게 스스로 기획할 수 있다는 것이 1인 기업의 큰 매력이다. 심지어 힘들고 고통스러운 경험도 사례가 되고 콘텐츠가 된다. 회사를 그만두고 사업을 시작한 후 방황하던 남편의 사례를 바탕으로 비슷한 상황을 겪고 있는 사람들을 돕는 프로그램을 기획하고, 그 스토리를 책으로 쓸 계획이다. 정말 원망스럽기만 했던 남편이 1인 기업의 세계에서는 소중한 재산이 되었다.

누군가 1인 기업이 무엇이냐고 묻는다면, 가진 것은 경험뿐인 사람도 도전할 수 있는 일이며, 매 순간을 재산으로 만들어 주는 멋진 일이라고 대답하고 싶다.

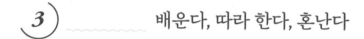

③ ─── 배운다, 따라 한다, 혼난다

※ **라옥자**

벅차지 않아요? 주변에서 자주 묻는다. 퇴사한 후 강의를 듣고 독서 모임에 참여하고 있다. 배우는 것이 재미있고 관심이 많을 줄 몰랐다. 2019년 11월 퇴사 전에 '나를 찾는 나(나찾나)' 백승휴 작가 님의 사진 수업을 들었다. 사진 수업이라? 신청한 강의 중 스스로 찾아서 신청한 것보다 지인 추천 때문에 듣는 강의가 많았다. '나 찾나' 첫 번째 수업 시간이 인상적이었다. 개인별로 사진을 찍어 주고, 자신을 보고 생각나는 대로 글을 썼다. 아니 이건…. 무슨 말을 써야 할지…. 한참 고민이 되었다. 사진을 통해 나에 대해 알아가는 시간이었다. 두 번째 수업은 논현동 카페에서 서너 시간 정도 백승휴 작가님의 강의를 들었다. 꿈에 관해서 이야기했다. '하고 싶은 게 뭐였지?' 나에게 묻는다. 하고 싶었던 일? 이미 회사 퇴사는 정해진 상태였다. 별다른 계획이나 목표는 없었다. 그냥 즐기고 놀고 싶었다. 수업 중에 프로필 사진을 찍었다. 복장은 요리사였다. 어릴 때부터 요리하는 걸 좋아했기 때문이다. 요리사 복장을 하고 찍은 프로필은 나중에 유튜브 채널을 할 때 사용했다. 세 번째 수업은 1박 2일 일정으로 강원도 속초 소재 한옥마을에 갔다. 가족을 두고 나 혼자 여행을 떠난 참 오랜만의 자유 시간이었다.

2020년 1월, 송수용 대표의 DID 강연 코칭 67기 수업을 들었다. 내 안의 나를 뚫고 나오는 시간이었다. 사람들 앞에서 나에 관한 이야기도 풀어냈다. 5주 동안 수업을 하면서 네이밍도 받았다. 송수용 대표가 강의하는 동안 수강생들의 특징을 찾아서 직접 지어준다. 동기들은 1개씩 받았다. 나는 2개 글벗맘, 소머즈. 아이들과 책 읽기를 좋아한다고 해서 글벗맘. 소머즈는 예전의 '6백만 달러 사나이'에 나오는 여주인공과 닮았고, 건강한 체력이 좋아 보인다고 해서 지어주었다. 이때 네이밍을 받을 때만 해도 유용하게 쓸 줄은 몰랐다. 소머즈 네이밍으로 소머즈 마켓 스마트 스토어를 운영, 유튜브 채널 요리하는 소머즈, 경제신문 읽기 프로젝트 소머즈 경제 뉴스 방을 운영한다. 글벗맘은 블로그 닉네임으로 사용 중이다. 배운 것들이 연결된다는 걸 시간이 지나고 알았다. 여러 경험이 그냥 보낸 시간이 아니었다. 경험이 모여서 내가 된다는 걸. 나의 일상 하나하나가 경험이고 기록으로 남는다는 걸 알았다.

DID 강연 코칭을 수료하고, 김형환 교수님 1인 기업 강의를 들었다. 이때는 많이 위축되었다. 작가, 강사, 약사 등 현재 왕성하게 활동하고 계신 분들이 동기생이었다. 나만 너무 작아 보였고, 그들 틈에서 아무것도 아니었다. 1인 기업 84기를 수료한 후 바로 재수강 86기를 들었다. 한 번만 들어서는 1인 기업을 이해할 수 없었다. 반복적인 학습이 필요함을 깨달았다. 김형환 교수님의 10분 경영 클래스를 매일 들었다. 1인 기업을 하기 위해 무엇을 해야 할까? 내가 뭘 할 수 있을까? 1인 기업 강의 중 인터뷰하는 시간이 가장 기억에 남는다. 성공한 대표들을 찾아가서 그분들의 경험을 직접 들을 수 있었던 것은 큰 행운이었다. 인터뷰를 통해 최서연 작가도 만났다. 비비엠을 통해 많은 사람을 만났다.

인터넷 플랫폼으로 뭘 할 수 있을까? 자본금 필요 없이 할 수 있는 위탁 스마트 스토어. 강의를 듣고 스토어를 오픈했다. 주문이 들어온 날은 가슴이 뛰었다. 지인 찬스가 아닌 순수한 소비자일 때 더 기뻤다. 스토어를 오픈하고 한참 동안 주문이 들어오지 않았다. 핵심 키워드도 신경 써야 하고, 상세 페이지도 잘 만들어야 한다. 특히 상품 등록을 많이 올려야 한다. 열심히 한 만큼 주문도 들어왔다. 인터넷 플랫폼을 하나씩 배웠다. 블로그에 글을 매일 썼다. 네이버 애드 포스트 신청을 했으나 처음에는 탈락했다. 다시 한 달 동안 더 열심히 블로그에 글을 올리고, 이웃과 소통하고 공감도 하면서 블로그에 집중했다. 2020년 6월 승인이 났다. 5만 원 정도 적립이 되면 계좌로 입금이 된다. 매일 블로그 2포, 3포 열심히 했다. 지금도 매일 1포를 목표로 꾸준히 블로그에 글을 올리고 있다. 부지런히 행동하면 인터넷 공간에서 할 수 있는 일이 많다. 아무것도 하지 않으면 아무 일도 일어나지 않는다. 실패가 두려워서 시작하지 않는다면 어떤 실패도 경험할 수 없다. 실패가 쌓여서 성공할 수 있는 밑거름이 된다는 걸 책에서 배웠다.

출판사에서 에디터 모집을 한다고 해서 도전했다. 잇콘 출판사 2021년 9기, 10기 에디터에 선발되어서 활동 중이다. 에디터 활동을 하면서 릴리제이님이 블로그 글쓰기에 대한 팁도 주셔서 블로그가 더 단단해졌다. 동기들도 왕성하게 활동하고 있어서 꿀팁 정보들이 톡 방에 자주 올라온다. 새로운 환경에 처음 들어가기는 두려웠다. 용기를 내고 새로운 환경에 들어가 보니 그곳에 있는 분들도 나와 같은 생각을 하고 있다는 걸 알게 되었고, 배움에 대한 욕심도 생겼다. 잘하는 분들을 보고 벤치마킹한다. 모임 강의 영상도 여러 번 보고 진행 방법을 터득했다. 배운 걸 다른 모임을 운영할 때 적용한다. 어설프지만 반복될수록 자신감이 조금씩 생긴다. 누구에게나 처음 시작은 있듯이, 성장통을 겪으면서 보내는 요즘이 가장 행복한 것 같다.

최서연 작가가 운영하는 온라인 강사 되기 6기를 신청했다. 고민 끝에 결정했고, 5주 동안 과제를 하면서 동기들과 서로 응원했다. 1인 기업 도구사용에 대해 구체적으로 배울 수 있었다. 아날로그가 익숙했는데 온라인 도구를 좀 쉽게 적용할 수 있었다. 처음 배우는 도구는 두려움이 앞선다. 두려움을 극복하기 위해 반복했다. 점차 온라인 세상이 더 친근해졌다. 배우고 안 쓰면 잊게 된다. 온 강사 6기를 수료하고 프로젝트를 만들고 수강생들을 모집할 수 있었던 것은 실행력 덕분이었다. 안 될 것 같은 일들이 신기하게 이루어졌다. 자신감이 생기기 시작한다. 열심히 배우고 익히고 따라 했다. 실수하고 실망했던 시간도 많았다. 배우면서 바로 하나씩 실행했더니 이슬에 옷 젖듯 어느새 1인 기업을 혼자 할 수 있는 파이프라인이 만들어지고 있다.

다음에는 어떤 모임을 만들까? 설레고 기대된다.

4 온라인 시대에 발맞춰

유현주

회사를 그만두기 6개월 전쯤부터 직장을 다니면서 블로그를 하기 시작했다. 블로그를 시작했던 계기는 부업으로 제2금융권 대출을 홍보하기 위해서였다. 먼저 시작하신 분이 어떤 형태로 작성하면 되는지를 알려주었다. 처음이라 정보성 글쓰기조차도 너무 힘들었다. 매일 1개에서 2개의 대출 정보 관련 포스팅을 올렸고, 일상과 심리테스트 관련 내용을 함께 포스팅했다. 일상과 심리테스트 관련 글을 함께 올린 까닭인지 6개월은 연락이 오지 않을 거라고 했었는데, 대출 문의 전화가 걸려오기 시작했다. 내가 온라인에 올려놓은 글을 불특정 다수가 보고 영업으로 연결되는 게 무척 신기했다. 대출 업무도 성사가 되어 수당을 받기도 했다. 직장을 다니며 투잡으로 시작한 일이었고, 온라인 도구인 블로그를 통해서 하게 된 부업이라 기억에 많이 남는다. 1인 기업의 시작이었다는 생각이 든다. 당시의 나처럼 직장을 다니면서 투잡으로 추가 수입을 창출하거나, 전업주부가 육아와 집안 살림을 하며 프로젝트 진행으로 수입을 창출하고 있다면 이미 1인 기업이라고 생각한다.

대출 홍보 블로그를 하다 보니 다른 분들의 블로그 글을 읽고 댓글로 소통을 하게 됐다. 새로운 온라인 세상과 잘 맞는다는 생각을 했다. 유튜브도 배워보고 싶은 생각을 마침 하고 있었는데, 최서연 선배님의 '유별나다'(유튜브 강의)를 알게 됐다. 강의하는 분이 어떤 분인지 몰랐지만 별다른 고민 없이 신청하게 됐고, 오프라인으로 수업을 들었다. 그 후에 감사 일기, 미라클 모닝 프로젝트, 여러 가지 독서 모임에 참여하게 됐다. 망고 보드, 씽크와이즈, 바인더 등 1인 기업 도구 수업과 온 강사 수업을 수료했다. 처음으로 접한 온라인 세상에 깊이 빠졌고, 온라인 친구들도 많이 사귀었으며, 현재 비비엠 단톡방에서 스텝 활동도 즐겁게 하고 있다.

가까운 지인들에게 가끔 내가 포스팅한 블로그를 보내서 정보를 주면 신기해하고 놀라워한다. 지인들도 검색해서 활용은 하지만, 콘텐츠를 만드는 일은 어떤 특별한 사람들만 하는 거로 생각한 것 같다. 나도 불과 몇 년 전만 하더라도 같은 생각이었으니까, 지인들의 생각이 당연히 이해가 된다. 한편으로는 관심을 가지고 도전해 보라고 이야기하고 싶기도 하다. 기회가 된다면 가르쳐주고 싶다. 언젠가 현실 친구가 온라인 친구가 되는 소망도 가져 본다.

현재는 대출 홍보용으로 만들었던 블로그를 일상과 정보를 제공하는 블로그로 리뉴얼해서 사용하고 있다. 매일 1 포스팅을 목표로 나의 콘텐츠를 쌓아가고 있다. 블로그 애드 포스트 수입과 체험단 활동으로 추가 수입을 얻고 있다. 앞으로는 좀 더 수준 높은 포스팅으로 내 블로그를 찾는 분들이 더 많아지면 좋겠다. 그럴 수 있도록 콘텐츠 발행할 때 전문적인 글을 올려보려고 한다. 유튜브와 팟빵도 개설했다. 꾸준히 콘텐츠를 올리기 위해 준비하며 노력하는 중이다. 인스타그램 또한 인스타 친구에게 많은 정보를 제공하고 있다. 나 또한 정보를 받는다. 이제는 활용하지 않으면 안 되는 온라인 도구로 자리 잡게 되었다.

SNS의 활발한 활동을 통해서 내가 얻은 게 정말 많다. 나의 프로젝트뿐만 아니라 내가 알리고 싶은 프로젝트를 리그램 또는 공유해서 정보를 제공하는 일이 무척 즐겁다. 모두가 1인 기업인 SNS 세상에서 도움을 주고받을 수 있는 너무 간단하고 좋은 방법이라는 생각이 든다. 또한 내가 하는 일을 자연스럽게 보여 드리고 알리는 일을 계속했다. 그렇게 했더니 운영하는 프로젝트를 신청하시는 분들이 생기고, 제품과 사업에 관해 문의하신 분도 계셨다. 네이버에서 제공하는 쇼핑몰인 스마트 스토어도 개설해 놓았다. 프로젝트 또는 위탁 상품을 언제든지 내가 올리고 싶을 때 올려서 판매할 수 있도록 준비해 놓았다.

특히 비비엠 온 강사 수업 이후 스마트 스토어 강의를 시작하게 됐고, 독서 모임도 신청을 받아 운영했다. 지금은 온라인 시대이다.

휴대전화나 노트북만 있으면 뭐든지 할 수 있는 시대가 된 것이다. 출근하지 않아도 줌으로 회의에 참여하고, 재택근무가 가능한 시대이다. 휴대전화에 앱만 깔면 은행 업무도 보고, 쇼핑도 하고, 책도 읽는다. 코로나로 대면보다는 비대면이 필수가 된 요즘, 줌을 사용해 수업도 받고 강의도 한다. 나도 이제 일과 여행을 병행할 수 있게 됐다. 휴대전화나 노트북만 있으면 어디에 있든지 콘텐츠를 발행할 수 있고, 줌 미팅을 열 수 있다. 스마트 스토어 주문을 확인하고 업체에 제품 배송을 요청할 수 있다. 고객과 언제든지 소통할 수 있고, 제품을 주문받으면 즉시 신청할 수 있다. 사무실에 있지 않아도, 집에 있지 않아도 된다. 어디서든지 모든 업무 처리가 가능한 시대가 된 것이다. 카페에 있거나, 여행지 숙소에 있거나, 자동차 안이어도 상관없다. 내가 휴대전화나 노트북을 펼친 그곳이 사무실이 됐다.

코로나 시작으로 모든 오프라인 모임이 온라인 모임으로 전환됐다. 비대면 시대에 우리는 모두 각자 하는 일에서 빠르게 잘 적응해 나가고 있다. 온라인으로 할 수 있는 일은 무궁무진하다. 온라인 1인 기업으로 온라인 시대에 그 누구보다 더 잘 성장하고 발전하고 싶다. 그러기 위해 지금보다 더 온라인 도구를 잘 활용해야 한다. 온라인에서 나를 보여줄 수 있는 도구인 블로그 포스팅을 할 때 전문적이면서도 사람 냄새나는 글을 발행해야겠다. 그래서 지금보다 훨씬 더 많은 분이 나의 글을 읽을 수 있도록 정성을 들여 글을 쓰겠다. 그리고 인스타 피드, 스토리, 릴스를 꾸준히 발행하자. 많은 사람이 관심을 가질 수 있도록 예쁘고 알찬 정보를 구성하는 건 당연한 얘기다. 그동안은 내가 좋아서 활용했다면, 이제는 1인 기업을 위한 도구로 적극적으로 활용하려고 한다. 그러기 위해서 나에게 필요한 건 꾸준함과 반복이다. 그리고 잘하는 분들의 블로그와 인스타그램을 보고 배우고 적용하는 일을 게을리하지 않겠다. 온라인을 통해서 1인 기업인 나를 알리고 보여주기를 앞으로도 멈추지 않겠다.

5 ____ 거부할 수 없는 변화

※ **임화섭**

대다수의 전문직 시장도 마찬가지지만 세무사 시장도 이제 포화 상태라고들 한다. 세무사 수가 2009년에는 8,000명 정도였는데, 10년 만인 올해 약 50% 넘게 증가한 13,000여 명으로 늘었다. 매년 700명 넘는 세무사 합격자들이 배출되고 있으니 그럴 만도 하다. 이렇게 세무사가 많아졌으니 가만히 앉아 고객이 찾아오기를 기다리기만 하던 세상은 지나갔다. 이미 여느 다른 전문직 시장도 마찬가지이다.

지금은 플랫폼의 시대, SNS의 시대라고들 한다. 이런 세상에서 고객들은 소통할 수 있는 전문직을 원한다. 손쉽게 상대의 시간을 탐색해 볼 수 있는 요즘 인스타나 블로그 등의 SNS 계정이 인지도와 인기의 지표가 되고 있다. 그러다 보니 이러한 SNS 계정 광고 대행업체들이 정말 많아졌다. 내게도 2013년 초, 개업 세무사 등록을 했을 때 각종 광고 업체들로부터 3백만 원을 주면 홍보기사를 발행해 주겠다는 등 위탁 광고 계약을 체결하자는 연락이 오기도 했다. 그런 제안이 빈번히 가능한 것은 포화된 시장에 광고에 대한 갈증이 강하게 존재한다는 반증이라고 판단했다.

나의 실력과 정성을 다하는 서비스도 찾아주는 고객 없이는 발휘할 길이 없다. 어떤 사업이든 좋은 광고와 결합하면 엄청난 시너지를 일으킬 수 있음은 자명하다. 특히 1인 전문직 기업이라면 블로그나 인스타 계정을 통해 그 기업가의 활동이 누적된 자취를 살펴며 이 사람이 내 업체를, 내 고민을 맡아줄 만한 사람인지 알고 싶어 한다. 이러한 소비자들의 욕구를 생각해 보면 나에게도 광고 활동은 필요한 일이었다. 다만 광고 대행업체들과 계약하는 것은 돈이 많이 드는 일이기도 했고, 실효성이 그다지 없다는 얘기도 많이 들었기에 배제했다. 일부 업체는 SNS 계정 관리까지 알아서 해준다니 편할 것도 같았지만, 나와는 결이 맞지 않는다는 생각이 들어 광고 제안을 정중히 거절했다.

그리고 천천히 나만의 고객풀을 쌓아올리자고 결심했다. 실력과 정성을 다하는 업무처리로 임하는 걸 기본으로 하되, 임화섭 세무사라는 괜찮은 세무사가 있다는 걸 알릴 광고판이 필요했다. 그렇게 고심 끝에 2013년 4월 블로그를 오픈했다. 블로그에 일상의 필수 세무지식을 쉽게 작성해서 업로드하며 나의 존재를 알리기로 결정한 것이다. 진짜 내 이야기들, 그리고 네이버에 검색해 보고 다른 사람들이 아직 안 올린 새로운 세무 이야기들을 기재하기 시작했다.

처음에는 블로그 이용법도 어려웠고, 블로그에 방문하는 사람도, 댓글이 달리는 일도 없었다. 이웃 수도 100명을 넘기는 게 참 어려운 일이구나 싶었다. 알아보고 찾아주는 이가 없다고 한번 시작한 글 발행을 멈출 수는 없었다. 세무업을 하면서 알게 된 개정 세법이나, 새로운 사실들을 정리해서 알기 쉽게 제공해야 하니 콘텐츠 제작에도 공을 들여야 했다. 글 하나 작성하는 데 3시간씩 소요될 때도 있었다. 이런 내 노력을 알아주기라도 하듯, 어떤 포스트들은 누적 조회 수가 5만을 넘는 건들도 생겼다. 다른 이가 아직 발행한 주제가 아닌 것을 주된 소재로 삼았다. 그렇게 잘 검색되지 않는 중요한 세법적 지식과 노하우를 쉽게 작성하여 발행한 글들의 경우에는 조회 수가 급증하는 것을 체감할 수 있었다. 게다가 지금은 30분

남짓의 시간을 소요하여 양질의 글을 하나 발행하는 것이 가능해졌다. 그렇게 꾸준히 발행을 하다 보니 8년간 1,300개 넘는 글을 발행했고, 이웃 수는 2,500명이 넘게 되었다. 그렇게 블로그를 보고 연락을 하는 분들이 생기기 시작했고, 블로그를 통해 상담 의뢰가 꾸준하게 유입되고 있다. 어떻게 연락 주셨냐고 여쭤보면, 기존 거래처의 소개가 가장 많은 부분이긴 하지만 블로그를 보고 연락 주셨다는 경우도 전체 신규 유입의 20% 정도 된다. 매년 5월 종합소득세 신고 대행 업무도 블로그 댓글을 통해 접수받고 있다. 장기간 꾸준히 운영해 온 블로그 덕분에 여전히 매년 새로운 수임을 많이 일으키고 있다.

블로그는 이제 나에게 중요한 접수창구가 되어 고객들에게 나를 알리고, 나와 연결해 주는 가장 중요한 무기가 되었다. 요즘 너무 바쁘다는 이유로 글 발행을 못하고 있어도 꾸준히 상담 연락이 오고, 기장 계약이 일어나고 있으니 참 고마운 일이다.

내가 투자한 시간과 내가 기록한 시간이 곧 나의 사업의 지속과 나의 가치, 신념을 보여주는 중요한 통로가 되어 작용한다. 마치 살아있는 유기체처럼 나를 보여주고 변화하며 생명을 갖고 있는 것처럼 성장하고 그 모습이 바뀌어 간다.

세무업과 같은 서비스업은 양질의 서비스를 제공하는 것이 제일 중요하다. 하지만 거기에서 나를 알아보고 나를 알 수 있게 해주는

SNS 계정을 만들고 활동하는 일은 1인 기업을 보여주는 유기체 하나를 갖게 되는 일이라고 생각한다. 이러한 채널을 정성과 솔직함을 담아 운영하다 보면 내가 곧 하나의 브랜드가 되게 도와줄 것이다.

SNS 계정 운영과 더불어 사업이 성장하며 다가오는 의뢰들을 거절하지 않고 받아들여 도전해 보는 것이 나에겐 주효했다. 요즘 사람들은 더 많이 알고 싶어 하고 배우고 싶어 한다. 그래서 탈잉이나 크몽, 클래스101 같은 플랫폼들이 힘을 얻고 커지고 있다고 본다.

2018년에 〈생각의 비밀〉의 저자인 김승호 회장님의 사장학 개론 5기 수업을 들으면서 그분의 제자가 되었고, 내가 참여한 5기를 5반이라고 부르며 제자들의 카카오톡 방이 형성되었다. 그때 들었던 수업은 사장으로서 내 태도에도 좋은 영향을 미쳤다. 게다가 이 인연으로 해당 채팅방의 방장님으로부터 사업자가 알아야 할 세무에 대한 강의를 제안 받아 사업자를 상대로 세무 강연을 시작하게 되었다. 강연을 통해 나를 신뢰하게 되어 의뢰해 주시는 고객이 사장학 개론에서도 생겼다.

이후에도 꼬리에 꼬리를 물고 강의 의뢰가 이어졌다. 한번은 경상대학교로부터 농업경영 CEO분들을 상대로 하는 세무 강의를 의뢰받았다. 멀리 진주까지 가서 2년간 CEO 강의와 농업경영진흥원 강의를 진행했는데, 정겨운 사투리로 고맙다고 표현해 주시는 농업 CEO분들을 뵈며 내가 세무사로서 도움이 되었다는 사실이 뿌듯함으로 다가왔다. 태어나 한 번도 가보지 못한 곳에서 나를 필요로 하여 강의를 할 수 있다는 것 자체가 세무업의 큰 매력이다. 최근에는 기장 거래처이자 협업하고 있는 유상건 노무사로부터 전통문화 창작 예비창업자 50분을 대상으로 줌 미팅 강의를 제안 받아 전국의 예비창업자분들과 공간 제약 없이 강의를 진행할 수 있었다. 이 또한 수강생들 반응이 좋아서 향후에도 꾸준한 강의를 요청받았다. 코로나 시대에 줌 강의라는 대안이 생겨 사업자분들과 실시간으로 질문을 받으며 강의할 수 있어 새로운 방식으로 사업자분들과 호흡하고 있다.

이렇게 본업인 세무 기장대리와 조정 업무 이외에도 강의 촬영도 하고, 원격수업도 진행하기도 하고, 칼럼 작성, 지금의 책 집필까지 사업의 영역을 계속 확장시켜 나가고 있다.

전문직에 종사하며 너무 본업에만 매달리다 보면, 사업의 다각화를 모색하지 못하게 된다. 기회가 닿을 때 선입견 없이 도전해 보고 시도해 보는 노력이 필요하다고 생각한다. 다만 중요한 전제 조건이 있다. 본업에 대한 실력이 뒷받침되어야 한다는 것이다. 세무업으로 따지면 기장과 세무조정도 제대로 못하면서 강의를 시작할 순 없다. 언제나 기본에 충실하면서 새로운 도전을 더해 나간다면, 변화하는 이 세상에서 유일무이한 내 사업을 확장시켜 나갈 수 있다.

6) ‒‒‒‒‒‒‒ 8할이 용기다

※ **김상미**

　면접을 보러 다녔다. 하지만 39살의 나를 받아주는 곳은 없었다. 원장보다 나이가 많았기 때문이다. 할 수 없이 아르바이트 자리를 노렸다. 명동에 있는 '하이디라오'라는 훠궈 음식점이었다. 이곳은 신기하게 무료 서비스가 상당히 발전되어 있다. 음식을 먹는 손님을 위해 구두닦이, 여자 손님을 위한 네일아트가 무료였다. 난 평일 저녁 반에 지원해서 오후 5시에서 10시까지 5시간을 근무했다. 저녁이 가장 사람들이 몰리는 시간이기도 했다. 메뉴는 딸랑 5가지 손젤, 일반 컬러, 젤 제거, 손 케어, 마사지 중에서 하나를 골라서 무료 시술을 해준다. 처음엔 내가 해준 컬러가 맘에 안 들면 어쩌나? 마음 졸이며 했는데 무료라서 큰 기대 없이 받기 때문에 컴플레인은 거의 없었다.

　역시나 사람 손을 많이 잡아보니 케어에 대한 두려움이 사라졌다. 색을 바르는 것도 속도감을 낼 수가 있었다. 20분에서 30분 안에 1명을 해야 다음 예약자를 해드릴 수가 있었기에 일반 네일숍과 같은 꼼꼼함을 손님들도 기대하지 않았다. 몇 개월을 하자 나만의 네일숍을 차리고 싶었다. 네일 프랜차이즈점에서 주말 아르바이트를 하며 손님 상대하는 요령을 익혔다. 미용실에 딸린 1평도 안 되는 작은 공간이 나의 첫 번째 네일숍이었다. 나는 어떻게든 살아남아야 했다.

내 생각과는 달리 미용실에 오는 손님만으로는 한계가 있었다. 시중 네일 가격보다 50% 할인한 가격으로 시작했기에 사람들이 막 몰려올 줄 알았다. 손님이 없으니 심심해 미용실의 수건을 회수해 세탁기에 집어넣기, 건조해서 다시 찾아와 개다 보면 내가 네일숍을 운영하는 건지, 미용실에 취업한 건지 정체성이 흔들리기 시작했다. 이건 내 사업이었다. 첫 달 매출 50만 원. 이대로는 망하겠다는 생각이 퍼뜩 들었다.

내가 홍보하지 않으면 손님은 오지 않는다. 절박한 마음으로 전단지를 만들어 이마트 주변 사거리 신호등 대기 공간에 전단지를 붙였다. 전봇대가 아닌 신호등을 기다리면서 눈이 갈 수밖에 없는 대기 공간을 찾은 것이다. 주변 아파트에도 광고 신청을 해 놓고 일주일 게재 55,000원 광고 비용을 써보기도 했다. 케어 가격이 많이 저렴하다 보니 한 분, 두 분 찾아주면서 다음 달은 200만 원을 찍었다. 신이 났다. 하루 6~7명을 하면서 밥 먹을 시간도 없이 손님들의 손과 발에 컬러를 발라 드렸다.

나의 손기술을 이용해 돈을 벌 수 있다니 이런 신나는 일이 또 있을까? 이전 회사 생활에서는 늘 고정된 일의 반복이었고, 정해진 날짜에 월급을 받는 게 당연시되었다. 하지만 일인 네일숍 창업을 하면서 내가 아이디어를 내고 영업을 하는 만큼 정당한 보수가 제공되니 나만 열심히 한다면 더 많은 수입이 들어왔다. 와우, 나는 매우 신이 나서 오늘 하루 얼마나 벌었는지 업무일지를 작성하면서 뿌듯함을 느꼈다. '그동안 나의 배움이 헛되지 않았구나.''나의 기술을 돈과 바꾸는 일을 해내고 있구나.'

"상미야! 그동안 정말 수고했어. 넌 뭐든 할 수 있어. 이제야 너의 새로운 재능을 발견한 거야."나를 셀프 칭찬하며 네일 학원비를 대주고 창업을 부추긴 엄마에게 감사함을 느꼈다. 결핵 음성 판정을 받고 아르바이트하던 곳에서 전염의 위험성이 있다고 느꼈는지 나오지 말라고 한 적이 있었다. 그날 엄마는 내 이야기를 듣고 "엄마가 뭐든 도와줄게. 뭐라도 해보자."뒤돌아 걸어가던 엄마의 뒷모습이 너무나 생생하게 기억난다. 날 다시 일으켜 세운 건 전폭적으로 지원을 해준 엄마의 공이 가장 컸다.

네일 자격증을 딴 지 1년 만에 창업하고 손님들을 상대하면서 어리숙한 초보 원장은 기가 센 손님에게 휘둘리기도 했다. 주말 캠핑여행을 간다며 형광 컬러를 발라 드린 고객님이었다. 주말이 지나자 달려와 항의를 했다.

"언니, 이게 뭐예요? 울퉁불퉁하고 여기 윗부분은 왜 이렇게 띄어 발랐어요? 초보 아니에요? 창피해서 못 다니겠어요. 환불해 주세요."

"그렇게 마음에 안 드나요?"

"네. 저 이거 다 지워주세요. 5만 원 낸 것도 돌려주세요."

"알았어요. 지우는 것도 돈 받는데 원하는 대로 해드릴게요."

그렇게 초보 원장은 눈물을 삼키며 "내가 더 연습하고 잘 해야겠다."고 독하게 다짐했다. 아트 세미나를 쫓아다니며 하나라도 더 배우려 애썼다. 하루 2~3시간 교육비가 20~30만 원을 한다. 하지만 난 돈을 아끼지 않았다. 이 기술을 터득하면 나는 손님에게 아트 비용을 더 받으면 되니깐. 돈이 벌리는 대로 교육비로 다 나가버렸다.

일본어를 할 줄 아니 일본 네일 자격증에 관심이 생겼다. 네이버 검색을 통해 일본 네일 자격증 시험을 심사하는 한국인 선생님을 찾아갔다. 한국과 일본을 오가며 학생들을 가르치고 계셨다. 네일 경력 18년, 나에게 정말 존경스러움 그 자체였다. 알고 보니 선생님과 난 동갑내기였다. 화학과를 졸업한 선생님은 한국의 네일 업계의 문제점을 인식하고 바로 일본으로 떠났다고 한다. 일본에서 본인은 철저한 외국인 노동자였다고 한다. 일본에서 네일숍을 차렸을 때도 스폰서가 누구냐고 하면서 "너희 나라로 돌아가. 돌아가지 않으면 이민국에 신고하겠다."라며 막말을 한 손님도 있었다고 한다. 한국이나 일본이나 외국인에 대한 호의적인 시선은 기대하기 어렵다.

2020년 2월 전 세계가 코로나라는 질병으로 생명의 불안을 느껴야 했다. 중국에서 발생한 코로나19는 어느 한 나라만의 문제가 아닌 전염병으로 우리 생활에 많은 변화를 겪게 했다. 당장에 외부인과 접촉하면 안 된다고 했다. 백신이 나올 때까지 학교, 어린이집은 휴교와 휴원을 결정하며 감염병을 원천 봉쇄하기로 했다. 나라고 예외일 수 없었다. 오프라인 네일숍을 하던 나에게도 전화 문의가 뚝 끊겼다. 2주일간 집에 머물면서 전자책을 써야겠다며 조금씩 내 이야기를 써 내려갔다. 경기는 쉽게 회복되지 않았다. 사람들은 이제 배달 음식에 익숙해져 갔다. 밖에서 외식하다가 누군가 코로나에 걸린 사람과 같은 공간에 있었던 것만으로도 같은 병에 걸리니 일체 외부 접촉이 두려울 수밖에 없었다. 회사들도 코로나 확진자가 나오면 건물 전체를 소독하고 재택근무를 결정했다. 백화점도 예외일 수 없어서 직원 중에 코로나 확진자가 발생하면 소독을 위해 하루, 이틀 백화점 전체 매장의 문을 닫는 상황도 발생했다. 이제 우리는 예전 생활과는 반대로 마스크를 쓰지 않고서는 자유롭게 바깥출입을 할 수 없게 되었다.

불안했다. 나는 어떻게든 살아가야 한다. 손님이 오지 않는다면 나는 무엇을 해서 먹고 살 수 있을까? 내 미래가 어떻게 될지 암담했다. 1인 기업에서 만난 최서연 선배님이 운영하는 BBM에서 감사일기와 독서 모임 리더 수업을 한창 하고 있을 때였다. 온라인 세상에서 뭔가 나도 뛰어들어야 할 것 같은 느낌이 들었다. 하지만 유튜브는 얼굴을 드러내야 한다는 것, 편집에 대한 압박으로 자신감이 들지 않았다. 마침 팟빵이라는 오디오 채널 교육을 한다기에 신청했다. 내가 좋아하는 책을 이야기하면 된다는 말에 자신감을 가졌다.

10개를 녹음해야 수료증을 받을 수 있기에, 네일숍에 남아 새벽에 녹음파일을 올리면서 쪽잠을 잤다. 그런데 하면 할수록 너무 재미가 있는 거다. 평소 남 앞에 나서는 거 싫어하고 발표를 해본 적도 없는 나였다. 나 혼자 웃고 떠들며 미친 듯이 이야기하고 있었다. 누군가 듣고 댓글을 남겨 주니 더더욱 열심히 할 수밖에 없었다. 새로운 재능을 발견한 것이다. 무엇이든 호기심을 가지고 도전하는 나도 온라인을 통해 나만의 채널을 만든 것이다. 신기했다. 누군가 내 방송을 들은 후 댓글을 남기고 방송을 기다리고 있다니, 온라인은 미지의 세계를 탐험하는 좋은 도구이다. 내가 평소 무심코 보기만 했던 SNS 유튜브, 팟빵, 틱톡, 오디오클립, 브런치 등 다양한 플랫폼에서 나를 세상에 알리는 것부터가 시작이다. 나도 몰랐던 새로운 재능에 눈을 뜰 수 있기 때문이다.

준비와 실행은 3 대 7이다

※ 최서연

"아. 그거 저도 알아요." "준비 중이에요." "아직은 때가 아닌 것 같아서요." 1인 기업 컨설팅을 할 때 듣는 대답이다. 그들과 성공한 사람과의 차이점은 아는 것을 실행했다는 것이다. 머릿속에 떠도는 생각을 돈으로 바꾸는 방법은 무엇일까?

"실행"

실행의 사전적 의미는 실제로 행한다는 것이다. 한자로는 열매 실, 행할 행이다. 계절에 맞춰 씨를 뿌리고 정성으로 돌보면 열매가 된다. 준비만 하고 씨를 뿌리지 않은 경우도 많다. 열매를 따는 것이 두려워 생각만 하기도 한다. 그렇다고 준비를 하지 말자는 것은 아니다.

'PDCA'라는 시간 관리 용어가 있다. Plan-Do-Check-Action 사이클이다. A라는 사람은 계획만 세우다가 실행을 하지 못한다. B는 계획 없이 실행하다가 실수를 하기도 한다. 즉, 계획과 실행의 균형이 필요하다.

PDCA 선순환 사이클을 어떻게 만들 수 있을까? 3P 바인더 시간 관리 수업을 2018년부터 했다. 500명 이상의 수강생과 함께하며 깨달았다. 시간 관리의 같은 뜻 다른 말은 자기관리다. 자기관리가 되지 않고서는 시간을 통제할 수 없다. 시간은 한정적이다. 한정적인 자원을 관리하기 위해서는 눈에 보이게 만들어야 한다. 그것이 바로 '기록'이다. 기록한다는 것은 다시 보기 위해서다. 삶을 돌아보겠다는 뜻이다.

"저는 왜 성과가 안 날까요?" 꾸준히 기록하더라도 성과가 안 나는 경우도 있다. 쓰기만 할 뿐 피드백하지 않기 때문이다. 자신과 대화하는 법을 모르기 때문이다. 알더라도 당장 바쁘다는 이유로 마주하지 않는다. 기록하고 실행하면서 자신을 돌아보면 패턴이 보인다. 패턴으로 시스템을 만들어낼 수 있다. 3P 바인더에서는 'Process'라고 하며, 매뉴얼이라고 부르기도 한다. 나에게는 매뉴얼이 있는가? 시간을 기록하고 관리하는가?

1인 기업은 세상에 나를 내보인다는 것이다. 머릿속에 있는 생각을 꺼내 상품으로 만들어내야 한다. 준비단계에서는 아이디어를 구체화하기 위한 브레인스토밍이 필요하다. 그때 메모를 한다. 종이 한 장과 볼펜만 있으면 된다. 떠도는 생각들을 종이에 묶어둔다. 그 중 당장 실행할 수 있는 아이디어는 마인드맵 프로그램으로 디지털

화한다. 구체화하는 단계다. 그 다음은 누구나 두려워하고 귀찮아하는 실행이다. 블로그에 모집 글을 쓰고, 강의 전날까지 24시간 홍보를 한다. 멈추지 않는 자전거 바퀴처럼 PDCA를 돌린다.

코로나 이후로 온라인 강의가 많아졌다. 초보 강사가 왕초보를 가르치는 세상이라고 말한다. 김미경 강사는 "5프로만 준비됐으면 시작하세요."라고 조언한다. 시작하지 못하는 사람들은 95프로를 채우고 시작하려 한다. 100프로 완벽한 시작은 없다. 사람은 성장하는 동물이기 때문이다. 블로그, 인스타그램 강의는 자격이 필요하지 않다. 아침 일찍 일어나는 노하우로 타인을 돕는 데 누군가의 인정을 받지 않아도 된다. 그저 내가 매일 즐겁게 하는 일상에서 타인을 도울 수 있는 것이 무엇인지 찾아보면 좋겠다. 유명한 강사처럼 되자는 것이 아니다. 내 뒤에서 걸어오는 사람들에게 눈을 돌려 그들에게 손을 내밀면 된다.

아침 일찍 일어나고 싶어 새벽 5시 30분 독서 모임을 만들어 2년 동안 운영했다. 건강관리를 위해 셀프케어 프로젝트를 시작했다. 식습관 관리를 위해 아침 채식 프로그램을 시작했다. 책장에 꽂힌 〈코스모스〉, 〈생각의 탄생〉 등 두꺼운 책을 완독하려고 모임을 만들었다.

그 어느 때보다 돈 벌기 쉬운 시대에 살고 있다고 한다. 아니다. 돈 벌기 쉽다고 말하는 이들은 지금 시대가 아니어도 성공했을 사람들이다. 그들은 실행하는 사람들이다. 행동한 만큼 실수도 잦다. 실수가 돈이 되는 세상이다. 실수 경험만 모아서도 강의할 수 있는 세상이니까 말이다. 뭐든 시작하면 좋겠다. 당신은 이미 당신이 원하는 그곳에 가 있다. 그곳을 향해 딱 한 발자국만 떼자.

실행하게 도와주는 책 추천

실행이 답이다(이민규, 더난출판사, 2019).

시작의 기술(개리 비숍, 웅진지식하우스, 2019)

지금 하지 않으면 언제 하겠는가(팀 페리스, 토네이도, 2018)

세계 최고의 인재들은 왜 기본에 집중하는가(도쓰카 다카마사, 비즈니스 북스, 2014)

10배의 법칙(그랜트 카돈, 티핑포인트, 2016)

반드시 성공하는 시작의 법칙

✳ **최영자**

세일즈라는 직업, 쉽지 않은 일인데 해보지 않았던 그 일을 어떻게 해냈냐고 사람들이 물어본다. 스스로 물어봤다. "어떻게 해냈지?" 기억나지 않는다. 그냥 했던 것 같다. 사실 그 두려움조차 생각할 겨를도 없이, 일을 할 수 있는 환경으로 바뀌는 것 자체가 좋았다.

연년생 두 아이를 키우면서 힘들었다. 첫째 아이의 돌쯤, 둘째 아이가 생겼다. 피곤했다. 쉬지 못해서 피곤했다기보다는 매일 똑같은 일상에 지쳐서 새로운 일이 생기지 않는 삶이 피곤했다. "조금만 참자. 다시 일할 수 있는 시간이 내게 오겠지." 라고 하면서 참았다. 아침부터 저녁까지 모든 시간이 아이들에게 맞춰지고, 하고 싶은 대로 할 수 있는 게 없었다. 이유 없는 눈물이 흘러서, 눈물이 감당이 되지 않아 울고 있는 아이를 보지 못하는 날도 있었다.

그게 산후 우울증이라는 것을 시간이 지나고서 알았다. 나처럼 그때 아이들도 우울했을 것 같다. 내가 그렇게 무기력한 사람이었나 싶을 만큼 다른 삶이었다. 그래서 나는 시작했다. 무기력해진 내 삶에 다시 활력을 찾아준 것이 세일즈였다. 좋아하는 일을 찾으니 아이들도 좋아졌다. 내가 좋아하는 일을 해야 주변이 좋아질 수 있다는 것도 그때 알았다.

코로나19로 인해 많은 사람이 힘들어했다. 자리를 벗어나는 사람들, 내 자리를 어떻게 지켜야 할지 고민했다. 상황을 탓하며 떠나는 사람들도 있었다. 물론 각자가 이유는 다 있다고 생각했다. 하지만 위기의 순간에 어떤 사람은 방법을 찾고 새롭게 변화할 준비를 해 오고 있다는 것을 1인 기업 시장에 진입하면서 알게 되었다. 남들이 하지 않는 방법을 시도해 보는 것이 필요했다.

모두가 같은 방법으로 일을 하고 기대만큼 성장하지 못할 때, 그 순간에는 익숙한 것에 의존하기보다는 변화하는 시대에 맞게 조금 새로운 각도에서 다시 점검해 봐야 한다고 생각할 때쯤 김미경 강사의 〈리부트〉라는 책을 만나게 되었다. 나에게 들려주는 이야기 같았다. 이미 나는 인디펜던트 워커였다. 내 시간에 자신을 고용해서 일하고 있었다. 거기에 무엇을 추가해야 할까 고민했다. 바로 디지털 노마드가 되는 것이었다. 1인 기업을 온라인 시장으로 연결하고 확장해 보자는 힌트를 얻었다.

새로운 무언가는 바로 1인 기업 도구를 배우는 것이었다. 디지털 노마드로 살아가기 위해 내가 해야 할 것들이 무엇일까, 생각 끝에 1인 기업 도구 마스터 최서연 강사의 일대일 컨설팅을 신청했고, 찾아가서 그녀를 만났다. 우물 안 개구리 같았다. 지금까지 해오던 일의 방식에서 무엇을 추가해야 하고, 어떤 로드맵으로 진행해야 할지 상담을 통해서 하나하나 결정해 나갔다. 몰랐던 것을 알아가는 과정은 짜릿하다.

감사 일기를 쓰고, 3P 바인더를 통해 시간 관리를 재정비했고, 씽크와이즈라는 프로그램을 알게 되었다. 강사 자격을 바로 취득했다. 나의 로드맵을 작성하고 하나씩 진행했다.

1인 기업 국민 멘토 김형환 교수를 소개받아 상담하고, 1인 기업 실전경영과정 90기를 수료하면서 1인 기업으로서 준비해야 할 것들을 배우고 익혔다. 수업을 통해 관계십과 파트너십에 있어서 부족한 것이 무엇인지, 무엇을 준비해야 하는지 많은 도움을 받을 수 있었다. 글을 쓰고 책을 내고 싶다는 생각을 오래전부터 했지만 적절한 방법을 알지 못했고 생각만 했다.

최서연 강사가 제시한 가장 크고 가치 있는 목표는 바로 책 출간이었다. 이은대 자이언트 북 컨설팅과의 인연에 대해 알려줬고 내게 책 쓰기 도전을 권유했다. 바로 수업을 신청해서 지금까지 듣고 있다. 하고 싶은 것을 바로바로 시작했다.

갑자기 너무 많은 것에 욕심을 내는 건 아닌지, 정체성을 잃어가는 것은 아닌지 하는 혼란에 가끔 빠질 때도 있었다. 매일 똑같이 반복되는 인증 미션에 가끔 회의감이 들기도 했다. 그럴 때마다 스스로 질문을 던졌다. 왜 무엇 때문에 지금 이 일에 도전하고 있는지 말이다. 1인 기업에 도전하고 있는 많은 분이 그런 정체성 혼란에 빠져 지내다가 시간과 돈을 낭비하고 포기하고 사라지는 경우의 이야기도 보고 들었다. 소신이 필요했다. 결정도 책임도 내가 감당해 내야 하므로 신중해지고 싶었다. 누군가 하니까 따라 하는 것이 아니라 진짜 나에게 필요한 것인가, 검토해 보고 결정해 나가야 했다. 필요한 부분을 하나씩 채우자고 생각했고 하나씩 실천해 나갔다.

수많은 자기 계발서를 읽다 보면 성공에 필요한 여러 가지를 말한다. 그중 내가 가장 중요하다고 생각하는 것도 바로 행동이다. 아무리 많은 계획이 있어도 실천하지 않는 것은 절대 어떤 성과도 낼수 없기 때문이다. 누구나 새로운 일에 도전 혹은 시작하는 것에 대해 두려움을 가지고 있다. 두려움 앞에 용기를 내는 것도 경험이다. 경험이 반복되면 두려움의 크기도 약해진다.

블로그를 다시 시작했다. 매일 포스팅을 목표로 했다. 혼자 하는 게 어려워서 함께하는 프로젝트에 참여했다. 처음엔 너무 어려웠다. 주제를 찾기 위해 시간을 많이 들여야 했다. 블로그의 기본적인 매뉴얼을 배우는 것부터 시작해서 좋은 키워드를 찾아서 글쓰기 하는 것을 매일 반복했다. 시간이 어느 정도 지나 네이버 검색창에 검색하면 내가 나타나기 시작했다. 방문자 수가 늘어났고, 내 글을 보는 사람들이 생겨나기 시작했다. 광고가 붙기 시작했고, 작지만 수입이 생겨나고 있다. 매일 반복이라는 어려운 일을 해내지 않았더라면 있을 수 없는 결과이다. 매일의 작은 실천이 하나씩 결과를 만들어 낸다.

시작하는데 방법은 없다. 해야 할 이유가 분명하면 그냥 하면 된다. 성공한 사람들은 대부분 말한다. 시작하고 계속하라고. 하고 싶은 것이 있다면 바로 시작하고, 반복의 지루함을 이겨내면서 일을 습관화하면 원하는 것을 이룰 수 있다고 한다. 매일 블로그 포스팅을 하는 것이 이제는 점점 쉬워지는 것을 느낀다. 반복의 힘이다. 계속하는 힘을 배우고 있다.

9 딱 한 걸음만 더

※ 하민수

　2년 전까지 내가 1인 기업인이 될 거라고 생각해 본 적은 없었다. 살림만 하는 내가 뭘 하겠어 하는 자괴감만 있었다. 낮에는 아이들과 밝게 지내려고 노력했지만, 아이들이 잠든 밤이 되면 어김없이 우울감이 찾아왔다. 아이들이 커가면서 내 몸이 조금 편해져서인지 그 마음은 더 심해졌다. "엄마는 뭐가 되고 싶어?"라는 첫째의 질문을 받았을 때 먹먹했다. 그런데 나도 모르게 내 입에서 나온 대답은 "사장님이 되고 싶어."였다. 한번쯤 나도 사장이 되고 싶다는 생각을 해본 적이 있었지만 실현 가능성은 제로에 가깝다고 생각했다. 시간이 지나면서 둘째, 셋째까지 같은 질문을 했고 나는 같은 대답을 했다. 말을 할수록 진짜 사장이 되고 싶어졌다. 그런데 진짜 내가 사장이 될 줄이야. 아직은 직원도 없고 시작에 불과하지만 어쨌든 나는 1인 기업의 대표가 되었다.

　시작은 나를 아는 것에서부터였다. 처음에는 독서모임과 여러 습관 프로젝트에 참여했다. 다양한 종류의 프로젝트에서 내가 진짜 필요로 했던 부분은 어떤 것인지, 사람들은 어떤 것을 필요로 하는지 볼 수 있었다. 참여하면서 좋았던 점, 아쉬웠던 점을 통해 나라면 어떤 식으로 운영할지도 설계해 봤다. 가장 중요한 것은 내가 어떤 사람인지 알게 된 것이었다. 한번쯤 참여해 보고 싶고 해야만 한다고 생각하는 강의가 있었다. 나에게는 아이들 영어에 관련된 프로젝트가 그것이었다. 아이들에게 엄마표 영어를 꼭 해주고 싶은 마음이 가득해서 모집 글을 보자마자 신청했다. 하지만 마음과 달리 첫 번째 참여에서 한 달을 채우지 못했다. 처음이니까 그럴 수 있겠다 싶어 다시 도전하고 또 도전했다. 그런데 하면 할수록 내가 뭘 하고 있는 건가 하는 생각이 들었다. 나의 목적은 아이들의 영어 공부였는데, 어느 순간엔가 인증을 위한 과제 제출에만 급급해 진짜 목적을 잊고 있었다. 나 혼자 즐기며 실력이 좋아지는 것도 아니었다. 나는 그 시간이 시험 같았다. 몇 달을 쉬고 다시 시도해도 똑같았다. 돈을 많이 내고 해도 똑같았다. 배운 대로 아이들에게 영어책을 읽어주고 영어 영상을 보여주는 데도 전혀 재미있지가 않았다. 해야만 하는데, 아이들을 위해 내가 영어에 재미를 붙여야 하는데, 하는 생각에 다급함만 더해졌다. 그리고 깨달았다. 내게 흥미로운 것이어야 남에게도 흥미를 전할 수 있다는 것을. 그리고 흥미는 머리로 판단하는 것이 아니라 마음으로 느껴야 한다는 것을. 나는 해야만 하는 일이라고 생각한 것들을 포기하고 재미있는 것을 선택하기로 했다.

제일 먼저 흥미를 느끼고 지속 가능하다고 생각했던 부분은 건강이었다. 꾸준한 운동은 물론 건강 관련 책과 영상도 찾아보게 되었는데, 시간 가는 줄 몰랐다. 책이나 영상에서 본 것들을 실천해 보면서 나름대로 나의 생각도 정립해 나갔다. 그렇게 쌓인 경험을 프로젝트화한 것이 지금 메인으로 운영하고 있는 건강습관 프로젝트 '아만나(아름다운 나를 만나는 시간)'이다. 운동은 놓을 수 없는 부분이고, 운동을 통해 건강을 되찾은 경험을 토대로 다른 사람에게 도움을 줄 수 있을 것이라 판단했다. 그리고 다른 많은 다이어트 모임에서 초절식을 하고 다이어트 대용품을 먹는 것에 안타까운 생각이 들었기에 더 하고 싶어졌다. 언젠가는 몸에서 나타날 다이어트 후유증을 생각하지 않고 당장 체중 감량에만 집중하고 있는 이들을 말리고 싶었다. 약 없이, 탈 없이 건강하게 몸을 가꾸는 문화를 만들고 싶었다.

물론 흥미만 있다고 할 수 있는 것은 아니었다. 나에 대해 파악을 한 후 어떤 것을 시작할지 결정하고 나면 그것에 대해 시스템을 만들어야 했다. 처음부터 모든 것을 완벽하게 준비할 수는 없지만, 나의 가치관이 반영된 명확한 기준은 필요했다. 리더는 모임을 만든 사람이 아니라 모임을 이끄는 사람이라고 생각하기에 내 프로젝트만의 특징이 있어야 했다. '아만나'의 경우 보통의 다이어트 모임과 달리 제한식을 하지 않고, 운동도 개인마다 다른 체형과 상황임을 감안해서 개인별로 찾아가기를 돕고 있다. 리더가 해주는 어떤 말보다 한 권의 책이 더 와닿는다는 것을 경험하고는 매달 책도 한 권씩 함께 읽고 있다. 그리고 가장 필요하다고 생각되는 마음 관리를 위해 한 분 한 분 빠뜨리지 않고 피드백 해드리려고 노력하고 있다. 주위에 보이는 비슷한 다이어트 모임들이 신경 쓰이기도 하지만, 나만의 것을 내가 할 수 있는 최선으로 만들어가려고 마음을 다진다. 내 것이어야 오래간다는 믿음이 있기 때문이다.

시작하고 운영하는 데 필요한 것 중 빠뜨릴 수 없는 것은 용기였다. 첫 번째 모집 공지를 올리던 날부터 지금까지 운영을 멈추지 않을 수 있는 것은 용기가 크게 작용했다. 지금까지도 계속 실패가 두렵지만, 실패한다고 해도 인생에서 실패는 아니지 않은가. 나는 작은 성공을 하면서 자신감을 축적해 가라는 자기 계발서의 말들을 적용해 가고 있다. 시작이 반이니 공지 글을 쓰는 것 자체로도 대단하다고 나를 토닥여준다. 다음은 사람들의 마음을 얻는 일인데 아직은 많이 긴장된다. 그렇다고 포기할 것이 아니기에 초심으로 돌아가 한 번 더 용기를 내본다. 그리고 함께하는 분들에게 무엇으로 더 도움을 드릴까 계속 생각하고 채워가며 자리를 지키고 있다. 나와 결이 맞는 사람들을 만나는 축복도 받아야 할 것 같다. 함께해 주시는 분들로 인해 용기가 배가 됨을 느끼는 요즘이다. 지지해 주시는 '아만나'와 나이쓰 선배님들, 응원해 주시는 BBM 선배님들, 오아시스 학교 식구들은 나의 용기 저장고다.

한 걸음 나왔는데 두 번 걸을 수 있는 힘이 생겼다. 온 신경을 쓰는데 더 신경 쓸 에너지가 생겼다. 더 잘하고 싶은 마음도 가득해졌다. 그 마음으로 운동습관 프로젝트와 글쓰기 프로젝트, 독서모임까지 시도하고 있고, 계속 나에게 맞는 일을 구상 중이다. 머리로 판단하는 좋은 아이디어보다는 나만의 색을 가진 내 것을 구상하고 시도하면서 즐겁게 운영하는 길을 찾고 있다. 배워야 할 것들도 많고 하고 싶은 일도 많은데 그것을 다 못함에 아쉽기도 하지만, 내가 할 수 있는 선에서 무리 되지 않게 조금씩 영역을 넓혀가고 있다.

세상에는 많은 사람들이 있고, 살아가는 각자의 방식이 있었다. 세상으로 한 걸음 나와서 주위 사람들과 함께해 보니 내가 가진 색이 무엇인지 점점 알 수 있게 되었다. 내가 가진 것이 누군가에게 도움이 될 수 있고, 나에게도 도움이 된다면 그처럼 바람직한 일이 없지 않을까. 내가 할 수 있는 일이 뭐가 있겠어, 하는 생각은 나를 더욱 뒤로 물러나게 했다. 생각해 보면 그 판단은 생각한 것을 실행하고 해도 늦지 않은 것이었다. 이불 킥을 하는 날이 아직도 많지만, 이불 킥이면 끝나는 일이니 너무 다행이 아닌가.
아무것도 하지 않으면 아무 일도 일어나지 않는다. 지난주에도 이불 킥을 각오하고 프로젝트 모집 공지를 올렸다. 이번에도 마음의 결이 비슷한 분들을 만나 행복한 시간을 보낼 생각에 들뜬다. 나는 이렇게 내가 좋아하는 일을 용기 내어 시작했고, 즐겁게 운영하고 있다.

10 쓰러진다, 반드시 다시 일어난다

✳ 이지혜

나의 SNS 입문은 쓰러짐에서 시작되었다. 1인 기업의 필수인 개인 SNS 만들기를 나는 제대로 배우고 시작한 게 아니었다. 이 아픔을 나누고 싶었고, 살기 위해 무언가라도 했어야 했다.

나의 큰 좌절은 2019년 3월 ○○여성병원 태아보험 상담실에서 보험을 상담할 때 벌어졌다. 어찌나 힘들었던지 '누가 내 발목을 잡아 쓰러뜨리는 것 같아…'라고. 그때는 그랬다. 보험 상담을 처음 시작한 것은 2018년이었다. 당시를 회상해 보면, 퇴사하고 내 뜻을 펼치고 싶었는데 뜻대로 되지 않았고, 좌절감이 크게 들었다. 체념하고 현실에 순응하면서 무기력하기도 했다.

○○여성병원 보험 상담실에서 진료 보러 오는 산모들과 좋은 관계를 맺으며, 지점장이 놀랄 만큼 실적을 올리고 있었을 때였다. "선생님, 여기서 같이 임신하면 더 좋겠어요." "아휴 저는 계획 없어요. 그런 말씀마세요." 고객과 이런 농담을 주고받고는 했는데, 말이 씨가 되어 버렸다. 덜컹 원치 않은 임신을 했다. 임신 사실을 알던 날 나는 엉엉 울었다. "아직 해야 할 게 많은데 갑자기 이게 뭐야."

164 •

그러다 눈에 들어온 것은 어쩔 줄 몰라 하며 방에서 게임을 하던 남편이었다. 남편은 스트레스를 받으면 게임을 하는 경향이 있었는데, 그 모습을 보자 열이 머리끝까지 올라서 소리를 지르고 울어 버렸다. 난리가 났다. 결혼한 이후 처음으로 가장 크게 다툰 날이었다.

그렇게 1주일이 지나고 심장소리를 들으러 정기 검진을 갔는데, 태아의 심장이 뛰지 않았다. 선생님께서 호르몬 주사를 맞자고 하셨다. 이틀 후 다시 심장소리를 들으러 갔는데 여전히 뛰지 않았다. 원치 않은 임신이라며 소리 지르고 울던 내가 후회스러웠다. 알 수 없는 죄의식에 미안하다는 말만 읊조렸다. 3일 후 기적은 없었다. 그래도 며칠만… 더 기다려 달라고 부탁했다. 그렇게 미루다 8주가 지나서 유산 수술을 했다.

수술이 끝나고 첫 진료를 보러 들어가자 원장님이 말씀하셨다. "임신 8주부터 40주까지 호르몬 상태가 동일하기 때문에, 출산 후와 동일한 호르몬 변화가 나타날 거야. 4주 정도 지나면 산후 우울증이 올 수도 있어." 정확히 3주가 조금 지나자 나에게는 산후 우울증과 산후풍이 동시에 찾아왔다.

주로 산후풍은 무릎 관절 혹은 손가락 관절이 쑤시는 것을 말하는데, 나의 경우 모든 증상이 한꺼번에 왔다. 키보드를 칠 수 없을 지경으로 찌름 통증이었고, 설거지를 하기 위해 서있는 것조차 어려우리만큼 무릎이 아팠다. "빠르게 완치해서 일할 거야."라고 굳은 의지를 다지며 가족들의 성화에 한약, 양약을 지원받아서 치료에 전념했다.

그해 6월 20일경, 출근하기로 날을 잡자 설렘이 앞섰다. 시장에서 장을 보고 무거운 것을 들고 들어오다 발목을 삐끗했을 뿐인데, 발목 인대가 늘어나서 깁스를 해야 할 지경이었다. 출근을 7월로 미뤘다. 또 출근을 며칠 앞두고 왼쪽 뒷목 쪽에서 '우지끈'하고 무언가 쪼개지는 느낌이 들더니 갑자기 머리를 잡고 쓰러져서 119 구급차에 실려 응급실로 가게 되었다. 이 사건을 마지막으로 2019년 9월까지 나는 집에서 쉬게 되었다. 일어나려고 하면 뒤에서 잡아 쓰러뜨리고, 일어나려고 하면 앞으로 꼬꾸라지는 느낌이었다.

우지끈 파열음과 함께 좌측 두피 혈관이 터져서 육안으로 보일 정도로 왼쪽 두피만 '새빨간 두피'가 되었다. 샴푸를 하며 손이 닿는 것도 괴로웠다. 두피 마사지를 몇 차례 받았지만 비용이 만만치 않았다, 백수인 내가 치료 목적으로 계속 다닐 수는 없었다. '내 돈을 들이지 않고 비싼 관리 받을 수 없을까?' 생각하자 떠오른 것이 '블로그 체험단'이었다. '에이~ 내 블로그로 체험단을?' 부정적인 생각이 저절로 들었다. 오래전에 개인 일상을 올리는 블로그를 만들어 놓았었지만 자신이 없었다. 하지만 아파서 일도 못하고, 남편이 외벌이 하는데 병원비, 도수치료비, 두피 마사지 등 없던 지출이 크게 늘어났다. "이렇게 아무것도 안 하고 쉴 수는 없어."라며 일단 시작했다. 체험단에 당첨되기 위해 새로운 블로그를 개설하고, 카테고리도 체험단에 맞춰서 구성했다.

블로그에 글을 적기 시작했다. 가장 먼저 포스팅을 한 것은 '나의 유산 경험'이었다. 유산 수술을 하기까지의 증상과 과정을 적었다. 그리고 유산 수술 후 먹은 한약재와 영양제 등 몇 개의 글을 더 올렸다. 유산에 관련된 글이 많지 않아서인지 조회 수는 급증했다. 비슷한 일을 겪는 분들이 찾아와, 나와 증상이 같다며 함께 댓글로 소통하며 울고 위로했다. 이후 내 돈을 주고 직접 다녀왔던 동네 식당, 미용실, 두피 관리 센터, 병원 등 리뷰를 하기 시작했다.

글을 10개 정도 올리고 난 뒤 체험단 모집을 검색해서 여기저기 신청서를 냈다. 드디어 당첨이 된 것이다. '와 진짜 되다니!' 당첨되는 것이 신기했다. 체험단에서 알려준 키워드로 포스팅을 하니 조회 수도 순식간에 1일 방문자 200명이 되었다. 신기했다. 그렇게 원하던 두피 케어 체험도 성공했다. 처음에 두피 관리 센터에 대해 올려둔 글을 보고 센터에서 직접 쪽지를 보내오기도 했다. 체험단 덕분에 헤어, 반영구, 네일케어 등 값비싼 미용 체험, 배송용 화장품,

먹거리, 애견 펜션 등을 체험하며 한 달 평균 50만 원 이상의 생활
비를 절약할 수 있었다.

다시 일어서는 데 많은 것이 필요한 건 아니었다. 대차게 쓰러져
도 다시 일어서는 방법은 지금 내가 가진 환경에서 할 수 있는 것,
그 한 걸음만 더 내딛는 것이라는 것을 느꼈다.

유튜브를 개설한 것은 더 강한 동기가 있었다. 산후우울증을 치
료하기 위해서 잠들기 전에 유튜브에서 8시간의 ASMR과 긍정 확
언에 대한 영상을 찾아 들었다. 매일 귀에 꽂고 있다 보니 마음이
편안해졌다. 독서도 시작했다. 루이스 L 헤이의 〈치유〉, 〈나는 할 수
있어〉라는 책을 사서 읽으면서 우울증이 많이 개선되었다. 남편과
의 다툼도 줄어들고 스스로 평온을 찾아갔다. 나처럼 본인의 의지
와 무관하게 여성호르몬의 변화로 우울증을 겪고 있는 사람들이 많
을 거라 생각했다. 그래서 유튜브를 개설했다. 그리고 〈치유〉 책을
낭독하고 확언을 만들어 ASMR을 만들어 업로드했다. 다이어트에
도 관심이 많았기에 〈자면서 살 빠지는 확언〉의 영상을 올렸더니
조회 수가 소위 대박이 났다.

2019년 10월에 다시 임상병리사로 돌아갔다. 임상병리사의 자리
로 돌아갔지만 이전과 똑같이 살고 싶지 않다는 간절함에 자기 계
발서를 읽고, 사람들이 모인 독서모임에 나갔다. 그때 최서연 작가

님을 비롯하여 김형환 교수님과 이은대 작가님 등 1인 기업가로 먼저 앞서가신 멘토님들을 만나게 되었다. 그리고 천천히 선배님들의 자취를 따라가기 시작했다. 병원을 최종 퇴사하기까지 1년간, 1개월간 이지혜를 1인 기업가로 다듬었다. 독서, 운동, 미라클 모닝, 3P바인더, 씽크와이즈 등을 배우면서 1인 기업가가 되기 위해 준비하고 노력했다.

임상병리사로 입사한 지 1주일 만에 검사실로 출판사에서 전화가 왔다. "혈액학 강사 이지혜 선생님이시죠? 선생님 블로그 보고 연락드렸습니다. 시대고시 기획입니다. 임상병리사 국가고시 문제집을 기획하고 있는데요, 선생님의 도움이 필요합니다."

다시 시작이다. 오늘 내가 할 수 있는 일에 최선을 다한다. 나의 이 쓰라린 경험조차 누군가에게 도움이 되기 위한 반석이 되나 보다.

얼마 전 〈책쓰기〉 미니특강에서 이은대 작가님이 말씀하셨다. 한 달음에 산 정상까지 올라간다면 더할 나위 없이 좋겠지만, 중턱에서 다치거나 힘들면 하산해도 된다고. 다만 멈추지만 않으면 된다고.

쓰러져도 다시 일어난다. 멈추지만 않으면 된다.

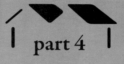

part 4

1인 기업,
그 감동의 순간

1 유튜버, 세상과 마주하다

최서연

"웅얼거리지 말고 말해.", "뭐라고? 다시 한 번 말해 봐." 자신감이 없었던 나는 아웃사이더였다. 머리 위에 구름을 몰고 다니는 사람처럼 입꼬리는 처져 있었고 표정은 어두웠다. 말하는 것도 모기만큼 작은 소리를 내거나 끝을 흐렸다. 보다 못한 엄마가 발음을 똑바로 하라고 혼내는 바람에 더 말하기 싫어졌다.

간호사를 하며 먼저 사람들에게 다가가고, 보험설계사 시절에는 상품을 설명하는 일을 하면서 말하는 것에 대한 두려움은 없어졌다. 문제는 어렸을 적 습관으로 인해 발음이 분명치 않았다는 점이다. 이럴 때 책을 찾는 좋은 버릇 덕분에 스피치 책을 탐독했다. 연필을 입에 물고 연습을 하다가 침을 뚝뚝 흘리기도 했다. '가나다라, '간장 공장 공장장'을 따라 읽기도 했다. 어느 책에서 '자신이 말한 것을 들어보는 것'이 좋다는 구절을 봤다.

'이게 내 목소리라고?' 이런 경험이 있는가? 팟빵 수업을 통해 수강생들이 녹음하는 작업을 도왔다. 얼굴을 보이는 유튜브가 부담이 돼서 목소리로 소통할 수 있는 오디오 콘텐츠를 선택한 수강생은 이렇게 말했다. "제 목소리 못 들어주겠어요. 창피해요.", "사투리부터 고쳐야 할까 봐요." 걱정하지 말라고 말한다. "나만 내 목소리가 이상하게 들릴 뿐이에요. 상대방은 다 이렇게 듣고 있었어요."

중저음의 목소리, 자신감 없는 표정, 흔들리는 눈빛, 무슨 말을 하는지 모르는 영상 하나가 유튜브에 올라왔다. 어차피 사람들은 내게 관심이 없을 것이라는 마음에 계속 유튜브에 영상을 올렸다. 아웃사이더 관점이 오히려 득이 됐다. "와. 여태 내가 이렇게 말한 거야? 표정이 왜 저래? 요점이 뭐야?" 영상을 찍고 다시 보면서 카메라 안의 최서연을 만났다.

제삼자의 눈으로 나를 바라보며 변해 갔다. 축 처진 입꼬리가 올라갔고 미소가 자연스러워졌다. 생각을 정리하고 말하는 게 쉬워졌다. "어떻게 하면 말을 잘할 수 있어요?"라는 질문을 받을 때도 있다. 자신감이 생겼다.

책을 소개하는 북튜버로 2~3년 정도 활동을 했다. 출판사에서 비용을 받고 영상을 찍기도 했다. 유튜브를 보고 기업에서 강의 요청이 오기도 한다. 수업 중 수강생들이 궁금해하는 내용은 콘텐츠로 만들어 유튜브에 올려놓는다. 일반인이 강의 영상을 보고 책 먹는 여자에 대해 알기도 한다. 최근에는 1인 기업 인터뷰에 집중하며 110명 넘게 작업을 이어오고 있다.

유튜브를 통해 책 먹는 여자의 성장 이야기를 알 수 있다. 어디에 관심이 있는지 볼 수 있다. 삶의 모든 순간이 블로그와 인스타그램에는 글과 사진으로 남아있다. 지적 호기심은 유튜브에 영상으로 저장된다. 뭔가 대단한 장비가 필요한 것도 아니다. 매일 손에 들고 다니는 휴대폰 하나만 있으면 된다. 멋진 영상으로 만들어 주는 프로그램도 많다. 나는 그저 휴대폰 카메라를 켜서 말을 하고 녹화만 하면 된다.

두려울 수 있다. 카메라 속의 나를 만난다는 불편함, 말을 잘하지 못할 것이라는 걱정, 누군가 내 영상을 보고 욕을 할지도 모른다는 무서움은 결국 별것 아니다. 카페에서 친구와 수다를 한 시간 이상 떨면서도 헤어질 때는 "자세한 건 집에 가서 이야기할게"라고 말한다면 십 분짜리 동영상 하나를 백 개도 찍을 수 있는 사람이 바로 당신이다.

그럼에도 유튜브를 시작하는 데 두려움이 있다면 이렇게 해보자.

이런 마음가짐도 도움이 된다. '사람들은 바빠서 타인에게 별 관심이 없다.' 내가 영상을 찍고 업로드한다고 기다렸다가 달려와서 보는 사람은 많지 않다. 수만 명 구독자를 보유하지 않은 덕분에 맘껏 찍고 올려보자. 연습해 보는 거다. 고가의 장비를 구입하느라 돈과 시간을 쓰는 수강생도 있다. 장비 탓하지 말고 촬영하면서 말하는 연습, 콘텐츠 기획력을 높이는 것부터 해보면 좋겠다. 몇 개월씩 편집을 배우러 다니기도 한다. 예쁜 포장의 케이크를 한입 물었는데 맛이 없으면 어떤 기분일까? 맛있는 케이크부터 만들어야 한다. 편집을 배울 시간에 영상을 찍어서 양적 확장부터 하자. 결국, 시작하고 나면 '괜히 고민했구나, 그때 시작했어도 됐겠네.'라는 생각과 함께 다른 사람들에게도 "일단 시작하세요."라고 말하게 될 것이다.

책 먹는 여자가 유튜브를 하면서 활용하는 프로그램

휴대폰 앱
- 프리즘 라이브 스튜디오
- 휴대폰 자체 동영상 편집 기능

컴퓨터 프로그램
- 영상 편집: 뱁믹스
- 자동 자막: vrew

② ___ 강사가 되다, 삶을 전하다

✳ **박보경**

나는 18년 차 강사이다. 스무 살 아르바이트였던 학원 강사가 시작이었다. 3년 전 회사를 그만두기 전에는 정해진 커리큘럼의 강의를 했다. 수학과 과학 강의를 했고, 학교에 학습 코칭, 진로 코칭, 부모 코칭 강의도 많이 다녔다.

6년동안 사내강의도 했다. 기본적인 강의 내용은 정해져 있었고, 그것을 더 잘 전달하기 위해 공부하고 스피치 연습도 했다. 내가 강의하는 분야에서 인정받고 싶어서 공부하고 연습했다. 경력이 더해질수록 내용이 풍성해지고 나를 찾는 곳도 생겼다. 하지만 기본적인 강의 커리큘럼을 내가 만들 수는 없었다.

그러던 중 생각의 전환을 하게 된 사건이 두 번 있었다. 첫 번째는 부모교육 강의를 갔을 때였다. 공부 한 대로 열심히 강의했다. 강의 내용은 정확했고, 한 번도 꼬이지 않고 완벽하게 강의를 하고 난 후 질문을 받았다. "강사님은 아이 키우고 있습니까?" "네 곧 두 돌 되는 아이가 있습니다." "쳇, 그러면서 뭘 이래라저래라 합니까? 자기 애를 키워봐야 알지예." 충격이었다. 10년간 수많은 아이들을 가르쳤다. 그리고 부모교육 강의 내용은 자다 일어나서도 할 수 있을 만큼 익숙했다. 그런데 그 자리에서 아무것도 모르는 강사 취급을 받았다.

두 번째 사건은 2014년 12월이었다. 김미경 강사님의 강의를 들었던 날이다. 창원에서 대중강연을 하셨는데 지역에서 흔하지 않은 일이라 운전하다 갓길에 차를 세우고 예매를 했다. 첫아이를 낳고 출산 휴가 기간 동안 하루 종일 TV로 '김미경 쇼'라는 프로그램을 봤다. 어찌나 강의를 공감되게 하시는지, 그때부터 김미경 강사님이 강사로서 롤 모델이 되었다. 좋은 강의를 현장에서 듣는다는 기대로 갔는데, 강의를 듣는 내내 울었다. 얼마나 많이 울었는지 내 얼굴이 카메라에 잡혀 무대 옆 화면에 한참 동안 비쳤다. 부끄러웠지만 쉽게 그칠 수가 없었다. 그때는 나도 내가 왜 우는지 몰랐다. 다녀온 후 며칠 동안 생각했다. '왜 그렇게 울었지?' 강의 내용은 기억이 나지 않지만, 그 시간 동안 느꼈던 감정은 생생했고, 그것이 동기부여가 되고 용기가 되었다. '이 강의는 커리큘럼이 뭐지?' 딱히 커리큘럼이 없었다. 어떤 이론을 설명하는 것도 아니었고, 어떻게 해야 하는지 정의 내리는 것도 없었다. 그냥 강사는 본인의 이야기를 했고 청중은 공감했다. 설명이 아닌 수다에 가까운 이야기에 청중은 울고 웃으며 위로를 얻었다. 그 어떤 강의보다 배운 것이 많았다. 그 강의에는 커리큘럼이 아닌 강사의 삶이 있었다.

비슷한 시기에 있었던 이 두 가지 사건이 내가 하는 일에 대한 생각을 다시 하게 만들었다. 그리고 강사로서의 목표가 달라졌다. 나도 경험을 바탕으로 한 강의로 메시지를 전달하고 싶었다. 강의의 목적은 깨달음과 실행력을 불러일으키는 것이다. 강의를 들은 사람이 변화할 수 있는 계기가 되어야 한다. 그저 강사는 말하고 청중은 듣고, 그 자리가 끝난 후 "참 좋았어." 하고 돌아서면 안 된다. 수많은 강의를 하고 또 듣고 나서야 명확한 이론과 잘 짜인 커리큘럼이 아닌, 강사의 경험과 진심이 청중을 변화시킨다는 것을 깨달았다.

삶의 모든 순간이 강의 내용이 될 수 있다. 부모교육을 할 때 자기 자식 잘 키운 노하우를 알려 줄 수도 있지만, 육아를 하면서 힘들었던 경험을 바탕으로 공감하며 좀 더 나은 방법을 제시할 수도 있다. 실제로 만나 본 많은 강사들을 보면, 학생 때 공부 잘하고 좋은 대학 나왔다고 해서 잘 가르치는 것만은 아니었다. 힘들게 공부해 본 경험이 있었기에 어느 부분에서 이해가 되지 않는지 콕 집어 가르칠 수 있고, 공부하기 힘들어하는 아이들을 공감해 주며 잘 이끌어가는 경우를 많이 보았다.

1인 기업 강사로 활동하면서 가장 좋은 점은 강의를 직접 만들 수 있다는 것이다. 매달 책을 읽고 느낀 점을 책의 내용과 함께 전하는 '북코칭'을 진행한다. 책의 내용에 나의 이야기를 얹어 더 잘 이해할 수 있도록 전달하면 듣는 분들은 흥미 있어 하는 밝은 표정으로 대답한다. 10년 가까이 해오던 퍼스널 코칭도 많이 달라졌다. 과거에는 공부한 코칭 스킬과 코칭 질문으로 그 시간을 이끌었다. 지금은 '나'를 알고 코칭을 받으러 오시는 분들이 대부분이라 나의 삶이 좋은 소스가 된다. 나의 삶을 전하며 위안과 동기부여를 주고 공감을 얻는다. 이렇게 주고받는 커뮤니케이션이 굉장히 매력적이다.

나는 3P 바인더를 쓰고 있다. 그날의 일정에 컬러 체크를 하다보면, 가끔 강의나 코칭을 했던 시간이 핑크인지 블루인지 고민하게 되는 날이 있다. 핑크는 주 업무시간이고, 블루는 자기계발 시간을 나타내는 컬러이다. 돈을 받고 강의를 했으니 보통은 핑크색으로 칠하지만, 그 시간을 통해 내가 얻은 것이 더 많은 날은 블루가 아닐까 고민하게 된다.

사내강사로 갈등해결에 관한 강의를 오래 했다. 강사에 지원할 때만 해도 나는 갈등 덩어리였다. 하지만 그 강의를 들은 후 갈등을 해결하고 내 마음가짐이 많이 달라졌다. 그래서 사내강사에 지원했다. 내가 잘하는 내용이 아니라 꼭 필요한 내용이어서 지원했다. 강사를 하면 꾸준히 이 강의에 노출될 것 같아서였다. 확실히 그 강의를 하는 6년 동안 나를 가장 가까이에서 오래 지켜본 친동생이 놀랄 만큼 달라졌다. 이렇게 강의를 하면서 많이 발전했고 변화했다. 그 시간을 거쳐 이제는 1인 기업 강사로써 내 삶을 전하는 강의를 한다. 예전에는 무대에서 나의 삶을 이야기할 기회가 많지 않았다.

정해진 내용의 강의를 하면서 언젠가 내 경험이 동기부여가 되는 강의를 하고 싶었다. 하지만 어려운 일이었다. 나는 해야 하는 강의의 내용이 정해져 있었고, 내 삶을 궁금해하는 사람은 없었다. 삶이 강의가 될 만큼의 경험이 없었던 것도 사실이다.

이제 내가 꿈꾸던 강의와 기획을 한다. 내가 잘하는 것으로 타인을 도울 수 있는 강의를 하고, 부족한 것은 함께 채우는 프로그램을 기획한다. 나의 강의를 들으시는 분들의 강점은 더 개발할 수 있도록 돕고, 보완점은 함께 개선해 나간다. 내 이야기에 귀 기울여 주는 사람을 만난다는 것, 그리고 그들과 함께 새로운 도전을 한다는 것은 최고의 기쁨이다. 이런 성취감을 느끼며 삶을 전하는 강의와 코칭을 하는 것은 프로그램을 직접 기획할 수 있는 1인 기업이기에 가능하다. 삶이 강의가 되고 강의가 삶이 된다. 나의 삶도 누군가를 움직이게 할 수 있다는 것이 나의 삶을 더 의미 있고 가치 있게 한다.

3   '나'를 마케팅하다

※ 최영자

2007년 처음으로 세일즈에 입문했다. 차별화를 두고 싶었다. 남들이 다하는 거 말고 차별화된 나만의 브랜딩이 필요했다. 전략 독서를 시작했다. 브라이언 트레이시의 세일즈 끝내기 기법 같은 책을 찾아보기도 하고 〈판매의 기술〉, 〈세일즈 기술〉 등 다양한 마케팅 관련 도서들을 찾아보면서 공부를 했다. 책을 통해 얻고 배우는 것도 중요하지만 실전에 적용하고 직접 해보면서 많은 것을 배운다.

세일즈를 잘하려면 관계에 집중해야 한다는 것을 알 수 있었다. 사람에게 말하고 이해시켜서 설득하고 판매를 이루는 과정에서 중요한 것은 사람의 마음이었다. 데일 카네기의 〈인간 관계론〉을 읽어가며 세일즈에 적용해 보기도 했었다. 사람들은 내가 파는 상품이 아니라 나를 보는구나. 내가 얼마나 신뢰할 수 있는 사람인지, 내가 얼마나 괜찮은 사람인지, 그것이 믿어지면 내 편이 되어 준다는 것을 알았다.

처음으로 시작한 일은 책 세일즈였다. 엄마들과 상담하면서 아이들 책을 판매하게 되었다. 내가 판매하는 책의 특장점을 정확히 아는 것은 기본이지만 먼저 해야 할 것이 있었다. 그것은 바로 아이의 발달단계별 신체적, 정신적 특징을 제대로 알고 엄마와 상담을 하는 것이다. 내 아이를 관찰하듯 고객의 아이들을 관찰하고, 고객의 이야기를 들어주며 내가 가진 지식과 정보를 나누면서 신뢰를 얻게 되면 제품에 관한 이야기는 따로 하지 않아도 계약서에 스스로 사인한다. 책을 통해 정보를 수집하고, 고객이 나를 만나고 싶게 만들어야 한다고 생각했다.

네트워크마케팅도 마찬가지였다. 내가 확신과 믿음을 가지고 있다면 거절에 부딪혀도 이겨낼 수 있다. 하지만 분명히 기억해야 할 것이 있다. 그건 바로 회사나 제품보다도 그것을 전달하는 나를 알리는 것이다. 내가 좋은 사람이면 전달하는 제품도 좋은 것이 된다.

오프라인 시장을 개척할 때도 만나는 사람들과 신뢰 쌓기를 먼저 했다. 온라인 시장에서도 마찬가지였다. 만나서 이야기를 직접 나누는 상황이 아니라 시간과 노력은 더 필요했다. 나를 알리고 내보이는 일은 쉬운 것은 아니지만 온라인 시장의 특성상 꼭 필요한 일이다. 먼저 최서연 강사가 운영하는 BBM에 모여 있는 사람들에게 나를 알렸다. 상품보다는 나를 먼저 마케팅했다. 1인 기업은 나를 광고해야 한다.

나름 부지런한 사람이었고, 책을 읽는 사람이었다. BBM에는 훨씬 부지런하고 책을 많이 읽는 사람들이 가득했다. 처음에 적응하기 힘들어서 '그 공간에서 나가야 하나, 이 사람들은 대체 무얼 하는 사람들이지'라는 생각도 가졌다. 관심을 가지고 보면서 많은 사람이 나로 인해 무엇을 얻을 수 있을까, 어떤 도움을 줄 수 있을까 생각하며 소통에 적극적인 사람이 되기로 마음먹었다.

매일의 일정이 있으니 잠자는 시간을 줄여 독서량을 늘리기 위해 미라클 모닝을 시작했다. BBM을 통해 진행되는 '여시'라는 프로젝트에 참여했다. 6시 전에 기상 인증을 하고, 7시 전에 내가 정한 루틴을 실천하면서 인증하는 것이었다. 지키지 못하는 날엔 참가비 일부가 기부된다. 처음엔 기부 천사였다. 남들이 다하는 미라클 모닝, 난 그게 어려운 건가. 계속 도전해야 할까. 고민하면서 한 달 한 달이 지나고 계속 프로젝트에 참여하면서 단련시켰다. 꾸준한 노력 끝에 100% 달성자로 바뀌기 시작했다. 그렇게 1년 가까이 프로젝트 속에서 나를 단련시키고, 지금은 혼자서도 미라클 모닝이 가능해졌다.

독서 모임에도 참여했다. 빅리치 재테크 독서 모임은 신선했다. 돈을 벌기만 하는 것이 아니라 어떻게 관리해야 하는지를 배우는 독서 모임이었다. 오프라인으로 신청해서 매주 한 번씩 천안에서 서울로 가서 배웠다. 그 후 경제 공부를 꾸준히 하기 위해 소머즈 경제 공부방에도 참여했다. 그들도 모두 1인 기업가였다. 그 후에도 다양한 독서 모임에 참여하며 1인 기업을 배워갔다. 〈그대 스스로를 고용하라〉라는 책은 1인 기업을 제대로 정의하고 실천할 수 있도록 돕는 책 중 하나였다. 많은 사람에게 추천했다.

아침에 눈을 뜨면 카톡을 열어 아침 인사를 하고 미라클 모닝 습관을 인증한다. 읽은 책의 좋은 구절을 공유하고 공감하는 대화를 이끌어 가기도 한다. 그렇게 나를 보였다. 계속해서 했다. 2020년 4월부터 시작했다. 그해 여름부터 나에게 좋은 소식들이 들려오기 시작했다. 바로 그것이다. 나를 궁금해하는 사람들이 생겼고, 나의 일이 궁금해지는 사람들이 생겼다. 한 분 한 분 신뢰 관계가 만들어지고 만남이 자연스럽게 진행되었다. 온라인에서 구축된 관계는 오프라인을 통해 더욱 단단해지면서 나와 제품을 믿는 사람들이 늘어나기 시작했다.

최서연 강사가 매월 한 번 진행하는 유튜브 라이브 독서 모임 '눈독(눈뜨자마자 독서 모임)' 협찬을 매달 하면서 제품을 다양한 분들에게 알릴 수 있었다. 나의 사업은 발전해 갔다. 어떤 거부감 없이 그저 나를 보고 시작하고, 알아가는 사람들이 늘어나고 있다. 꾸준한 소통을 통해 최서연 강사의 유튜브 인터뷰를 통해 나를 알릴 수 있는 시간도 가질 수 있었다.

온라인 강사과정에 도전했다. 사명과 비전, 핵심가치를 바로 세우게 되었고, 나만의 콘텐츠를 통해 커뮤니티를 만들기 위함이었다. 그렇게 시작된 도전은 하나씩 성과를 보이기 시작했다.

씽크와이즈 강사로서 최서연 강사와 협업 프로젝트를 진행했다. 관계와 상담을 위해 배워두었던 휴먼 컬러는 또 다른 나의 콘텐츠가 되었다. 팬덤을 형성하기 위해 필수인 커뮤니티가 만들어지고 있다. 사업에만 집중하려고 생각하기보다 다양한 콘텐츠를 통해 사업을 성장시킬 수 있다는 새로운 공식을 하나 발견하게 되었다. 그게 바로 차별성이었다. 똑같은 방법이 아닌 나만의 방법으로 사업을 연결하고 확장해 가는 것이다.

배우는 것으로 끝나지 않고, 활용하고 실천하는 모습을 통해 나를 마케팅했다. 내가 제대로 마케팅이 되고 나면 1인 기업은 조금 더 성장하고 발전하는 것 같다. 그런 의미에서 나의 1인 기업은 순항 중이다.

어머! 통장에 돈이

☀ 하민수

어머! 통장에 돈이 들어왔다! 내 통장에 남이 주는 내 돈이 들어왔다. 내가 번 돈이다. 얼마 만에 내가 번 돈인지! 10년 남짓 동안 내 통장에는 남편이 보내오는 월급과 나라에서 주는 육아 수당 외에는 돈이 들어올 일이 거의 없었다. 간혹 당근 마켓 거래금 정도였다. 언젠가부터 정말 내 이름으로 돈을 벌고 싶었다. 나도 인정받고 싶었다. 내가 한 일로써 돈을 벌고 싶었다. 돈을 벌어야 인정받는 느낌을 받을 것 같았다. 육아를 돈으로 환산하면 웬만한 기업 월급은 된다고들 하지만, 아무도 나의 육아에 대해 월급을 주지는 않는다. 그건 내게 말뿐인 위로였다. 10년 넘게 남편의 월급으로 살아왔고, 나이도 마흔이 넘어가니 이제 내가 돈을 벌 수나 있을까 싶은 마음에 우울해졌었다. 남들은 쉽게 잘만 버는 것 같았고, 나는 이러지도 저러지도 못하고 바닥에 주저앉아 있는 어린아이 같았다.

언제까지 앉아서 울고 있을 수만은 없었다. 열심히 살아보자 싶어 이것저것 배워봤다. 하지만 돈이 되는 것은 아니었다. 열심히 사는데, 배운 거 잘하기도 하는데 왜 아무도 나를 못 알아보지? 답답했다. (지금 생각하면 부끄러운 순간이지만 그때는 그랬다.) 그러던 어느 날 머리에 스치는 생각이 있었다. 내가 열심히 사는 것은 나 혼자만 안다는 사실이었다. 나도 열심히 살고 있다고 조금 드러내볼까? 그때부터 열심히 사는 내 생활을 SNS에 기록했다. 운동한 이야기도 쓰고, 책 읽은 이야기도 썼다. 감사 일기를 쓰며 변화된 이야기도 썼다. 사람들이 나에게 대단하다는 말을 하기 시작했다. 응원도 받았다. 대단까지는 아니더라도 내가 가진 무언가가 있다는 증거 같아 기분이 좋았다. 이때 BBM 방에 있는, 배움과 경험이 돈이 되는 사람들을 보게 되었다. 나도 용기를 내어 프로젝트를 시작해 봤다.

'1만 원 입금 ○○○', 그것이 시작이었다. 꿈이야 생시야 하며 통장 입금 내역을 보고 또 봤다. 첫 번째 프로젝트의 첫 입금 순간을 잊을 수 없다. 합격자 발표 명단에서 내 이름을 발견한 느낌이었다. 너무 좋았고 좋은 만큼 떨렸다. 드디어 내가 사회인이 되었다는 기쁨, 내가 돈을 벌었다는 만족감, 나도 할 수 있는 사람이었다는 안도감까지. 여러 감정들이 섞여서 마음이 붕 떴다. 누구라도 붙잡고 호들갑 떨며 자랑하고 싶었다. 나도 돈 버는 여자예요!

기쁨도 잠시, 내가 잘하고 있는 걸까? 걱정도 되고 내가 잘하지도 못하는 데 남들에게 돈을 받는 거 아닌가 싶어 기분이 가라앉았다. 그렇게 받고 싶었던 월급인데 이렇게 떨리고 이상할 일인가. 지금 생각해 보면 너무 기뻤지만 처음 느낀 책임감에 조금 눌려있었던 것 같다. 신청해 주신 분들에게는 돈의 가치보다 더 큰 만족을 드릴 자신은 있었지만, 그분들의 생각은 다를까 봐 걱정이었다. 그렇게 벌고 싶었던 돈인데 행복함보다 책임감에 짓눌리다니. 적응될 거라 생각했지만, 그날의 그 마음은 매번 내게 다가온다. 그리고 더 잘해 드려야지 하는 마음이 더해진다.

한 가지를 시작하니 다른 것도 해볼 용기가 생겼다. 꾸준한 블로그 포스팅으로 애드 포스트를 신청하면 광고비를 받을 수 있다는 이야기를 듣고 애드 포스트에 도전했다. 매일 블로그 포스팅을 하고 조건에 맞게 신청했더니 합격 메일이 왔다. 그때부터는 한 번씩 통장에 네이버로부터 보내오는 돈이 입금된다. 스마트 스토어를 개설한 후 스마트 스토어 수입도 발생한다. 그리고 평소에 관심이 있던 고전 읽기와 글쓰기 모임을 꾸려 진행하며 수입을 올리고 있다. 아직은 소액에 불과하지만 내가 할 수 있다는 가능성을 계속 발견한다는 점에서 아주 만족스럽다.

그렇게 벌고 싶었던 돈과 함께 돈으로는 측정할 수 없는 감동도 받고 있다. 바로 사람이다. 프로젝트에 함께해 주시는 분들, 특히 열심히 참여하시는 분들의 모습은 감동 자체다. 궁금한 것을 물어봐 주시고 알려 드리는 대로 실행해 가는 모습은 매일의 영양제다. 그리고 운영하다 보니, 내가 그랬듯이 재미를 느끼는 분은 열심히 참여하는 분들이라는 것을 알게 되었다. 그런 분들은 1년 넘게 계속 함께해 주신다. 자신의 변화에 '아만나' 덕분이라는 한마디도 그렇게 감동일 수 없다. 다음 달을 기대하는 분들도 너무 감사하다. 이분들이야말로 내가 누군가에게 도움이 될 수 있는 존재임을 확인받고 더 노력하게 만드는 원동력이 되고 있다.

가족의 시선도 돈 이상의 소득이다. 집에서 밥하고, 청소하고, 운동하고, 혼자 책 보던 엄마가 어느 날부터 강의를 듣고 줌 미팅을 하는 모습을 보이게 되었다. 처음 아이들의 눈빛은 호기심으로 가득했다. 옆에서 시끄럽게 방해도 하고, 자기 꺼 해달라며 집중력을 흐리게도 했다. 그럴 때마다 아이들에게 엄마가 어떤 일을 시작했는지 알려 주었고 도움을 청했다. 아이들은 이해해 줬고, 잘 도와주고 있다. 작년에 스마트 스토어를 개설한 후부터 아이들은 나를 사장님이라 부르며 직급 놀이도 한다. 사원이 없는 1인 기업이지만 아이들과의 놀이에서는 직원이 네 명이나 있는 기업이다. 실제로 내 일에 가장 도움을 주는 사람들이 가족이기도 하다.

그리고 빠질 수 없는 남편. 1인 기업을 시작한 이후 남편은 가장 큰 지원군이 되어 주고 있다. 나의 일과 생각에 항상 용기를 주고 응원해 준다. 아무것도 할 수 없다고 생각하며 자신감 없이 살던 내게 충분히 멋있다고 당당해지라고 말해 준다. 프로젝트 모집 기간에는 몇 명이 등록했는지 매일 물어보고, 블로그를 들락거리며 몰래 체크하는 것으로 알고 있다. 내가 글을 쓰고 있는 지금도 아이들을 맡아주는 남편, 참 감사하다.

일이 하고 싶었고, 돈을 벌고 싶어서 시작한 일이었다. 이왕이면 내가 좋아하고 잘할 수 있는 일을 만들어 돈을 벌고 싶었는데, 그게 불가능한 일이 아니었다. 내가 번 돈으로 책도 사고 좋아하는 사람들에게 선물도 할 수 있는 지금이 참 좋다. 가족의 지지를 받고 가족들에게 일이 있는 엄마, 꿈이 있는 여자로 사는 요즘이 행복하다. 많은 사람과 함께의 힘을 느끼는 요즘이 참 즐겁다.

이 감동을 계속 이어가며 살고 싶다. 아직은 시작에 불과하기에 많은 선배 1인 기업인들을 보며 배워가고 있다. 대단한 선배들을 보며 나도 더 큰 꿈을 꿔본다. 더 큰돈도 꿈꿔본다.

5   사람 때문에 웃고 사람 때문에 울다

유현주

　퇴사 후에 미라클 모닝 프로젝트를 운영하며 1인 기업 첫 수입이 발생했다. 내가 만든 프로젝트는 아니었지만 지금까지 운영할 수 있어서 정말 감사하다. 신청하신 분이 있었기에 4기부터 지금까지 운영해 오고 있다. 4기부터 참여해 주셨던 한 분 한 분, 장기간 함께하고 계신 분들을 떠올려 본다. 미라클 모닝으로 삶이 바뀌었다고 말씀해 주시는 분, 나와 함께한 프로젝트 덕분에 미라클 모닝을 습관화시켰다고 이야기하고 하산한 분, 좋은 건 함께해야 한다고 여기저기 알려주시는 분, 함께하실 분을 데리고 오시는 분. 함께한 모든 분이 나에게 감동이고 기쁨이다. 미라클 모닝을 하고 싶어 하는 단 한 분만 있다면 미라클 모닝 프로젝트는 계속될 것이다.

　'여시-여자들의 아침 시간'은 최서연 작가가 운영하던 미라클 모닝 프로젝트였다. 뒤를 이어 리더를 맡을 사람을 뽑는다고 해서 재빨리 나섰다. '여시' 프로젝트를 통해 좋은 분들을 많이 만났다. 이런 기회는 아무 때나 오지 않는다. 스쳐 지나갈 수도 있다. 내가 붙잡았을 때 기회가 내 것이 된다고 생각하며 좋은 기회가 왔을 때 놓치지 않으려고 노력하고 있다.

•

최서연 작가와는 강사와 수강생으로 만났다. 유튜브를 알려 주는 '유별나다' 강의를 통해 처음 만났고, 그녀의 강의를 거의 다 첫 번째로 수강했던 것 같다. 그중 온 강사(온라인 강사 되기) 1기를 통해 왕초보 대상 스마트 스토어 강의를 시작했고, 강의를 준비하는 시간과 강의 첫날은 잊을 수가 없다. 강의안을 준비해서 많은 사람 앞에서 내가 강의를 하다니 상상할 수 없는 일이었다. 한 계단 오르는 게 이런 거구나 하는 생각을 했다. 나를 칭찬하고 도와준 감사한 기억이 지금까지 남아있다. 할 때마다 떨리는 게 강의지만 처음보다 조금은 나아진 것을 보며 다른 강의도 할 수 있는 날을 꿈꿔본다. 이런 꿈을 꾸게 해준 온 강사 과정과 최서연 작가에게 감사하다. 온 강사 4기를 재수강하며 첫 독서 모임도 시작해서 운영했다. 독서 모임은 줌 미팅으로 하고, 오프 모임으로 멤버들과 나들이를 했다. 오프 모임 때문에 독서 모임을 신청하는 분들도 생겼다. 즐거운 추억 가득한 시간으로 기억 속에 남아있다.

스마트 스토어를 운영하면서 다양한 경험과 감사한 일이 많았다. 이번에도 최서연 작가의 도움이 컸다. 여수 쥐포를 스마트 스토어에 올릴 수 있도록 격려해 주었다. 쥐포 시식 후 촬영한 사진도 제공해 주었다. 최서연 작가와의 인연이 소중하고 감사하다. 나의 영원한 1인 기업 멘토로 서로 돕고 격려하는 관계로 오랫동안 함께하고 싶다. 또한 비비엠 커뮤니티 분들이 친슈맘 마켓의 쥐포 단골손님이 되어 주었다. 덕분에 월 매출 100만 원을 달성하고, 이 이야기를 가지고 스마트 스토어 왕초보 강의도 할 수 있었다. 비비엠에서 많은 분과 인연을 맺고 많은 멘토와도 연결될 수 있어서 기쁘고 감사했다. 지금도 최고의 환경에서 성장과 자기계발을 함께할 수 있어 감사하다.

1인 기업은 물론이고, 직장 동료와 친구 사이의 인간관계는 너무나 중요하다. 친구 관계는 잘 맺었던 나도 직장 동료와의 관계는 어려웠던 적이 간혹 있었다. 동갑 혹은 성별이 같은 직원과의 갈등, 일을 열심히 하지 않는 직원을 바라보며 답답했던 순간들이 떠오른다. 직장을 다닐 때 자기계발 서적은 물론 마음을 다스리는 책조차 읽지 않았던 터라 마음 그릇, 말 그릇이 작아서 실수를 많이 했다. 특히 1인 기업의 인간관계는 수입과 바로 연결되는 부분이 많다. 어떤 프로젝트나 독서 모임을 할 때 함께할 사람이 없으면 수입이 생기지 않는다. 무료 프로젝트도 시작할 수가 없다. 스마트 스토어도 네이버가 내 상품을 상위로 올려주면 좋겠지만 마음처럼 내 뜻대로 되지 않는다. 상위로 올라가려면 올라갈 수 있도록 나의 노력이 필요하다. 친구와 지인에게 홍보 겸 내 온라인 상점을 알렸다.

스마트 스토어 링크를 보내주고 부탁을 했다. 다행히 스토어 찜, 상품 찜은 물론 구매도 해주었다. 1인 기업을 운영하는 나에게 한 사람 한 사람의 이런 응원이 정말 큰 힘이 됐다. 나 또한 응원과 격려가 필요한 분들에게 작은 도움이나마 되고 싶고, 그러기 위해 노력하고 있다. 사람이라는 네트워크가 얼마나 소중한가. 그리고 한 사람 한 사람을 귀하고 소중하게 여겨야 함을 다시금 깨닫게 됐다.

소비자 네트워크를 구축하는 네트워크 마케팅 사업에 있어서 이런 인간관계가 좀 더 중요하다는 생각이 든다. 최근에 파이프라인의 하나인 네트워크 마케팅 사업에서 첫 직급을 달성했다. 그때 있었던 일이다. 가족, 친척, 친구, 지인 모두 나의 목표 달성을 위해 작은 도움이라도 되어 주고자 했다. 함께하는 스폰서, 파트너, 소비자 모두 나를 응원하고 격려해 주며 힘을 보태주었다. 덕분에 수월하게 직급을 달성할 수 있었다. 주변의 모든 분이 이 분야에서 내디딘 나의 한 걸음을 진심으로 축하해 주고 기뻐해 주었다. 잊지 못할 감동의 순간이었다.

스마트 스토어 강의를 할 때 있었던 일이다. 강의를 못하게 되었을 때 내 일처럼 속상해하고 나를 위로해 주셨던 분들이 많았다. 강의를 신청하셨던 분 중에서도 단 한 명도 화를 내는 분이 없었다. 안타까워했고, 다음에 꼭 다시 해달라고 얘기해 주신 분들로 인해 위로를 받았다. 조금 힘들었지만 그 시간을 아주 잘 견뎠다. 아니 별로 힘들지 않고 잘 지나갔다. 그때도 특별히 위로와 조언으로 도움을 주셨던 분에게 감사의 마음을 전한다.

1인 기업을 하다 보면 힘든 날이 내게도 찾아올 것이다. 이제 시작인데 힘든 날이 있었다고 아직 얘기할 단계는 아닌 것 같다. 재정적으로 힘들 수도 있다. 그때는 조금 참고 견디면 되지 않을까? 사람으로 인해 힘들 수도 있다. 하지만 결국은 사람으로 인해 위로받은 경험이 많다. 함께할 수 있는 사람들이 1인 기업의 재산이 아닐까 생각해 본다. 실제 존재하는 사람의 위로뿐만 아니라 책을 통해서도 위로받았던 경험이 있다.

힘든 일이 있었을 때 그 상황과 딱 맞는 책의 한 구절을 통해 위로받았던 기억이 난다. 누군가 올려준 한 구절을 통해서도 큰 울림이 있고 위로가 되었다. 나도 누군가에게 위로가 되는 사람이 되고 싶다. 다시 한 번 사람과 사람과의 관계가 소중함을 되새겨 본다.

6 인생에 밑줄을 긋기 시작했다

매일 책을 읽는다. 책에 치여 산다는 말이 맞는 것 같다. 책을 가까이했던 사람이 아니다. 1년에 읽은 책을 다섯 손가락으로 세어도 남았다. 2019년 7월쯤 책을 읽기 시작한 계기는 저자 강연에서 작가를 만나고 사람들을 만나면서 책 읽는 데 재미가 조금씩 붙기 시작했다. 직장을 다니기에 주말에는 쉬고 싶었지만, 저자 강연이 있는 토요일은 새벽 일찍 서둘렀다. 7시부터 논현동 DID 강연장에서 저자 강연 및 작가와의 만남이 기대되었기 때문이다. 매주 한 권의 책이 쌓이면서 책을 소장하기 시작했다. 어떤 날은 회사를 다녀오고 새벽까지 읽기도 했다.

퇴사 후 2020년 3월 김형환 교수님 1인 기업 강연을 통해 전략 독서 목록을 기록하고 책을 집중해서 읽기 시작했다. 관심 있는 분야의 책 20권 목록을 기록하고 한 권씩 읽었다. 달라진 점이 있다면, 예전에는 책을 깨끗하게 봤지만 책에 재미를 느낀 후로는 밑줄을 긋고 빨간색 볼펜으로 동그라미도 그리고 귀접기도 하면서 책 읽는 방법도 달라졌다. 블로그에 정리도 했다. 최서연 작가가 운영하는 비비엠 방의 독서 모임에 관심을 두게 되었다. 그중 참여한 모

part 4 1인 기업, 그 감동의 순간 197

임은 재테크 독서 모임과 1인 기업 전략 독서 모임 '더 석세스 리더스클럽'이다. 코로나19로 오프라인 모임이 많이 없을 때였지만, 수요일 오후 7시에 하는 재테크 독서 모임을 먼저 신청했다. 일주일에 한 권의 책을 읽고 12주 동안 좀 빡세게 하는 독서 모임. 매일 조금씩 읽으면서 독서 모임에 가기 전까지 책을 읽고 참석했다. 같은 책을 읽고 서로의 생각을 나누는 모임, 공감해 주고 다른 사람들의 이야기를 듣는 시간도 좋았다. 재테크 독서 모임인 만큼 경제에 관심도 가지게 되었다. 지금도 재테크 독서 모임에는 계속 참여하고 있다. 가장 많이 바뀐 거라면, 일주일에 책을 여러 권 읽고 있다는 거다. 매일 TV 리모컨을 들었던 손이 책장을 넘기고 있다. 블로그에 서평도 쓰기 시작했다.

2021년 1월에는 잇콘 출판사 에디터 신청을 했는데 당첨이 되었다. 6개월 활동 후 재신청했는데 6개월을 더 할 기회가 생겼다. 매월 한 권의 책을 읽어 서평을 쓰고, 신작이 나올 때 오타도 검토하고, 에디터의 간단한 서평도 들어간다. 처음으로 짧지만 닉네임 글벗맘이라고 쓰여 있는 책을 보면서 감동했던 순간도 있다. 책을 정말 열심히 읽었다. 한 달에 열세 권에서 열다섯 권 정도 읽었다. 필요한 부분만 읽은 것도 있다. 책장에 책이 쌓이기 시작한다. 에디터 활동을 하면서 출판사 서평 이벤트에 참여해서 종종 당첨되는 행운도 있었다. 꾸준히 책을 읽었더니 일상생활에서 좋은 결과들이 하나씩 나오면서 기쁨도 누릴 수 있었다.

주식 책 낭독 프로젝트를 기획했다. 재테크 독서 모임을 하면서 경제공부를 하고 주식에 관심을 가지게 되었다. 주식 책은 혼자 읽기 힘들었다. 끝까지 완주하면 좋은데 읽다 멈추고 완독하기가 쉽지 않았다. 나만 그런 게 아니라 주변에 같은 상황에 있는 분들이 많다는 걸 알았다. 낭독 모임을 만들면 누가 돈을 내고 신청할까? 걱정이 되기도 했다. 한 명이 와도 진행해야지 하는 마음으로 시작했다. 의외로 생각했던 인원보다 모집도 잘되고 반응도 좋았다. 아들들이 더 신기해한다. 엄마가 독서 모임에 다니더니 줌으로 책을 낭독하고 수익도 창출한다고 하니 좋아한다. 아이들도 일하는 엄마가 좋은가 보다. 모여서 함께 책을 읽을 수 있는 판을 만들었더니 수익도 생기고 공부도 할 수 있는 일석삼조 좋은 결과가 나와서 뿌듯하다.

"엄마는 책 읽는 게 좋아요?" 둘째 아들이 가끔 물어본다. "예전에는 TV 드라마를 자주 보고 누워있기를 좋아했던 엄마가 책상에 앉아서 책을 읽고 강의를 듣고 있으니까요." 엄마가 회사에 다니지는 않지만 집에서 일하면서 수입이 조금씩 들어온다는 게 아이들에게는 마냥 신기한가 보다. 프로젝트 운영에 관한 이야기를 아이들에게 설명해 주기도 했다. 책을 읽고 나니 지인들과 함께 독서 모임을 시작하게 되었다. 아이들도 경제공부를 시키고 싶었다. 큰아들과 친구에게 이번 여름방학 때는 줌으로 만나서 책 한 권을 읽었다. 첫 번째 모임은 별로 좋아하지 않던 아들이 "괜찮은 것 같아요." 하면서 두 번째 모임부터는 시간도 체크하면서 마무리까지 잘했다. 겨울방학 때도 한 권 더 읽기로 약속도 했다. 배워서 남 주자. 1인 기업 강의를 들으면서 많이 들었던 이야기. 내가 배운 걸 다른 사람에게 가르쳐주면 나는 더 성장한다는 사실을 알게 되었다. 엄마와 아이들이 함께 공부하는 경제공부 프로젝트를 만들어 보고 싶다.

"책 읽어야지." 자주 아이들에게 하는 말이다. 요즘 아이들은 책을 잘 안 읽는다. 나 역시 책을 안 읽는 어른이었다. 나를 변하게 하려면 좋은 환경을 찾는 게 중요한 것 같다. 성공한 사람들을 만나라는 말이 괜한 이야기가 아니다. 독서 모임에 참여하면서 '내가 참 대담해졌구나' 하는 생각을 한다. 사람들 앞에서 이야기하기 부끄러워했는데 이젠 먼저 이야기를 한다. 자신감도 생겼다. 선배님들에게 내 이야기를 하면서 용기도 주고 있다. 책을 읽으면서 회사 퇴직을 생각했고, 책을 통해서 새로운 사람들을 만나게 되었다. 지인 중에 친한 작가들이 생겼다. 사인 받은 책 권수가 늘어나고 있다.

'인생 뭐 있나요?' 하고 싶은 일을 작게 시작하는 것. 책에서 그런 용기를 얻었다. 생각만 하고 실행을 안 했다면 지금도 직장을 다니고 있겠지? 한 번 용기를 냈더니 또 다른 삶을 시작하게 되었다. 가끔은 피곤하고 힘들 때도 있다. 내가 선택한 일이고, 고생이라 생각은 하지 않는다. 그만두고 싶을 때도 있지만, 이때 가장 힘이 되는 건 책이었다. 좀 벅차긴 해도 프로젝트를 신청하고 할 수 있는 환경을 만든 일이 가장 잘한 선택이었다. 좋은 사람들과 함께하고 배우는 것이 좋았다. 필요하다고 생각하는 강의는 신청해서 듣고 있다. 그중 독서 모임이 가장 큰 비중을 차지한다.

책을 읽고 좋으면 그 책을 지인들에게 추천도 하고 선물도 한다. 책을 통해서 먼저 변했기 때문에 나누고 싶은 마음이 저절로 생기게 되었다. 책만한 친구가 있을까? 책을 읽고 행동했더니 삶이 기쁘고 재밌기 시작했다. 아침에 일어나면 새벽 독서로 하루를 시작하고 있다.

7 _____ 나도 누군가를 도울 수 있다니

※ 김선희

14년을 직장인으로 살았다. 누군가 시키는 일만 하다가 주체적으로 일을 해야 한다는 게 어려웠다. 어디서부터 뭘 어떻게 시작하고 끝내야 하는지 알 수 없었다. 열심히 해도 시간만 보낸다고 돈이 나오지 않으니 무조건 성과를 내야 했다.

처음엔 욕심만 앞섰다. 1인 기업가 중 잘나가는 사람들은 월 천만 원은 우습게 벌고, 2~3천만 원씩 번다는 사람도 있었다. 나도 그들처럼 금방 될 수 있을 것 같았다. 그들이 걸어온 길 뒤의 피, 땀, 눈물은 보지 않고 눈앞의 결과만 본 것이다.

나만 생각한 결과였다. 모든 중심이 나였다. '어떻게 하면 내가 돈을 벌 수 있을까, 내가 더 잘되려면 뭘 해야 하지? 나한테 가장 이득이 되는 건 뭘까?' 잘못된 접근 방식이었다. 1인 기업으로 성공하기 위해서는 생각부터 뜯어고쳐야 했다. 중심을 내가 아닌 고객으로 말이다.

질문을 바꿔 보았다. '어떻게 하면 그들을 도울 수 있지? 그들이

•

정말 바라는 건 뭘까? 그들을 성공시키려면 내가 뭘 해줘야 하지? 뭐가 그들에게 최선일까?' 나의 쓸모는 고객의 필요에서 나온다고 배웠다. 그랬더니 마음가짐부터가 달라졌다. 모든 기획과 행동이 자연스럽게 고객을 위한 길로 가게 되었다.

올해 강사가 되었다. 강사를 꿈꿔본 적은 없었다. 직장 생활만 오래 해왔기에 강사라는 직업 자체를 생각해 본 적이 없었다. 사람들이 모르는 걸 알려주는 걸 좋아했고, 어려운 말을 쉽게 설명해 준다는 평을 많이 받았었다. 내 쓸모를 주변에서 찾은 셈이다. 강의를 잘할 것 같으니 한번 해보라는 말에 도전한 행동이 인생을 바꿔 놓았다.

네이버 카페 '더 빅리치 캠퍼스'에서 소속 강사로 시작을 했다. 블로그 강의와 블로그 글쓰기 습관 프로젝트를 운영한다. 최서연 작가와 100일간 '나를 찾는 글쓰기' 프로젝트를 같이 했던 게 인연이 되었다. 프로젝트에 참여했었기에 리더가 될 수 있었다.

스타트업 회사를 다닐 때 회사를 알리기 위해 블로그, 카페, 인스타, 유튜브 등 각종 SNS를 몇 년간 혼자서 공부하며 운영했던 것도 도움이 되었다. 잘하기 위해 하나라도 더 찾아보고, 강의를 듣고 적용해 봤던 것들을 지금 회원들에게 나누어 줄 수 있게 된 것이다.

그 지식을 기반으로 다른 사람들의 블로그와 유튜브 대행도 해주고 있다. 1인 기업가가 되고 유튜브 편집도 배우기 시작했다. 1인 기업가는 만능이 되어야 한다. 각종 도구를 능숙하게 다룰 줄 알아야 하고 시간 관리는 필수다. 시간을 아끼기 위해서라도 온라인 도구를 잘 활용해야 한다. 내가 다룰 줄 알아야 나중에 다른 사람에게 위임을 해도 제대로 관리가 가능하다.

성공한 1인 기업이 되려면 내 안에 잠재되어 있는 장점을 제대로 끄집어 낼 수 있어야 한다고 생각한다. 혼자서 발견할 수 있다면 좋겠지만 쉽지 않다. 그래서 책을 읽고, 생각을 나누고, 브레인스토밍을 하며 서로 돕는다. 서로 안의 거인을 깨울 수 있도록 너도 성장하고 나도 발전하는 윈-윈 구조를 만들기 위해 노력한다. 이 부분이 제일 감동적이다. 돈만 벌기 위해 일을 하는 게 아니라 삶의 의미를 발견하고, 하고 싶은 일을 하면서 돈도 벌 수 있다는 것 말이다.

쉬운 길은 아니다. 누군가를 돕고 싶다고 해도 도와달라고 해야 도울 수 있기 때문이다. 그러기 위해선 꼭 필요한 사람, 도움을 받고 싶은 사람이 되어야 한다. 내가 힘들 때, 필요할 때 '저 사람'이 나를 도와줬으면 좋겠다고 찾는 사람이 되어야 한다.

그래서 매일 책을 읽고, 끊임없이 공부하며 삶에 적용시키기 위해 노력한다. 누군가를 도우려면 나부터 변화해야 한다는 걸 알기 때문이다. 내 마음이 지옥인데 다른 사람을 행복하게 해줄 수 없으니 마인드 컨트롤을 할 수 있어야 한다. 내가 쥐뿔 아는 것도 없는데, 다른 사람을 가르칠 수 없으니 더 많은 걸 공부하고 깨우쳐야 한다. 언행일치. 말과 행동이 일치하도록 최선을 다하고 있다.

대기업에서는 하기 힘들고 1인 기업만이 할 수 있는 일. 바로 민첩한 순발력이다. 기민하게 움직여서 누군가의 도움이 되는 일. 세상을 변화시킬 순 없어도 내 주변, 나를 찾는 누군가는 변화시킬 수는 있는 일이 바로 1인 기업가의 일이다.

1인 기업가가 되기 전에는 생각도 못했다. 당연하게 여겼던 할줄 아는 일로 누군가를 도울 수 있을 거라는 걸. 내가 가진 지식이 보잘것없어 보여도 누군가에게는 한줄기 빛이 될 수 있다는 걸. 값지고 멋진 일이다. 더 많은 걸 알려주고 나눠주기 위해 나도 더 배우고 노력하게 된다. 지식의 선순환이 이루어지는 거다. 서로 돕고 도움 받으며 꿈을 이루어 나간다.

누군가를 도울 수 있다는 게 이렇게 뿌듯하고 보람된 일이라는 걸 미처 몰랐다. 강사가 되어 보기 전에는.

8) ～～～～ 메신저가 되다

※ **김상미**

2020년 9월, 나는 최서연 선배님의 온 강사 2기를 수강했다. 온 강사는 온라인 강사되기 과정으로 최서연 선배님의 모든 노하우와 도구를 마스터하는 과정이다. 모비즌, 씽크와이즈, 곰캠, 유튜브, 오픈 카톡방 만들기, 카카오 채널 만들기, 나만의 강의 사다리 만들기 등 새로운 도구들을 섭렵하며 매주 과제를 해나가야 했다. 매주 지정 도서를 읽으며 리더라는 자리의 무게감을 느끼게 되었다. 〈트라이브즈〉, 〈훔쳐라 아티스트처럼〉, 〈SNS로 열정을 돈으로 바꿔라〉, 이렇게 세 종류의 책을 읽으면서 배움을 이제 돈으로 바꿔야겠다고 다짐을 했다. 그 당시 한참 빠져 있던 낭독과 팟캐스트를 한 세트로 낭독클럽이라는 오픈 카톡방을 시작했다.

내가 가진 노트북이 오래되어서 가상 배경이 깨지는 게 늘 마음에 걸렸다. 하남에 사는 동생네까지 찾아가 조카 방에서 줌을 연결하여 2020년 10월 23일 "낭독은 치유다"라는 첫 강의를 시작했다. 등에서 식은땀이 나고 내가 제대로 말하고 있는지? 말이 너무 빠른 건 아닌지? 걱정이 이만저만이 아니었다. 중간에 내가 녹음한 파일을 재생했는데, 소리 체크를 하지 않아서 제대로 공유도 안 되고,

어찌어찌 질의응답 시간까지 해서 1시간 반이라는 시간이 흘렀다. 원데이 특강이었는데, 별도로 일주일간의 서비스로 개인 낭독 파일을 올려주면 피드백을 해드리기로 했다. 정말 이때는 용기, 자신감이 넘치던 때였던 것 같다. "나에게 낭독"이라는 책 뒷부분에 다양한 스크립터를 읽으면 내가 들어보고 피드백을 해드렸다. 일주일의 서비스 기간이 끝나고 정식 낭독 1기 모집을 했을 때 15명이라는 분이 신청을 해주셨다.

나를 믿고 선택해 준 분들께 최선을 다하고 싶어서 수업 준비를 열심히 했다. 일요일 아침 줌에서 만나 서로 책을 읽으면서 과제 체크도 하고 재미있게 진행했다. 나에게 어떤 사람이 수강하러 올지 알 수 없는 게 매력적이다. 수강생 중 한 명이 어린아이를 잃고 지은 시를 읽으면서 오열하기 시작했다. 감당하지 못할 눈물에 다 못 읽겠다고 해서 다른 분이 대신 읽기도 했었다. 서로 사는 지역이나 거리가 달라도 줌이라는 소통의 도구는 감정을 느끼고 이야기할 수 있었다. 나는 이 줌이라는 도구에 익숙해지는데 시간이 걸렸다. 녹화 버튼을 제대로 안 누르고 해서 혼자 다시 녹음한 기억도 난다. 비대면 시대에 온라인 소통 도구인 줌의 다양한 기능은 필수로 알아야 한다. 줌이라는 도구를 제대로 다루지 못한다면 수업이 제대로 진행되지 못하기에 반드시 숙달하는 것이 좋다.

우연히 수강생 중 한 분의 친척 중에 유명한 성우분이 있다고 해서 성우님의 원데이 특강을 진행하게 되었다. 일요일 아침 7시 시작이었는데, 전화 연락도 안 되고 줌에 접속하지 않아서 좌불안석, 어떻게 해야 할지? 20여 명이 줌에 접속해 있는데 뭐라도 해야 할 것 같았다. 마침 팟캐스트 수업을 하려고 준비해 놓은 PPT가 있어서 내가 대신 팟캐스트 강의를 하게 되었다. 식은땀이 흘렀고 1시간이라는 시간이 어떻게 갔는지 모르겠다. 이렇게 외부 강사를 섭외하다 보면 피치 못할 상황이 발생하기에 방장은 미리 준비를 하고 있어야 한다. 강사님이 펑크를 냈다고 들어온 사람들을 내보낼 수는 없지 않은가? 후일 깜빡 잠이 들었다는 강사님의 말에 다시 강연 일정을 잡고 연속 세 번의 특강이 이루어졌다.

하면 할수록 수강자가 더 늘어나면서 성우님의 수업에 참여할 수 있게 해달라고 난리였다. 오픈 카톡 방 인원은 강의할 때마다 50명씩 늘어났다. 처음엔 10명을 모집해야 수업 진행이 가능하다 하셔서 수업 의사를 물어보니 점점 더 인원이 많아져 주중 2반, 주말 3반, 총 5개 클래스가 생겼다. 나도 예상치 못한 결과였다. 와우, 사람들의 낭독 열풍이 이렇게 높았던가? 스스로에게도 놀랐다. 그 당시 내가 진행하던 낭독 클래스는 단 한 분의 신청자만 있었고, 다들 성우님의 수업을 듣겠다고 우르르 몰려갔다. 그걸 지켜보는 내 마음은 편치 않았다. '그래, 내가 뭐라고 수업을 하나?' 모집을 포기했다. 신청해 주신 한 분께도 수강료를 돌려 드리려고 했다.

그때 최서연 선배님이 "단 한 명이라도 수업을 하셔야 합니다. 그래야 자꾸 기수가 흘러서 소문이 나요. 저라면 계속하겠어요." 이 한마디에 용기를 갖고 다시 수강생 모집을 시작했다. '맞다. 여기서 포기하면 나만 손해이다.' 어떤 분이 "도대체 상미 선배님 수업하고 성우님 수업의 차이가 뭐예요?" 물었다. "프로와 아마추어의 차이입니다. 전문 성우분에게 코칭 받고 싶으시면 그쪽으로 가시면 되고요. 저는 동아리 개념처럼 저랑 낭독해서 올리고, 피드백하고, 과제 내드리고, 열심히 할 수 있도록 도와주는 코치 개념입니다." 이렇게 답변을 드렸다. 이게 내가 말할 수 있는 솔직한 답변이었다.

낭독 3기분들은 정말로 열심히 해주고 잊지 못할 선물도 주셨다. 내가 만약 그때 포기했다면 어디서 이런 인연을 만났을까 싶었다. 사람들은 남들과 비교한다. 내가 이 분야 전문가가 아닌데도 해도 될까? 나 또한 성우님으로부터 "상미 씨는 이 분야에서 리포터나 방송 일을 좀 해봤나요? 요즘 인터넷에서 사람들 모아놓고 낭독하는 분들을 보면 준비도 완벽히 하지 않은 채 하는 것 같아서 보기 안 좋아요. 제대로 배우고 가르치세요." 따끔한 충고의 말을 듣기도 했다. 그렇다. 누군가는 이 말에 상처받고 쓰러지는 사람도 있지만, 나를 더 다듬고 앞으로 나아가기 위한 초석으로 삼는 사람도 있을 것이다. 초보가 왕초보를 가르치는 시대이다. 처음부터 누가 자격증을 다 갖추고 시작한단 말인가? 당장 옆집 언니, 아이들을 데려다 놓고 내가 아는 스마트폰 앱 사용법을 알려주면서 한 단계씩 성장하는 것이다.

MKYU 김미경 학장님도 피아노 학원 원장에서 강의 시장으로 눈을 돌렸을 때, 아무도 써주는 곳이 없어서 몇 군데 기관에서 강의한 경력이 있다고 경력 사항을 첨부해서 강의를 시작했다. 누구에게나 첫 시작은 초라하다. 나의 강의를 듣고 "집안에서는 매일 소리 지르고, 하이 톤이라서 목소리 좋다는 이야기를 못 들었어요. 여기 와서 아나운서 같다. 쇼호스트 같다는 칭찬에 제 자존감이 확 올라갔어요. 조금 더 낭독에 취미를 붙여 볼게요."라고 말해 주는 수강생을 볼 때면 '그래, 내가 누군가의 숨은 원석 하나를 발견해 드렸구나' 싶을 때가 찾아온다. 나의 장점이나 단점을 보기는 힘들지만, 상대방이 가진 고유한 재능을 발견해 드리고 칭찬할 수 있는 건 선생님이라는 자리에 있기에 볼 수 있는 것이다. 자신감을 가지고 나를 기다리는 세상 속으로 나아가자. 나만 준비되면 된다. 세상은 나를 필요로 하고 있다. 나를 응원해 주고 지지해 주는 찐팬이 생긴다는 것은 정말 매력적이다. 숍에서 매일 밤샘 작업을 하는 나를 걱정해 주고, 건강 챙기라면서 작은 선물을 보내줄 때면 내가 하는 이 작은 일들이 누군가의 성장을 도와주는구나 싶어 뿌듯함이 밀려온다. 나의 경험과 지식이 돈이 되는 세상, 메신저의 삶은 단 한 사람 나의 찐팬을 찾아가는 여정이다.

9 ━━━━━ 나만의 콘텐츠

※ **이지혜**

나만의 콘텐츠는 무엇일까? 어떻게 찾는 것일까? 여전히 가장 고민이 되는 부분이다. 나의 초라한 경험도 누군가에게 도움이 되리라 생각했다가 금세 '이런 것이 콘텐츠가 되겠어?' 하는 의심이 치고 올라온다. 그럼에도 다시 콘텐츠를 발행하는 이유는 나의 경험과 지식을 나누었을 때 누군가 도움을 받는다는 것을 알기 때문이다. 나의 콘텐츠로 위로받는 사람이 어딘가에 단 한 명이라도 분명히 있었다. 그 누군가를 위해서 당신의 콘텐츠를 만들고 공유하며 세상에 드러내면 좋겠다.

그렇다면 나만의 콘텐츠는 어떻게 만들까? 가진 것 없고, 지식 없다고 해서 포기하지 말자. 나 또한 그랬다. 나의 유산 수술의 경험이 누군가에게 위로가 되고 도움이 될 줄은 상상조차 하지 못했다. 주부도 살림의 노하우가 있듯이, 지금 나의 모든 경험이 콘텐츠가 될 수 있다.

1인 기업가를 위한 대표적인 추천 책인 〈경험과 지식을 돈으로 만드는 노하우, 제로 창업〉에서 말한다.

당신이 이미 갖고 있는 것(당신의 체험, 지식, 정보)을 초보자를 포함해서 당신보다 경험이 부족한 사람들에게 가르쳐 주고, 그 대가로서 수입(또는 감사와 기쁨, 공감)이라는 가치를 되돌려 받아 성립되는 것이 제로 창업의 조건 중 하나다.

또한 당신의 '주요 콘텐츠'가 될 '강점과 셀링 포인트를 발견하는 방법'으로는 당신이 너무 좋아해서 열정이 샘솟는 일, 당신이 지금까지 경험해 온 일, 당신이 남에게 칭찬을 받았다거나 남을 기쁘게 한 일을 적어보라고 이야기한다. 자, 잠시 책을 옆에 두고 4가지를 하나씩 꼭 적어보시기를 추천드린다.

돌이켜 생각해 보면 나의 콘텐츠도 체험과 지식에서 비롯되었다. 2020년 최서연 작가님에게 〈독서 리더과정〉을 듣고, 독서모임을 꾸리며 1인 기업가로 첫발을 내디뎠다. 돈을 많이 벌고 싶었기에 돈에 대한 책을 4주간 함께 읽는 모임을 열었다. 그리고 개인적으로 다이어트를 위해 〈다이어트 불변의 법칙〉, 〈어느 채식 의사의 고백〉, 〈최강의 식사〉 등의 책을 읽었다.

〈독서 리더과정〉에서 최서연 작가님께서 강조하는 것은 책을 읽고 반드시 1가지 실천을 해야 한다. 그래서 〈다이어트 불변의 법칙〉, 〈어느 채식 의사의 고백〉을 읽고 채식을 실천했다. 생각보다 배가 많이 고팠다. 배가 고픈 것에 비해 체중 감량은 더뎠다. 이후 〈최강의 식사〉를 읽고 키토식으로 음식을 바꾸어 보았다. 혼자라면 못했을 텐데, 남편이 함께 독서를 하고 메뉴를 바꾸어 주었다. 놀랍게도 2달 사이에 8Kg이 감량되었다. pt를 받은 것도 아니었다. 켈리델리 CEO인 켈리최 회장님의 〈100일 끈기 프로젝트〉에 참여해서 매일 10분씩 운동을 했을 뿐이었다. 생에 처음으로 복근이라는 것도 생겼다. 나 스스로도 놀라운 변화였다.

사람들이 나에게 자주 질문하는 것을 모으면 나만의 콘텐츠가 된다고 했던가? 돈에 대한 독서모임을 하는데 '살을 어떻게 뺐느냐'는 질문을 자주 받았다. 〈최강의 식사〉라는 책을 추천하자, 용어가 어려워서 독서하기 어렵다는 말씀을 하셨다. 다이어트 책에 나오는 용어가 이해하기 어렵다는 피드백을 많이 받자 곰곰이 살펴보았다. 다이어트 책은 주로 의사, 약사 등 전문가가 집필했기 때문에 의학적 용어가 포함되어 있고, 설명도 상세히 되어 있다. '나에게는 익숙한 용어가 다른 분들에게는 어려울 수 있구나'라고 느꼈다. 그때 나의 임상경험이 건강 관련 독서가 어려운 분들에게 도움이 될 수도 있겠다는 생각이 들었다. 그래서 〈비긴 어게인〉 다이어트 콘텐츠가 탄생하게 되었다.

그러나 막상 시작하려 하니, 콘텐츠를 어떻게 만들어야 할지 막막했다. 김형환 교수님의 〈1인 기업 프로 CEO과정〉을 통해 다듬어 갔다. 혼자 했다면 늦장을 부렸을 텐데, 동기들과 함께 5주라는 시간을 집중해서 쏟으니 콘텐츠 기획이 만들어졌다.

콘텐츠를 만드는 구성요소를 간단하게 정리해 본다.

1. 프로젝트 명명
2. 목적
3. 실행 방법(시간, 장소, 대상, 참가 비용)
4. 수요예측(타깃 고객 설정, 예산 측정)
5. 홍보방법
6. 목표와 비전
7. 시급하고 즉시 해결할 과제
8. 피드백의 기준 설정

이렇게 탄생한 〈비긴 어게인〉은 '다시 20대 복부로 돌아가자'는 의미였다. '20대'라는 나이 그 자체보다 자신이 '원하는 날씬한 복부'를 의미한다. 프로젝트 목적은 복부라인을 바꾸는 것이었다. 실행 방법으로 온라인 줌(Zoom)에서 주 1회씩 만나서 21일간 다이어트를 진행했다. 3040여성이 대상이었으며, 키토식을 기본으로 매일 10분 홈 트레이닝 인증을 했다. 마인드 세팅을 위한 확언 외침도 하고, 〈최강의 식사〉를 비롯하여 동기부여가 되는 책을 함께 나누었다. 〈절제의 성공학〉, 〈하루 1%〉 등을 함께 읽었다. 많은 분들이 마인드 세팅이 달라지고, 체중 감량 효과도 얻어가셨다. 나로 비롯하여 다른 분들도 효과를 보니 보람되고 즐거웠다.

　홍보방법은 어렵지 않았다. 1인 기업가들의 커뮤니티가 많이 형성되어 있고, 블로그에 포스팅을 하고 링크를 공유한 것이 전부다. 그럼에도 매 기수마다 건강에 관심이 많으신 5~10분들께서 함께 해 주셨다. 목표와 비전은 지속적으로 프로젝트를 운영하는 것이었는데, 추후 보험 업무에 몰두해서 나조차 건강관리가 되지 않아 무산되고 말았다. 그럼에도 이 다이어트 콘텐츠를 진행하면서 나눔의 기쁨을 배웠다. '단지 독서를 하고 효과가 좋아서 나누었을 뿐인데, 이런 것이 콘텐츠가 되는구나' 라는 것을 느끼며 확실히 배웠다.
　내가 이렇게 상세히 콘텐츠를 공개하는 것은 모방을 하셔도 괜찮기 때문이다. 앞에서 적어 본 나의 경험과 지식을 어떻게 콘텐츠화 할지 모르겠다면, 유튜브 앱을 열고 검색해 보자. 예를 들면 다이어트, 주부, 살림, 유산, 보험, 책, 필사, 낭독, 독서 등등. 다른 사람들은 어떻게 콘텐츠를 만들었는지 확인하고, 모방해도 괜찮다. 다른 이와 동일한 콘텐츠를 만든다 해도 결국 나라는 사람의 손길을 거치고 나면 나만의 콘텐츠가 될 수밖에 없다. 나를 통과해서 나온 콘텐츠에는 나의 생각, 경험, 지식, 나의 인격적 색이 들어가게 되기 때문이다.

나의 콘텐츠는 앞으로 내가 어떠한 경험을 하느냐에 따라 계속 변화할 것이다. 하지만 결국 다른 누구도 아닌, 나만이 만들어 낼 수 있다고 생각한다.

나만의 콘텐츠를 찾는 데 도움이 되는 책 추천

1. 백만장자 메신저

2. 제로 창업

3. 과정의 발견

10) 살아가는 이유

☀ **임화섭**

세무업을 하기 이전의 삶이 '학생 임화섭', '수험생 임화섭', '군인 임화섭'이었다면 세무업에 종사한 지 11년째에 접어드니 '세무사 임화섭' 이 가장 긴 시간을 몰입해서 보내고 있기 때문에 이 타이틀이 내 존재의 가장 큰 이유로 느껴진다. 사업체의 대표라면 대부분 마찬가지라 생각한다. 사업을 시작하기 전까지는 학생, 주부, 회사원 등이었다가 대표가 되는 것이다. 사업을 시작하고 나면 대표로서의 새로운 삶이 시작되는 것이다. 그리고 그 사업이 살아가는 이유로 자리 잡게 된다. 세무업은 내가 살아가는 이유가 되었다. 세무업을 빼곤 내 인생을 논할 수 없다. 낮에도, 밤에 잠들 때에도, 심지어 꿈속에서까지 삶의 매 순간 늘 내 정신작용 속에 존재하고 영향을 미치고 있다. 이젠 세무사라는 말을 빼고는 내 삶을 설명할 수 없다.

세무업을 하면서 계속 몰입할 수 있는 건, 이 일이 가져다주는 큰 보람이 항상 존재하기 때문이다. 힘든 수임 건, 힘든 불복청구 끝에 감사를 칭찬으로 표현해 주실 때에는 이 일로 겪게 되는 고민과 힘든 순간들 보다 이 일이 주는 감사한 부분들을 더 확대해서 느끼게 해준다.

1인 기업으로서 세무사업을 하는 것은 내 인생의 큰 전환점이 되었다. 꾸준히 하다 보니 강의 의뢰를 많이 받게 되었고, 들어오는 제의들을 거의 거절 없이 도전하다 보니 세무업은 나를 강사로도 만들어 주었고, 칼럼니스트로도 만들어 주었다. 사업하시는 대표님들의 각종 고민들을 듣고 함께하며 나를 고민 상담가로, 또한 기업진단도 계속 많은 건을 다루고 하다 보니 이젠 기업진단 감리 위원으로도 나를 만들어 주었다. 그 속에서 정말 많은 사람들, 고객들을 만났다. 그 과정에서 친구도 만들고, 함께하는 업체들의 성공해 가는 과정을 돕다 보니 많은 가르침을 얻었다. 처음 세무업을 시작할 때 내가 생각한 것은 딱 한 가지. 나는 사람들과의 만남을 좋아하는 성격이기에 평생 이 직업으로 살아가면 잘 살아갈 수 있을 것 같다는 그런 막연한 기대감이었다.

하지만 막상 세무사 본업을 시작하고 얻은 건 훨씬 더 많았다. 다른 사람, 고객들의 삶에 그 누구보다 깊이 관여하며 그분들의 사업상의 고민, 운영에 대한 고민, 자금 흐름, 대출에 대한 고민, 직원관리에 대한 고민 등을 함께했다. 그중에 10년이란 시간 동안 계속 성장해 간 업체도 있지만, 잘 안되었다가도 재기하여 일어나시는 분도 뵈었고, 진심을 다해 조언해 드리고 함께하며 성장하는 기쁨을 얻었다.

또한 법인들에 대한 기장과 조정을 진행하며 퇴사자분들에 대한 퇴직 소득세를 정리해 드리면서 많은 분들께서 퇴직 소득세를 많이 어려워하신다는 걸 느꼈다. 그래서 퇴직 소득세 관련 포스팅을 시작하게 되었다. 이걸 잘 기재하면 정말 도움이 되는 글을 발행할 수 있겠다는 확신이 들어 그에 대한 절세 부분 등에 대해 기재하고 게시했다. 그랬더니 각종 중견기업, 공기업, 대기업에서도 연락이 오고, 많은 퇴직자분들로부터도 연락을 받게 되었다. 많은 개인들의 경우, 간단한 건은 무료로 유불리를 검토해 드렸더니 무척 고마워하셨다. 또 어떤 분들에게는 경정청구를 진행해 드려서 많게는 수천만 원에서 적게는 수백만 원의 환급을 도와드렸다.

한번은 회사에서 기 처리한 건이 의뢰인께 불리하게 적용되었고, 회사에서도 우리가 요구하는 확인을 해주지 못하겠다는 입장이었다. 이미 10년 전에 다른 담당자가 처리한 건을 찾지 못하고 자료로 사용을 할 수 없는 상황이었다. 그냥 포기해야 하는 건인가도 생각했지만, 의뢰인의 답답함과 억울함을 풀어드릴 방법은 좀 더 알아보고, 노력하고 부탁하는 방법밖에 없었다. 의뢰인께 은행에 가서 과거 거래 이력을 가져오실 것과 회사 전산 담당자에게 변경 전 전산 시스템에서 급여처리 이력을 가져올 수 있는지 등을 요청하여 협조를 받았다. 다행히도 과거 전산 시스템에 일부 자료가 남아 있어 법인으로부터 내용 확인을 받았고, 세무서에서도 자료가 없어서 청구 불가한 건이라고 답을 주었는데, 결국 어렵게 자료를 수집하여 제출했고, 8개월이라는 긴 시간에 걸쳐 경정청구에 성공하여 환급까지 이끌어냈다. 그때 의뢰인께서 정말 너무 감격스러워하셨다.

돈을 떠나 이렇게까지 최선을 다해 진행해 주시는 걸 보고 감동받았다고 말씀해 주셨을 때는 정말 나의 정성 어린 태도를 알아봐 주심에 행복한 마음이 들었다.

또 세무업을 하기 시작하면서 한국세무사회 무료상담과 송파세무서 영세납세 지원단 세무사로 6년을 몸담았다. 국선 세무대리인도 송파세무서에서 2년을 역임했다. 영세납세 지원단 세무사는 송파구 세무서에 월 1회 정도 방문하여 창구에 앉아 민원인들을 만나 무료로 상담해 드리는 것이었는데, 6년간 세무서 요청이 있을 때마다 세무서에서 민원인들께 상담해 드렸었다. 그 과정에서 정말 다양한 납세자분들을 만나 소통하고 답변을 드리고 하면서 코로나 시대인 지금은 어려운 일이지만, 내 두 손을 꼭 잡으시며 도움을 줘서 고맙다고 말씀해 주시는 민원인들도 여러 번 만날 수 있었다. 이런 보람들을 얻는 과정에서 임화섭세무사를 만난 게 정말 행운이라고 감사하다는 말씀을 들으며, 세무업이 곧 내가 되는 순간들을 경험하고 있다.

사업을 하시는 대표님들은 외로운 분들이라고 생각한다. 나 역시도 그렇다. 사업을 하다 보면 남모를 나만의 고민이 많이 생긴다. 대표는 본인의 고민을 들어 줄 누군가가 필요하며, 그러한 역할을 할 수 있는 사람으로 세무사만큼 적임자가 없다고 생각한다. 그런 의미에서 나는 또 고민 상담가로 불리기도 하는데, 대표님들의 고민을 나누고 해결책을 찾아보는 것이 다행히도 매우 적성에 맞고 이에 보람을 느낀다.

사람이 직업을 갖고 사업을 하며 일을 하고 있다는 건 정말 경이롭고 놀라운 일인데, 그 일에 깊이 관여하여 다른 이의 사업과 삶을 돕는 내 사업이 참 좋다.

이 업이 내 보람이고, 내 삶이고, 곧 나의 존재 이유이다.

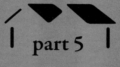

part 5

시작하는
이들을 위하여

1) 〰〰〰〰 사업가 마인드

※ **최영자**

1인 기업은 혼자서 많은 일을 한다. 잘 해내려면 가장 중요한 것이 무엇일까? 세일즈를 9년쯤 한 후부터 네트워크 사업을 시작했다. 세일즈를 시작하면서 철저한 자기 관리는 기본이 되어야 한다고 생각했다. 나를 보고 제품을 사는 사람들에게 전문가의 모습을 보여야 한다는 생각이었다. 입장을 바꿔 보면, 제품을 선택할 때 제품에 대한 명확한 정보와 지식뿐 아니라 고객을 대하는 전문가적인 모습을 보고 선택을 했기 때문에 나 역시도 그런 모습을 갖춰야 한다고 다짐했다.

세 아이를 가진 엄마였다. 지금은 네 아이다. 하지만 내가 말하지 않으면 사람들은 모른다. 처음 시작한 세일즈는 책 판매였다. 6개월 만에 팀장이 되었다. 내 팀원들은 대부분이 아이 엄마였다. 젖은 머리로 출근하고, 화장품 파우치를 들고 와서 조회를 마치면 화장을 하는 사람들을 봤다.

각자 사정은 있을 수 있겠지만, 그런 모습이 좋아 보이지 않았다. 출근길을 나설 때 내가 아이 엄마라는 것을 일부러 표 내고 싶지는 않았다. 아이가 많아서, 어려서, 정신이 없어서, 부스스한 머리로 화장도 하지 않고 출근길을 나서는 모습은 스스로 인정하고 싶지 않았다. 평소보다 일찍 일어났다. 아이들이 잠에서 깨는 시간을 파악하고 그보다 한 시간 전에 일어나서 모든 준비를 마쳤다.

화장품 파우치를 들고 허둥지둥 5분, 10분 지각하는 그런 사람이 아니라 출근 시간 10분 전에 먼저 도착해서 신문을 보며 커피를 마시는 CEO의 모습을 닮고 싶었다. 물론 나도 그 당시 세 아이를 챙기면서 쉬운 일은 아니었지만, 원하는 미래 모습을 계속 상상하며 태도부터 제대로 바꾸고, 사업가의 경영 마인드와 모습을 갖춰나가기 위해 노력했다.

네트워크 사업을 하는 지금도 마찬가지다. 네트워크 사업은 출근이 따로 없다. 시간을 내가 관리하고 목표와 계획도 스스로 해내야 하는 1인 기업이다. 더욱 사업가 마인드가 필요하다. 자기 주도적으로 대가 지불을 해야 한다고 많은 성공자가 말한다. 누가 시켜서 하는 일이 아닌 스스로 해야 하는 일이다. 출근이 없지만 출근한다고 생각하고 아침에 일어나 회사에 가듯이 행동해야 한다. 그런데 많은 사람이 주어진 제도가 없으니 각자의 마음대로 한다. 물론 네트워크 사업의 장점이라고도 할 수 있다. 쉬고 싶은 날 내 마음대로 쉴 수 있는 것, 시간을 스스로 경영할 수 있는 것, 하지만 적절한 자기 통제력을 가지고 매일 사업가의 마인드로 행동하는 사람과 그렇지 않은 사람의 결과는 천차만별이다. 결국, 같은 시간을 일하고 다른 결과를 내는 차이는 자신을 얼마나 잘 경영하고 있는지의 차이이다.

일희일비하지 말아라, 감정조절을 잘 해야 사업가야, 라고 스폰서가 자주 말해 주셨다. 늘 한결같음을 유지하는 게 리더의 태도라고, 잘 되는 날에도 그렇지 않은 날에도 일희일비하지 말고 흔들림 없이 자리를 지켜야 하는 것이 사업가의 태도라고 말이다. 처음엔 쉽지 않았다. 기쁜 일과 슬픈 일이 다르므로 그 순간을 어떻게 이겨내야 한다는 건지 감이 오지 않았다. 어떻게 그게 가능하지? 어떻게 하라는 말이지. 그러다 같은 상황이 반복되면서 깨달았다. 순간마다 그 말이 이해되었고, 내공이 쌓여가고 내 안에 힘이 느껴졌다. 아. 성공자들이 그런 순간을 무한 반복하고 다져지는구나. 강해지는구나. 느껴지던 순간이 있었다.

나의 경험을 돌이켜 보았다. 감정 조절이 안 되는 가장 큰 문제점은 남들과 비교하는 것이었다.

왜 저 사람은 나보다 투자한 시간이 짧음에도 더 성공해 있지?

왜 내가 최선을 다해 지키려고 했던 사람들은 떠나는 거지? 저 사람은 좋은 사람을 만났을 거야. 저 사람은 돈이 많고 돈 많은 인맥이 많은가 보다. 왜 저 사람은 저렇게 간단히 빨리 블로그를 작성하는데도 나보다 이웃이 많지? 나도 최선을 다하는데 왜 잘 안되지. 비교하다 보면 나 아닌 다른 사람을 탓하게 되고, 잘 되고 잘 하는 사람을 부러워하며 시간을 보낸다. 끝이 없었다. 그러다 보면 자꾸 쉬운 일도 어렵게 생각하게 되고, 일에 있어서 안 되는 이유만 찾고, 불평불만을 만들어 내고, 해야 할 행동은 하지 못하게 만든다. 모든 일은 마음먹기에 달렸다는 말이 있다.

성공자들이 하는 말, 자기 계발서에서 수없이 하는 말을 정리해 봤다. 비교를 멈추고 내가 해야 할 일에만 집중하며, 확신으로 행동하다 보면 좋은 결과가 생긴다. 기분이 태도가 돼서는 안 된다, 나를 믿어야 하고 사업가답게 해야 한다는 말들을 새기며 그렇게 하기로 마음을 먹었다. 마음을 먹으니 행동이 달라지기 시작했다.

네트워크 사업, 1인 기업을 하면서 그런 사람들을 자주 본다. 환경을 탓하며 핑계를 만들고 행동하지 않는 사람, 기분이 태도가 되는 사람, 그들에게 부족한 것이 바로 사업가 마인드인 것 같다. 수억 원을 들여 사업체를 운영하게 된 경영자는 비가 온다고 해서, 눈이 온다고 해서, 혹은 배우자와 다툼을 했다고 해서, 자식이 자신의 마음을 불편하게 만들었다고 해서 감정 조절 못하고 사업체를 소홀히 하지 않는다. 경영자는 누군가와 비교하기보다는 지금 상황과 현실을 직시하고 올바른 방향으로 사업체를 이끌어 갈 경영인답게 행동한다. 1인 기업을 이끌어 가기 위해서 가장 중요한 것도 바로 사업가 마인드다.

〈오늘부터 1인 기업〉이란 책에서 최서연 작가가 말한 1인 기업이란 "주체적으로 시간을 관리하고, 지식 자본을 바탕으로 소득을 창출해 내는 사업"이라고 말한다. 우리는 사업가이다. 하고 싶은 1인 기업 콘텐츠가 있다면 시작하기 전에 마인드부터 세팅하면 좋겠다. 어떤 위기와 어려움도 이겨낼 수 있고, 자신을 스스로 통제할 수 있는 사업가 마인드를 장착하고 1인 기업을 시작해 보자.

2 인생 목표를 설정하다

✳ 유현주

　사명, 목표, 꿈, 멋진 단어라고만 생각했지 나의 사명, 나의 목표, 나의 꿈을 기록하고 이야기한다는 생각을 해본 적이 없다. 하지만 이제 아무렇지도 않게 모임에서 이야기한다, 함께하는 분들과 있을 때 나누고 공유하는 게 일상이 됐다. 서로의 꿈과 목표를 벤치마킹하고 나도 이루고 싶다는 생각을 하며 꿈 리스트에 추가한다. 나의 사명은 엄마 사업가를 꿈꾸는 분들에게 내가 실행한 여러 가지 파이프라인을 통해 경제적 자유를 돕는 것이다. 또한 나의 목표는 현재 하는 일에서 최고의 자리에 오르는 것이다. 목표를 이루었을 때 주어지는 경제적, 시간적 자유를 통해 선한 부자가 되는 것이 나의 꿈이다. 목표와 꿈을 바라보며 나의 사명대로 살아가는 하루하루가 즐겁고 감사가 넘친다.

　내가 생각하는 즐겁고 감사한 하루는 어떤 모습일까? 미라클 모닝 단톡방에서 매일 아침 6시 이전에 기상하고 성공자들의 아침 습관을 따라 한다. 내 강의를 듣고 프로젝트에 참여했던 분들이 모여 있는 단톡방에서는 매일 책을 함께 읽고 인증을 한다. 참여하고 있는 단톡방에서 경제 신문을 보고, 사업을 함께하는 단톡방에서 나의 활동사진을 올린다. 하루를 마무리하며 매일 할 일을 했는지 안 했는지를 체크한다. 블로그와 인스타그램에 유익한 정보를 업로드한다. 개인적으로 읽고 싶은 책도 찾아서 읽는다. 좋은 구절을 공유하고 삶에 적용한다. 열심히 사는 모습이 다른 분들에게 좋은 본보기가 되길 기대하며 묵묵히 이 일들을 반복해 나간다.

꾸준한 실천이 최고다. 쉽지 않은 일이다. 하지만 내가 1인 기업가로서 도약하고자 뜻을 품고 있다면 당연히 해야 하는 일이라고 생각한다. 책 읽기 싫은 날에도 한 페이지라도 읽고, SNS에 글 올리기 싫은 날에는 사진 한 장이라도 올리고, 리더 훈련 등 세미나에 참여하기 싫은 날도 솔선수범해서 참여해야 한다. 무슨 일이든 하겠다는 마음으로 임해야 성과가 나는 법이다. 목표를 정하고 계획을 세우는 것도 중요하지만, 내가 정한 목표와 계획을 이루기 위해 꾸준히 실천하는 것이 무엇보다 중요하다고 생각한다.

아주 작은 것부터 목표를 설정하고 실천하기를 끊임없이 반복하려고 한다. 감사 일기를 못 쓴 날도 감사할 일 한 가지는 바인더 한 귀퉁이에 매일 쓰겠다. 아침 여섯 시 이전 기상을 꾸준히 유지하며 매일 플랭크 1분은 꼭 실천하겠다. 명상도 긴 시간 설정해서 실패를 거듭하기보다는 1분을 정해 놓고 매일 꾸준히 하려고 한다. 책 읽기가 안 되고 있을 때 책 한 페이지 읽는 것으로 다시 시작하는 거다. 설정한 목표가 흔들리고 실천이 제대로 되지 않을 때 이러한 작은 목표부터 다시 시작할 것이다. 조금 늦더라도 포기하지 않겠다. 저 멀리 앞서 있는 다른 사람과 비교하지 않고, 초심으로 돌아가 내 기준에 맞는 목표를 설정하고 실천해야겠다. 아침 여섯 시 기상, 매일 플랭크 1분, 매일 1분 명상, 독서 한 페이지 읽기 중 어느 한 가지만 성공하더라도 결과에 대한 성취감을 느끼고 새롭게 시작할 수 있을 것 같다. 더 나아가 새로운 도전을 하게 되고, 한 걸음 더 내디딜 수 있을 거라고 믿어 의심치 않는다.

목표와 꿈, 사명을 설정할 수 있었던 계기를 떠올려 본다. 첫 번째, 책을 통해서다. 성공한 사람, 성공한 기업들의 책을 보면, 한 사람도 빠짐없이 목표를 세워놓고 완수하기 위해 끝까지 포기하지 않고 노력한다. 그 결과 원하는 꿈과 그 이상의 모습을 이루었음을 볼 수 있었다. 두 번째, 사람을 통해서다. 온라인 세상에서 만나 인연을 맺은 사람들의 이미 성공한 모습, 성공을 향해 달려가는 모습 안에 목표와 꿈이 언제나 등장한다. 그들과 함께하다 보니 목표와 꿈을 자주 생각하고, 기록하고, 계속해서 업그레이드하게 된다. 세 번째, SNS를 통해서다. 블로그, 인스타그램, 유튜브에서 만나게 되는 영향력 있는 인플루언서의 목표와 꿈이 계속해서 자기계발과 성장을 향하도록 돕는다. 같은 꿈을 꾸도록 자극하는 원동력이 되고 있다. 네 번째, 성공 시스템을 통해서다. 함께 책을 읽고, 운동하고, 성공자의 습관을 따라 하고 끊임없이 배운다. 이 성공 시스템이라는 환경에 나를 강제적으로 집어넣음으로 목표와 꿈, 사명을 설정할 수 있었다.

가끔 그런 생각에 빠져들기도 한다. '책을 읽는 게 도움이 될까? 성공한 사람은 운이 좋았거나 내가 감당하기 힘든 노력을 통해 성공한 거니까 나는 그렇게 될 수 없어! 인플루언서가 되는 것, 부럽고 되고 싶지만, 나에게는 꿈같은 이야기일 뿐이야. 성공 시스템에 참여하기 싫다! 난 자유로워지고 싶어!' 목표를 설정하고 이루기 위한 여정 가운데 한 번도 이런 생각을 하지 않은 사람은 없을 거라는 생각을 하며 나에게 위로와 격려를 보낸다.

무엇보다도 인생 목표를 설정한 것 자체가 참 기특하다는 생각을 한다. 불과 2, 3년 전만 하더라도 내 모습을 떠올려 보면 목표와 꿈 없이, 사명에 대한 아무 생각 없이 일상에 지친 삶을 살았다. 하루하루를 버티고 견뎌내기에 급급했다. 직장을 의무감에 다녔기 때문에 출근하지 않아도 되는 주말을 기다렸다. 직장과 가정에서 주어진 일, 당장 해결해야 할 일들을 처리하며 바쁘게 보냈다. 하루, 한 달, 일 년이 지나고 나서 돌아보면 '기억에 남는 일 없이 지난 시간 나 뭐 한 거지?'라는 물음을 던지곤 했다.

이제 앞서 설정한 목표와 꿈, 사명을 계속해서 점검하고, 매번 업그레이드하고 싶다. 더 중요한 것은 설정한 목표를 이루기 위해 매 순간순간 계획한 대로 반복하고 실천하려고 한다. 책을 꾸준히 읽고, 독서 모임을 통해 나누고, 적용할 점을 찾아서 실행하기를 반복해야겠다. 성공한 사람의 이야기를 계속해서 듣고, SNS에 올라오는 양질의 콘텐츠를 통해 자극을 받으며, 나 또한 인플루언서가 되기 위해 노력할 것이다. 성공 시스템 안에서 함께해야 하고, 나를 계속해서 알리는 일을 할 것이다. 구독하고 싶은 나만의 콘텐츠를 끊임없이 발행하고, 성공한 멘토들에게 배우며 계속 소통하겠다.

내가 설정한 목표가 잘못되었거나 목표는 맞지만 실천 방법이 잘못되었다면 수정해야 한다. 먼저 실천한 분들의 방법을 터득하고 따라 해야 한다. 그렇게 할 때 나의 목표를 향해 한 계단 한 계단 올라갈 수 있을 거라고 믿는다. 내 인생의 목표와 꿈, 사명을 설정하고 계속해서 업그레이드할 수 있도록 자극을 주고 영향을 준 최고의 환경과 최고의 사람들에게 감사를 드린다.

3 ＿＿＿＿ 망설임의 유혹을 뿌리치다

※ **김선희**

최근 주변을 보면 디지털 노마드, 1인 기업에 대한 관심이 높아졌음을 느낀다. 일반 회사원에 비해 시간과 장소를 자유롭게 쓸 수 있어서, 특히 나처럼 아이 엄마의 경우 아이를 키우면서도 효율적으로 일을 할 수 있다는 장점이 있다. 급여가 정해져 있지 않고 능력에 따라 돈을 벌 수 있다는 것 또한 매력적인 요소 중 하나이다.

다만 높은 관심만큼 도전하는 사람도, 포기하는 사람도 많이 보인다. 1인 기업가는 온라인 활용이 필수이기 때문에 주로 온라인 세상에 모여 있다. 온라인에서의 인연이 오프라인으로 이어지기도 하고, 얼굴 한 번 못 봤지만 누구보다 끈끈하게 속 이야기를 나누기도 한다. 그렇기에 서로의 고충을 잘 알고 있다.

온라인 세상도 사람이 모이는 곳이다. 실물을 보지는 못할지라도 사람들이 부대끼며 살아가기에 감정에 반응할 수밖에 없다. 오프라인에서처럼 사람 때문에 힘들어서, 사람한테 상처받아서 떠난 사람도 있었다. 투자한 시간 대비 돈벌이가 안돼서, 생각보다 돈을 너무 못 벌어서 그만둔 사람도 있었다. 이것저것 배우기만 하고 실천을 못해 그만둔 사람도 많았다.

잘하는 사람들의 자랑이 눈에 띄니까, 재밌어 보이니까, 멋있어 보이니까 나도 할 수 있을 거란 생각에 뛰어들었는데 생각보다 쉽지 않은 길이었던 것이다. 그건 나 역시 마찬가지였다. 셀 수도 없이 많이 포기할까 생각했다.

다른 사람이 하는 건 너무 쉬워 보이는데, 막상 내가 하려니 두려움과 망설임이 발목을 잡았다. 딱 한 발자국만큼의 용기만 냈으면 되는 거였는데, 그게 그렇게 힘들었다. 나 역시 인풋을 하도 부어서 넘칠 때까지 움직이지 못하고 멈춰 있었다. 그래도 결국 넘치니 되긴 되더라.

할까 말까, 그만둘까 계속할까 망설여질 때는 계속 온다. 처음에는 매번 유혹에 졌다. 그럴 때마다 자괴감과 싸워야 했다. 다른 사람들과 비교하며 나 자신을 한없이 비하했다. 그러다 중요한 사실을 알게 되었다. 망설임과 포기의 유혹은 의지로는 결코 이겨낼 수 없다는 것을 말이다. 책에 답이 있었다. '나의 의지력을 믿지 말고 할 수밖에 없는 환경 속으로 집어넣어라'는 명쾌한 해답이.

그러고 나니 1인 기업으로 기반을 다져가는 사람들의 모습이 눈에 들어왔다. 그들이 왜 돈을 지불하면서도 프로젝트를 계속하는지가. 처음엔 이해가 안됐다. 책은 혼자 읽으면 되지 왜 돈을 내고 독서모임에 참여하지? 아침에 일찍 일어나겠다고 새벽 기상 모임을 한다고? 심지어 건강한 음식을 먹기 위해 식단 인증도 하고? 이 모든 걸 굳이 돈을 내면서까지 하는 게 너무 이상했다. 그랬던 내가 이 모든 걸 다 했다. 한번 해보면 너무 좋아서 계속하고 싶어지는 습관들이기 때문이다.

안타깝게도 좋은 습관은 들이는 데 몇 개월이 걸리지만, 나쁜 습관으로 돌아가는 데는 단 며칠이면 된다. 그래서 돈을 내면서라도 습관을 유지하고 싶은 것이다. 혼자 하면 나약해지기 때문이다. 유혹에 금방 무너져 안 하게 된다. 함께하면 서로 으쌰 으쌰 응원도 해주고, 리더가 안 하는 사람 불러와서 왜 안 하냐 다독여도 준다. 나와 같은 가치관을 가진 사람들과 함께 같은 목표를 향해 걸어가다 보면 포기를 안 하게 된다. 환경설정의 무서운 힘이다.

1인 기업은 사무실이 따로 없는 경우가 많다. 노트북만 있으면 일할 수 있기 때문이다. 사무실이 꼭 필요한 경우 공유 오피스나 1인 사무실 등을 계약하기도 하지만, 이 역시 비용이라 없는 경우가 더 많다. 동료가 없이 일한다는 건 외롭다. 이성적인 외로움과는 또 다른 외로움이다. 모든 의사결정도, 책임도 혼자 져야 한다. 힘든 일이 생겼을 때 이야기하고 위로받을 사람도 없다.

그래서 1인 기업들도 모여야 한다. 나처럼 같은 뜻을 가진 사람들이 있는 단톡방에 들어가서 유대감을 쌓거나 네이버 카페, 블로그, 인스타 등을 통해 소통한다. 같은 분야의 사람이라고 해서 모두 경쟁자가 아니다. 파이를 따로 나눠 먹는 구조가 아닌 함께 먹는 구조로 가야 한다. 그래야 롱런할 수 있다.

못하겠다, 어렵다, 다 때려치우고 싶다는 생각이 들 때, 슬럼프가 찾아올 때 도움을 주는 것도 나와 같은 사람들이 모여 있는 곳이다. 회사 동료가 편한 이유는 구구절절 말하지 않아도 고충을 알기 때문이다. 1인 기업도 마찬가지다. 말하지 않아도 안다. 뭐 때문에 힘들고, 어느 때쯤 슬럼프가 오는지. 언제 두려움에 먹혀 버리는지. 힘들 때는 이들에게 위안을 받는 게 도움이 되었다.

할까 말까 망설이다가, 포기할지 계속할지 고민하다가, 숱한 기회를 날렸다. 내가 날린 기회는 다른 사람의 날개가 되어 주었다. 지나간 시간은 아무리 간절히 원해도 돌아오지 않는다. 다른 사람들은 잘할 거라고 용기를 주는데 정작 나는 나를 믿지 못했다. 실패할까 봐 무서웠고, 도망갈까 봐 두려웠다. 망설인 시간만큼 성공에 다가갈 시간을 낭비한 것이다.

누구에게나 잘하는 일이 하나는 있다. 나는 말을 잘했고, 설명을 쉽게 했다. 대중 앞에서 말하는 데 어려움이 없었다. 그게 큰 장점이라는 것을 강의를 시작해 보고 알았다. 할까 말까 망설이는 시간을 줄이고 일단 그냥 해봤다면 더 빨리 발견했을 것이다. 하나를 발견하니 둘, 셋은 쉬웠다. 잘하는 하나를 더 잘할 수 있게 노력하니 추가적인 장점들을 개발하는 데 두려움이 없어졌다.

거기서부터가 시작이었다. 망설일 시간을 아예 주지 않고 일단 저질러 놓고 수습했다. 내 의지력을 믿지 않고 할 수밖에 없는 환경을 만들었다. 마감기한이 있고 해야만 하는 이유가 생기면 어떻게든 해내는 게 사람이라는 걸 나는 이제야 깨달았다.

그러니 부디 이 글을 읽는 지금 당장 생각만 하고 있던 걸 시작하길 진심을 다해 바란다. 바로 지금이 마음속에 고이 묻어만 둔 씨앗을 꺼낼 시간이다. 우리 모두가 원하는 열매를 맺게 될 거란 사실을 믿는다.

4 ───── 세상은 당신의 용기를 기다립니다

하민수

육아 10년, 세상 밖으로 나가고 싶었다. 나도 꿈을 꾸고 이루며 살고 싶었다. 하지만 집 밖에서 나는 어디에 어떻게 자리해야 할지 알 수 없었다. 그래서 계속 집에 있었지만 마음만은 밖을 향해 있었다. 2년 전 그날도 내 꿈이 무엇이었을까 고민하며 남들의 꿈을 검색하다가 꿈 지도 특강 모집 글을 발견했다. 꿈 지도라는 단어에서 보물지도를 받을 수 있을 것 같은 느낌을 받았다. 댓글 쓰는 것조차 많이 고민되고 망설여져서 비밀댓글로 글을 적어봤다. "저는 꿈이 뭔지 모르겠는데 제가 참여할 수 있을까요?" 강사는 내게 꿈을 찾도록 도와주겠다는 댓글을 남겼고 며칠 후 강의에 참여하게 되었다.

꿈도 없이 꿈 지도를 그리러 갔다. 부끄러운 일만 겪지 않기를 기도하며 강의 장소에 들어섰다. 먼저 자기소개를 했다. 나는 아이들 엄마 말고 다른 무엇으로 나를 설명해야 할지 고민했지만 딱히 답이 떠오르지 않았다. 내 차례가 왔다. "저는 10년 동안 아이를 키웠고, 1년 전에 다이어트를 성공했어요. 성공 경험으로 사회로 나갈 용기가 생겼어요. 무슨 일을 할 수 있을지 모르겠는데 이제는 사회로 나가고 싶어요." 계획 없이 나도 모르게 나온 말이었는데 나는 다이어트를 성공 경험이라고 표현했다. 작은 성공 경험이 큰 용기 가 된다는 말을 실감한 날이었다.

그때 어설프게 지금의 나와 미래의 나를 그려 넣으며 꿈 지도를 완성했다. 신기하고 재미있는 경험이었다는 것만 기억하고 1년을 잊고 지냈다. 1년 후 우연히 다시 꿈 지도를 그릴 기회가 생겼다. 1년 전 나는 무엇을 꿈꿨었는지 문득 궁금해졌다. 그런데 그날의 기록을 찾아보고는 놀라지 않을 수 없었다. 예전의 나는 혼자 책을 보고, 혼자 운동을 하고, 아이들만을 바라보는 사람으로 그려져 있었고, 함께 책을 보고 함께 운동하는 리더가 되어 돈을 벌고 싶다는 꿈을 그렸던 것이었다. 진짜 내 꿈이 맞는지 확신이 서지 않았지만 괜찮아 보이는 것으로 칸을 채웠다. 생각을 표현한 것만으로도 나의 행동이 바뀐 것이었을까. 1년 후 나는 운동모임과 글쓰기 모임을 진행하는 리더에 블로그와 스마트 스토어로도 돈을 버는 사람이 되어 있었다. 1년 전에는 댓글을 쓰는 것도 부끄러웠기에 사회에 나갈 줄은 꿈도 못 꿨었다. 그저 지금의 나에서 조금 달라진 나의 모습을 종이에 그려본 것뿐이었는데, 나는 1년 후 꿈꾸던 모습에 가까이 가고 있었다. 마법 같았다.

얼마 전 올해의 꿈 지도를 그려봤다. 지금의 나는 작년의 일을 지속하고 있고, 더 많은 것을 배우고 꿈꾸는 사람이 되어 있었다. 2년 전 꿈 지도에 손바닥만 한 칸을 다 채울 수 없던 내가, 지금은 그 칸이 모자라 선 밖까지 그리는 사람이 되었다. 꿈이 있다고 말하기조차 부끄러웠던 내가 사회로 한 발자국 나오고 또 걸어가고 있다. 나를 아이들 엄마가 아닌 나의 일로 소개할 수 있게 되었고, 내 꿈이 무엇인지 말할 수 있게 되었다. 허무맹랑한 꿈이라고 생각했던 일들이 이루어지는 것을 보면서 나는 더 큰 꿈을 그려 넣었다. 벌써 내년의 꿈 지도가 기대된다.

10년 동안 뭘 했나 후회했었다. 왜 나는 욕심내지 않았는지 그때의 내가 원망스러웠다. 나는 왜 꿈꾸지 않았을까, 아쉬웠다. 문득 10년 후 내가 지금의 내 모습을 아쉬워하고 후회하지 않을까 하는 생각이 들었다. 그거였다. 지금의 나는 10년 후의 과거였다. 지금 꿈꾸지 않으면 그때도 꿈꾸지 않은 나를 원망할 것 같았다. 사는 대로 살아가는 모습보다는 내 일을 찾아 나선 내 모습이 덜 부끄럽지 않을까. 지금 내 일이 흑역사가 될지라도 아무것도 하지 않았던 나보다 덜 후회되지 않을까. 엄마의 뒷모습을 보고 크는 아이들에게도 더 좋은 엄마의 모습이지 않을까. 나의 도움이 필요한 누군가가 나를 기다리고 있지는 않을까. 그런 생각으로 오늘도 조금 더 용기를 내본다.

물론 아직은 이 글을 쓰는 것도 부끄러울 만큼 시작에 불과하고 어려움도 많다. 대부분 좋은 사람들만 만나서 너무 감사하지만, 그 중에는 나를 힘들게 하는 사람도 있었다. 내 잘못인가 싶어 좌절했었고, 내가 이걸 하는 것이 맞나 하는 생각까지 들었다. 하지만 나는 지금을 감사하기로 했다. 누군가가 하는 말이 아프게 들리는 것은 그 부분이 나의 약점일 수 있겠다고 생각했기 때문이다. 약점을 알게 된 기회, 그것도 배움이라 생각하고 잘 마무리를 하고 나니 초심으로 돌아갈 수 있는 좋은 기회였다는 생각이 든다. 그런 과정들을 통해 한 번 더 성장하게 되는 것 같다.

그리고 나 혼자 하는 일이기에 프로젝트 모집에서 인원 미달도 매번 걱정이다. 처음에는 아무도 안 오면 너무 창피할 것 같았다. 한 명이라도 괜찮다고 시작했지만 마음까지 바꾸기는 쉽지 않았다. 다행인지 아직 신청자가 아무도 없던 적은 없었다. 신청 인원이 없으면 어쩌지 매번 걱정했는데, 막상 닥쳐보니 의외로 괜찮았다. 한 분이 신청하면 신청하신 분께 너무 미안할 것 같았는데, 소수지만 여러분이라 다행이라는 생각도 들었다. 겪어보니 실망보다는, 그분들이 계셨기에 내가 계속할 수 있다는 감사한 마음만 한가득 남았다. 스마트 스토어 매출도 마찬가지다. 아직은 매출이 많지 않아도 손해가 없다. 준비하고 공부한 나에게는 경험과 지식이 남고, 매출이 생기면 돈까지 남으니 더 감사한 일이다. 앞으로도 어려움을 겪게 되겠지만 그것이 실패가 아니고 과정임을 명심하며 계속 도전해 볼 생각이다.

이러한 경험을 공유하는 BBM과 2년 가까이 함께했다. 2년 전의 나는 세상에 나가고 싶었지만 용기 내기가 너무 힘들었다. 하지만 이렇게 계속 살고 싶지 않다는 생각 하나로 세상에 나올 용기를 냈다. 나를 먼저 드러냈고, 앞서기도 하고 뒤로 물러서기도 하면서 할 수 있는 만큼 세상에 참여했다. 그러면서 나를 조금씩 알게 되어 내가 할 수 있는 일도 찾을 수 있었다. 힘들었지만 용기 내길 참 잘 한 것 같다는 생각이 든다. 그때의 그 마음을 기억하기에, 부족하지만 왕초보를 위한 초보의 사명이라고 생각하며 글을 썼다. 나 같은 분들에게 이 책이 작은 용기가 되었으면 좋겠다.

1인 기업을 시작하는 분들을 힘껏 응원합니다.

5 — 실패의 두려움에서 벗어나다

※ 박보경

"당신의 성공을 응원합니다. 당신의 실패를 지지합니다."

올해 만든 자기계발과 성장을 위한 비영리법인 단체인 '고래 둥지'의 슬로건이다. 성공을 위해 항상 응원하고 실패한 당신이 다시 도전할 수 있도록 버팀목이 되어 주겠다는 의미이다. 동기부여 강의와 퍼스널 코칭을 하면서 당연히 해야 할 일은 성공을 응원하는 것이고, 그보다 먼저 해야 하는 일은 실패 후 일어설 수 있도록 돕는 것이다. 내가 해야 할 일을 간단히 쓴 이 슬로건에 감동받는 사람이 많았다. "저의 실패도 지지해 주세요."라며 '고래 둥지'의 문을 두드려준 멤버도 있다.

기존에 운영하던 문화공간의 한켠에 서점을 열면서 책갈피를 두 가지 제작했다. "온전히 회복하여 자유하라."와 "당신의 성공을 응원합니다. 당신의 실패를 지지합니다."라는 문구로 만들었다. 첫 번째는 작정하고 멋있게 써보려고 쓴 문구이고, 두 번째는 그냥 덤덤히 쓴 문구인데 두 번째 문구로 만든 책갈피가 월등히 많이 나간다. 이토록 실패를 두려워하고 있었구나. 실패를 지지한다는 문장만으로도 이렇게 위로를 받는 사람들이 있구나. 실패에 무너지는 나 같은 사람이 주변에 있다는 것을 알게 되었다.

나는 실패하면 목에 칼이 들어오는 줄 알았다. 실패는 계단을 내려가는 일인 줄만 알았다. 나는 저 꼭대기까지 올라가야 하니, 단 한 번도 내려오는 일은 없어야 한다고 생각했다. 그러니 작은 실패에도 좌절했고, 애초에 실패할 가능성이 있는 일은 시작도 하지 않으려 했다. 어떤 일을 시작할 때 실패하지 않으려 만반의 준비를 해야 마음이 편했다. 이런 내가 완벽주의자라 생각했다. 그것마저도 실패를 두려워하는 쓸데없는 자존심으로부터 비롯된 것이라는 걸 최근에서야 깨달았다.

다니던 회사에 일을 정말 잘하는 상사가 있었다. "어떻게 이렇게 매번 성공하세요?"라고 물었더니 "남이 안 볼 때 많이 실패해서."라고 대답했다. 괜히 노하우를 알려주기 싫으니 하는 말이라 생각했다. 그런데 지금 생각해 보면 그것만큼 명확한 답이 없다. '실패는 성공의 어머니'라는 말을 모르는 사람은 없을 것이다. 그저 실패의 경험이 성공하는 데 도움이 된다는 정도가 아니다. 실패가 성공을 낳는다. 실패가 없으면 성공이 있을 수가 없다. 이걸 몰랐다. 이 유명한 말을 이해하지 못했다.

나는 온전히 실패한 사람이라 느꼈을 때 지푸라기라도 잡는 심정으로 '그래도 이 실패가 끝은 아니지 않을까?' 하는 생각을 했다. 실패는 성공의 어머니라는데, 겨울 지나면 봄이 온다는데, 이다음이 있지 않을까? 바닥을 치고 지하까지 내려왔는데 이제 올라가 볼 수 있지 않을까? 희망을 기대하면서도 또다시 좌절할까 두려워하고 있을 때 켈리최 회장의 책을 읽었다. 〈파리에서 도시락을 파는 여자〉라는 책이다. 사업을 하다 엄청난 빚을 진 후, 그 실패를 딛고 일어선 스토리이다. 나보다 더 큰 실패를 한 이분은 지금 이렇게 세상을 누리며 사는데 겨우 이만큼 실패했다고 폐인처럼 사는 건 나 자신에게 미안한 일이라는 생각을 했다. 이분의 실패는 성공의 어머니가 되었는데, 나의 실패는 실패로 끝나게 둘 수 없었다. 아이들 얼굴도 떠올랐다. 이 정도 실패에 인생을 포기한 엄마로 기억되고 싶지 않았다. 아이들을 키울 때 걷다 넘어지면 "괜찮아 일어서면 돼, 옷에 묻은 흙 털고, 손 털고, 이리 와 이제 괜찮지?"라고 말하며 안아주었다. 넘어지면 일어날 때까지 기다려주고 도와주던 엄마, 자신이 넘어져도 꿋꿋이 일어나 다시 걸었던 엄마로 기억되고 싶었다.

중요한 건 실패하지 않는 능력이 아니라 실패를 기반으로 성공을 이끌어내는 능력이다. 실패를 통해 배울 수 있고, 실패 후에는 성공할 일만 남는다. 마치 예방주사처럼 작은 실패는 큰 실패를 막아준다. 실패를 거부하지 말고 실패에 대한 내성을 키울 필요가 있다.

기획을 하면서 실패에 대한 내성을 키울 수 있었다. 처음 기획을 했을 때는 사람이 모이지 않으면 실패로 여겼다. 프로그램 기획을 하고 포스터를 만들고 모집을 했다. 모집이 되지 않아 프로그램이 진행되지 않으면 실패한 게 부끄러워 그 포스터를 내리기도 했다. 그러던 어느 날 멘토였던 기획자가 "요즘 잘하고 계시네요."라고 이야기했다. 프로그램에 사람 모으기가 얼마나 힘든지, 본인이 기획한 프로그램에 한 명도 오지 않았던 경험이 얼마나 많은지 이야기하며, 그럼에도 불구하고 이렇게 꾸준히 다양한 기획을 하는 것이 대단하다고 했다.

나는 오랫동안 수학을 가르쳤다. 지금도 몇몇 아이들을 코칭하며 수학도 가르치고 있는데, 새로운 내용을 배울 때는 많이 틀려 보는 게 좋다고 말한다. 틀려봐야 스스로 고민하게 되고 더 잘 기억해서 다음번에는 틀리지 않는다. 실패를 하며 배워야 할 시기에 많은 실패를 하는 것이 얼마나 잘하고 있는 일인지 알고 있으면서도 나 자신에게 적용하지 못했다.

이제는 실패를 즐긴다. 프로그램을 기획해서 사람을 모으지 못하는 것이 실패가 아니라 기획 자체를 하지 않는 것이 실패이다. 사람이 모이든 안 모이든 기획을 한 경험이 나에게는 성공이 된다. 더 이상 실패가 두려워 망설이지 않는다. 완벽하게 성공하겠다는 생각은 실행을 늦출 뿐이라는 것을 안다. 예전의 나는 완벽주의의 옷을 입은 게으름뱅이였다는 것을 인정한다.

실패의 기준은 다 다르다. 나에게는 성공이라 여겨지는 것이 누군가에게는 실패일 수 있다. 또한 나의 실패도 누군가가 간절히 원하는 성공일 수 있다. 성공과 실패 사이에 정확한 경계는 없다. 혹여나 감당할 수 없는 실패를 했을 때에는 어디선가 본 이 글을 떠올린다. "실패한 건 당신이 한 일이지 당신이 아니다. 지금 실패했을 뿐 당신의 인생은 성공이다."

경제적으로 실패하고 파산선고를 받았을 때 기꺼이 본인의 실패 경험을 나누며 보살펴준 분이 있다. 스스로 어디에서도 환영받지 못할 실패한 사람이라 여겼을 때, 먼저 다가와 본인의 것을 나누어 주셨다. 내 아이들을 보살펴주고 우리 부부를 걱정해 주셨다. 지금 생각해 보니 다시 일어서야겠다는 결심을 하게 된 건 켈리최 회장님보다 이분의 영향이 컸던 것 같다. 실패한 나를 지지해 주셨던 분, 지금은 누구보다 나의 성공을 응원해 주시는 분. 항상 지켜봐주시며 작은 성장에도 기뻐해 주시는 분이다. 나도 누군가에게 이런 사람이 되는 것이 또 하나의 목표가 되었다.

타인을 도울 수 있다는 사실이 이토록 행복하고 기쁜 일인지 모르고 살았다. 앞으로 어떤 일을 할지 생각하면 심장이 뛰고 설렌다. 작은 응원의 글귀를 적은 책갈피를 나눠주는 것부터 시작했지만, 더 개발하고 확장시켜 큰 응원과 격려를 전하고자 한다. 실수도 하고 실패하는 날도 있겠지만 포기하지 않을 자신이 있다. 실패의 가치를 배웠기에 더 이상 실패가 두렵지 않다.

6 _____ 감사한 마음으로

※ 최서연

감사 일기를 쓴 지 950일이 넘어간다. 이 책이 나올 때는 1,000일
이 넘겠다. '감사'라는 단어는 가깝고도 멀다. 생활비가 없어 빌리러
다녔던 엄마는 교회에 다니셨다. 엄마를 따라 강제적으로 일요일마
다 교회에 갔다. 목사님은 감사할 일이 없어도 감사하라고 했다. 어
린 나는 그 말이 싫었다. '당신이 우리 집에서 살면 그런 말을 할 수
있을까?' 오기가 발동했다.

보일러를 틀면 혼이 났다. 집에서도 두툼한 외투에 장갑까지 껴
야 할 정도였다. 또래 친구들처럼 치킨이 먹고 싶다고 말하면 시켜
먹는 돈이 아깝다고 엄마는 닭을 사다가 튀겨주셨다. 주문한 치킨이
더 맛있었는데 왜 집에서 튀겨야 하는지 이해가 안됐다. 통닭을 준
비하면서 엄마가 나에게 이것저것 심부름을 시켰다. 모든 상황에 화
가 났다. 그런데도 감사하라고 했다. 우스웠고 비논리적이었으며 평
생 그렇게 살다가 죽을 것 같은 답답함에 우울한 사람으로 변했다.

'감사'라는 단어는 내 인생과 어울리지 않았다. 그렇게 서른 살
중반까지 살아왔다. 돌이켜보면 그때까지 살아온 것이 기적이었다.

연고지 없는 서울로 올라와 원하는 직장을 옮겨 다니며 몸값을 올렸다. 힘껏 달려왔던 순간을 멈추고 나를 찾기 위해 책을 읽었다. 책에서는 또 '감사'에 대해 이야기했다. 성공한 사람들은 일기를 쓴다고 했다. 그것도 감사 일기를 말이다. 이 정도라면 할 수 있겠다 싶어 종이에 매일 저녁 일기를 쓰기 시작했다. 일기를 통해 또 다른 모습을 만났다.

글에서조차 직장 탓, 동료의 흉을 적으며 스스로를 희생자, 피해자로 만들었다. 상황을 있는 그대로 받아들이지 않고 왜곡해서 바라보는 나를 만났다. 이렇게 쓰면 안 되겠구나 싶어 고민하던 차에 팀 페리스의 〈타이탄의 도구들〉이란 책에서 답을 얻었다. 아침 감사 일기다. 마인드맵으로 양식을 하나씩 만들어가며 고치고 또 고쳤다.

"감사한 일이 없는데 꼭 써야 해요?"라는 질문을 받는다. 어렸을 적 내가 목사님의 설교에서 반항심이 올라왔을 때처럼 말이다. 감사한 일은 생기는 것이 아니라 찾아야 했다. 찾는다는 것은 이미 가지고 있다는 뜻이다. 지금 나는 행복하고 감사하다. 재즈 음악을 들으며 글을 쓰고 있다. 글을 쓰고 있는 노트북이 있고, 타이핑할 수 있는 손이 있다. 물을 마실 수도 있고 컵을 들 수도 있다.

감사 일기를 3년 정도 써가며 변화가 생겼다. 내가 변했더니 주변이 변했다. 감사 일기 노트를 제작해서 판매하게 됐다. 수강생뿐만 아니라 본적 없는 분들도 구입해서 노트를 쓴다. 인스타그램을 통해 "저도 잘 쓰고 있어요. 일기 양식이 있어서 매일 쓰게 돼요. 감사해요."라는 말 한마디가 힘이 난다. 감사 일기 프로젝트도 진행하고 있다. 혼자 쓰기 힘든 분들은 프로젝트를 통해 함께 쓰는 즐거움을 얻는다. 나 하나로 시작해서 세상의 변화에 동참할 수 있다면 그 자체로 1인 기업이라 믿는다.

보험설계사 최서연은 슬럼프를 이겨내기 위해 자기계발을 시작했다. 10년 보험사 경력을 접고 2020년 3월 1인 기업가가 됐다. 오프라인과 온라인 강의를 종횡무진하며 달려왔다. 수강생들과 웃었던 날도 많고, 별것 아닌 말에 상처받고 운 날도 많았다. 수업 사진을 보며 '이분은 잘 살고 있을까? 배운 건 잘 쓰고 계실까?' 궁금하다. 성공은 혼자 하는 것이 아니라 함께하는 사람들이 위로 밀어 올려주는 것이라는 글을 봤다.

1인 기업이라고 하면 혼자 일하는 것으로 오해한다. 혼자서는 할 수 없는 일이다. 혼자서 다 하려면 힘도 들지만 사업이 확장되지 않는다. 이 악물고 주먹 쥐고 달려왔다면 이제는 손을 펴서 손을 잡고 같이 해야 한다는 것을 1인 기업 3년 차가 돼서 깨달았다. 혼자 할

수 있다는 '자만'에서 필요한 것은 주변에 도움을 구하는 '겸손'을
배우기까지 시간이 걸렸다.

어렸을 적부터 뭐든 혼자 해야 했던 습관으로 도움을 요청하기
가 쉽지 않았다. 아쉬운 소리를 한다고 느껴지기도 했고, 못나 보이
지 않을까 걱정도 했다. 이제는 감사한 마음으로 함께하는 분들에
게 손도 먼저 내밀어 보려 한다.

"저와 같이하시겠어요?"

1인 기업 처음 하는 분이라면 꼭 읽어볼 책

그대 스스로를 고용하라(구본형, 김영사, 2005)

백만장자 메신저(브렌든 버처드, 리더스북, 2018)

사업의 철학(마이클 거버, 라이팅하우스, 2015)

오늘부터 1인 기업(최서연, 스타북스, 2021)

오모테나시(최한우, 스리체어스, 2017)

조인트 사고(사토 후미아키, 고지마 미키토, 생각지도, 2021)

트라이브즈(세스 고딘, 시목, 2020)

판은 이미 펼쳐졌다

이지혜

바야흐로 SNS 시대다. 카카오톡을 쓰지 않는 사람이 있을까? 무언가를 하려고 할 때 네이버에서 검색 없이 먹거나, 입거나, 가는 경우가 없다. 심지어 실제로 사용해 본 후기 등 리얼 중에 리얼을 찾는다. 그러다 보니 유튜브와 인스타그램에 대한 신뢰도 높아졌다. 예를 들어 '제주도 가서 뭐 먹지?' 하면, 일단 네이버를 검색한다. 광고성 글이 많은 것 같으면 다시 인스타그램도 검색한다. 인스타그램 감성의 예쁜 사진을 보고 '아 속지 말자' 하고 마침내 유튜브를 검색한다. 그곳의 실제 모습을 보고, 먹고 본 영상을 본 다음에야 '가볼 만한 맛집 리스트'와 '여행 코스'를 만들지 않는가?

사실상 우리는 SNS를 통해 정보를 얻는다고 해도 과언이 아니다. 보험을 할 때 유튜브에 콘텐츠를 올렸다. 지금도 "유튜브 보고 보험 상담 연락드려요."라는 문자가 하루에 1통씩 온다. 놀랍다. 과거에는 지인을 통해서 보험을 가입했는데, 이제는 검색을 해서 신뢰할 만한 사람을 찾아서 연락하더라는 것이다. 더욱 효과를 보았던 것은 자주 연락하지 않는 지인이었다. 인스타그램을 통해 내가 보험 상담을 한다는 것을 알게 되자, "사실 믿을만한 사람이 없잖아."라며 상담을 문의했다. 그리고 나를 통해 최신 보험과 재테크 정보를 얻고자 했다. 자, 이제 SNS로 자신을 노출시키는 것은 선택이 아니라 필수불가결한 시대가 아닐까?

2021년 8월 공황장애 증상과 신체적 건강 악화로 모든 일을 중단하고 3개월간 안식의 달을 갖기로 했다. 하고 싶은 것을 찾고 1인 기업을 본격적으로 준비해 보자고 생각했다. 돌아보니 건강 회복과 커플 상담에 집중했다. 건강 회복은 살기 위해서 시작했고, 커플 상담은 하고 싶은데 미뤄왔던 일이었다. 그리고 이러한 변화를 SNS에 나눴다. 커플 상담을 하고 있고, 디톡스를 통해 체형이 변화했음을 나누었더니 상담 문의가 들어왔다. 나의 체험을 나누었을 뿐인데 판이 꿈틀댄다. 사람들이 질문을 한다.

커플 상담 시 상담했던 내용을 공유할 수 없지만, 커플들이 남겨준 후기를 모아서 블로그와 인스타그램, 페이스북에 기재했다. 인스타그램 DM으로 상담 후기를 꾸준히 2달 정도 올리자, "저, 성격 분석 상담받고 싶습니다." "개인 상담을 받고 싶은데 어떻게 할 수 있나요?"라는 연락이 왔다. 나만 못 느끼는 판이 이미 펼쳐졌다. 이쯤 되자 희망이 보인다. 기획을 제대로 해서 꾸준히 규칙적으로 콘텐츠를 발행하면, 온라인으로 상담과 코칭을 할 수 있지 않을까?

사람들이 자주 물어보는 것이 나의 콘텐츠가 된다고 했다. 비긴 어게인 다이어트 프로젝트를 비롯해서 자주 물어보는 질문이 있다. '다이어트'. 나는 다양한 다이어트를 하면서 스스로에게 임상 실험을 했다. 왜냐하면 병원에서 오래 일을 했지만, 사실상 나의 건강을 챙기지 못했다. 많이 아팠고, 체력 저하로 몇 차례 무너짐을 느꼈다.

가족력도 무시할 수가 없다. 유전자 검사 결과 심혈관 계통이 좋지 않았다. 그런 줄도 모르고 술과 함께 보낸 시간이 어느덧 20년이 다 되어 간다. 건강이 좋을 리가 없었다. 4년 전에 '나이트 근무' 할 때 야식을 주식으로 삼았고, 아침 퇴근길에 소주에 안주로 맥주를 사가지고 퇴근했다. 결과적으로 심각한 고혈압, 부정맥, 고지혈증, 지방간을 얻게 되었다. 부정맥이 너무 심해서 심장이 쿵쾅거리는 소리에 수면제 없이 편안히 잠을 잘 수가 없었다. 나는 정말 살기 위해 다이어트 책들을 꼼꼼히 읽었다. 그리고 내 몸에 모두 적용해서 변화를 기록했다. 나의 운동 일지는 2018년부터 A4 사이즈 2권, A5 사이즈 1권이다.

채식, 키토식, 이번에는 디톡스였다. 독서를 하면서 계속 자가 임상 실험을 했다. 디톡스의 방법과 장점과 단점 등 정보를 수집한 결과, 전체적인 신체 기능 회복이 가능하다고 판단했다. 문제는 나와 맞는 좋은 제품을 찾는 것이었다. 그러다 세포 디톡스를 알게 되었다. 아픈 세포부터 디톡스를 하는 것이었다. '그래, 이거다.' 뿌리부터 정상화로 만들겠다는 독한 마음을 먹고 세포 디톡스를 시작했다.

11일간의 세포 디톡스로 체중 4Kg, 체지방 3.5% 감량했다. 내장지방 레벨은 난생 처음으로 4이하로 내려갔다. 유방암센터에서 경과 관찰 중인 좌측 액와선의 통증이 사라졌다. 디톡스의 효능을 확인했고, 요요가 오는지 지켜보는 중이다. 조금 더 깊은 연구가 해보고 싶어졌다. 기쁜 마음에 블로그 포스팅을 했다. 올리자마자 지인에게 연락이 왔다. "네가 한 거 이거 뭐야?" 판이 꿈틀 꿈틀 거린다.

지금까지의 삶을 모아도 누군가에게 도움을 줄 수 있지만, 나의 경험과 지식이 계속 성장하는 한 앞으로 1인 기업가로서의 가능성은 무궁무진하다고 생각한다. 안식 달 3개월의 끝자락인 11월에 이렇게 공저 프로젝트를 진행하고 있는데, 나도 모르게 '판은 이미 펼쳐졌다'는 것을 실감한다. 무엇보다 다른 분들의 갈증을 채워드리고, 상담과 코칭을 해드리면서 나 스스로 치유되기도 하고 성장하기도 한다. 그게 1인 기업가의 큰 장점이 아닐까 생각한다.

또한 나의 신체적, 정신적 아픔이 누군가에 도움이 된다는 것에 보람도 느낀다. 어떤 것도 허투루 겪는 경험은 없다고 생각한다. 좋은 경험도, 나쁜 경험도 모두가 소중한 '나의 경험'이며, 개인의 경험은 어떤 식으로든 타인에게 도움이 될 수 있다는 사실을 잊지 말아야겠다. SNS 판이 펼쳐진 세상이다. 우리의 날개만 펼치면 된다. 당신의 경험을 기록하고, 공유하고 나누었으면 좋겠다.

8)   신념, 자신을 믿는 마음

*

임화섭

지금의 사업을 이루기까지 놓치지 않았던 한 가지는 바로 자신을 믿는 믿음이었다. 나는 성실한 사람이고, 훌륭한 세무사가 될 만한 사람이라는 것을 항상 믿었다. 그 믿음이 생각만으로 끝나지 않고 실현될 수 있도록 매일 실천할 수 있는 노력들을 설정하고 반복했다. 내 사업을 커다란 난로에 빗대어 본다면, 그 난로(사업)가 계속 불을 피워 제구실을 할 수 있게 지속할 수 있는 매일의 마음가짐과 실천을 땔감으로 사용해 왔다.

가장 큰 땔감은 꾸준함이었다. 세무사들의 온라인 독서모임방(문샷씽킹)이 있다. 그곳에 매일 읽은 책, 접하게 된 좋은 글귀를 올렸다. 글을 올리면 내용이 좋다고 답해 주시는 분도 계셨지만 아무 반응이 없는 날도 있었다. 비슷한 고민들을 안고 힘들어하고 있는 분들과 좋은 글귀를 나누는 일은 한편으로 내게 작은 보람과 따뜻함을 안겨주는 일이었다. 무엇보다 그렇게 글귀를 옮기며 내 스스로를 다잡는 기회로 삼았다. 매일 글을 옮기는 작업을 통해 마인드 컨트롤도 되었지만, 매일 내가 할 수 있는 선한 영향력들을 누가 보든 보지 않든 꾸준히 해오고 있다는 그 사실이 나를 긍정적인 존재로 설정하게 했다. 송파세무서 소속 영세납세 지원단 세무사도 6년간 하면서 임명되고 내 차례가 오면 한 번도 거절하지 않고 계속 세무서 현장에 가서 납세자분들을 만나 뵙고 봉사할 수 있었다. 이런 꾸준함은 내가 몸담고 운영하고 있는 이 기업이 꽤 괜찮은 사업이라고 스스로의 마음에 규정되는 데 원동력이 되어 주었다.

또 다른 땔감은 끝없는 독서와 자기계발이었다. 1인 기업은 기업가 본인이 곧 자산이고 브랜드라고 생각한다. 그렇기에 기업가 본인이 안주하는 순간 사업도 도태해 버리곤 한다. 때문에 항상 기업가 스스로 재교육을 받아 시야를 넓히고, 시대에 맞는 사업 감각을 올리는 작업이 필요하다. 말 그대로 몸을 업그레이드하는 시간이 필요하다.

세무업을 진행해 온 11년간 자기계발에 투입한 수강 비용을 계산해 보니 수천만 원이 넘는다. 또한 매년 바뀌는 개정 세법에 대한 책들, 또 나보다 더 오래된 업력의 세무사님들께서 내놓으시는 세무 관련 책들도 꾸준히 읽었다. 온라인 책 구매 어플 구입기록 정산을 보니 매년 세무 관련 책 구입 등으로 500만 원 이상 소비했다. 세무 관련 서적은 책값이 5만 원, 8만 원짜리도 수두룩해서 한 번 주문에 50만 원씩은 예삿일이었다. 책값이 만만치 않지만 세무사가 바뀐 세법을 모르고 신고 기간을 맞이할 수 없는 법이다. 또한 매년 세법 개정안 강의 수강 등에만 매 신고 기간마다 꼬박 2일 이상 온전히 투입해서 시간할애를 하고 있다. 그리고 이러한 노력 속에 또 블로그에 포스팅할 거리를 찾아내기도 해서 일석이조였다.

세무업의 강점은 강제로 세무사가 자기계발할 수 있도록 환경설정이 되어 있다는 것이다. 세무사 본인이 매 신고 기간 개정 세법 공부를 해야 신고 기간마다 제대로 신고할 수 있기에 더욱 매력적인 사업이라 생각하고, 이를 통해 나 역시 매 신고 기간 전에 공부하고 준비하는 것이 자연스럽게 되었다.

책을 사서 읽는 것, 강의를 듣는 것, 이 모든 것이 내 사업을 위한 투자라고 생각했고, 그것을 실행에 옮겼다. 성실하게 매일 매주 3P 바인더에 기재해서 놓치지 않고 계속 꾸준히 진행했다. 매주가 아니면 매월 계속 환경 설정을 해놓고 나를 채찍질하며 성장시켰다. 각종 강의에 참여하고 또 책을 많이 읽으니, 주변에서 "이제 그만 자기계발해도 되지 않냐."라는 말도 들었다. 계속하는 독서 속에서, 매일 하는 노력들이 마치 그릇에 이슬을 모아 물그릇을 가득 채워 넘치듯, 10년이 지나니 눈에 띄게 성장해 있었다.

그렇게 배우고 공부한 것이 사업체와 고객의 절세를 이뤄냈을 때의 기쁨, 고객의 감사한 칭찬 말씀, 또 상담하면서 바로 해결안을 제시할 수 있을 때의 뿌듯한 순간에도 역시 공부하길, 배우길 잘했다는 마음을 가지게 해줬다.

그 모든 순간이 이제 와 보니 지금을 위한 투자의 시간이었다. 내가 배우면서 성장하는 사람이란 걸 인식하고, 성장을 위해 배우면 나는 분명 차별화된 사업체를 이룰 수 있다는 그 믿음을 버리지 않고 지금껏 갖고 온 것이 지금의 나, 임화섭세무사를 있게 해주었다.

그리고 그러한 순간들 속에 내게 다가온 성장의 기회가 두렵더라도 직접 마주하고 도전했다. 한 번도 안 해 본 일을 시작하는 건 나이가 들수록 더욱 어렵게 다가온다. 처음 강의를 시작할 때에도, 처음 유튜브 강의 촬영을 할 때에도 두려움이 더 컸고 쉽지 않았다.

처음 칼럼을 쓰던 순간, 블로그에 글을 적는 것도 모두 처음부터 쉬운 것은 없었다. 하지만 좀 덜 자고 좀 더 고민한 순간들이 '나도 할 수 있다'는 믿음을 갖게 해주었다.

2014년 처음 세무사회가 회계사들이 하던 기업진단을 할 수 있게 되었을 때에도 내가 안 해본 일이지만 해보라는 박세무사님의 말씀을 듣고 공부하고, 책 읽고 도전해서 수많은 건설 업체들을 기업진단하게 되었고, 그렇게 쌓인 경험들이 건설업 법인과 개인을 기장하고 조정할 때 큰 노하우로 또 자리 잡았다. 또 그렇게 계속 기업진단을 하다 보니 기업진단 관련 강의를 촬영할 기회도 찾아왔다. 3년 전에 촬영한 기업진단 강의가 한국세무사회 세무연수원과 삼일 아이닷컴에 업로드되고 유튜브에도 올라와 있다. 또 다른 기회가 생겨 한국세무사회 기업진단 감리위원으로도 현재 활동 중이다. 오래 꾸준히 공부하고 도전하다 보니 어느새 나도 그 분야의 전문가가 되는 것을 경험할 수 있었다.

지금도 종종 한 번도 안 해본 일에 대해 제의가 들어오기도 하고, 또 한 번도 안 해본 일들이 들어오기도 한다. 하지만 두렵지 않다. 전문성이라는 건 원래 하루아침에 확 생기는 것이 아니라는 것을 이제는 잘 알기 때문이다. 전문성은 그저 그것에 대해 고민하고, 알아보고, 사례와 판례를 공부하고 적어가며 노력한 매일의 경험이 쌓이고 쌓여 어느새 내가 가진 그릇을 가득 채워 넘치게 되었을 때, 그때 드러나 보이는 것이라고 생각한다. 내가 가진 그릇을 넘치게 할 만큼이 안 되고 말라 버리면 그 능력은 그냥 물이 마르듯 말라 드러나지 않고 사라지게 된다.

지금 내가 갖고 있지 않은 경험, 내가 가보지 않은 길이 두렵냐고 묻는다면 아니라고 자신 있게 말할 수 있다. 가보지 않은 길이라도 꾸준함과 성실함으로 전문성을 쌓을 나라는 걸 믿는다. 그 신념이, 신념을 지키는 노력이 나의 가장 큰 무기다.

9) —— 완벽한 시작은 없습니다

※ 라옥자

2021년 5월 초. 최서연 작가가 식사를 하자고 연락해 왔다. 프로젝트 구상한 게 있으니 시작해 보자고. 뭘까? 궁금했다. 가슴이 뛰었다. 신림동 사무실 근처에서 점심을 먹으면서 프로젝트에 대한 간단한 설명을 들었다. 사무실로 이동 후 1시간 만에 소머즈 경제 뉴스 방 프로젝트가 완성되었다. 수강생으로만 들었던 내가 과연 프로젝트를 잘 진행할 수 있을까? 염려가 앞선다. 그런데 한편으로 '아~ 나에게 온 이 기회를 잡자.' 집에 오는 버스 안에서도 아직 실감이 나지 않았다.

집에 도착하기 전 문자가 왔다. 모집 공지 글을 최서연 작가가 보내주었다. 일사천리로 일 진행이 되는 것을 보니 잘할 수 있을까? 두려움이 또 앞선다. 온라인으로 줌 모임도 해야 하고, 어떻게 모임을 이끌어 나갈지 며칠 동안 고민을 많이 했다. 재테크 독서 모임을 통해서 '배운 걸 다 나누어주자'라는 생각만 했다. 모집을 시작하고 등록하는 선배님들 이름 하나하나에 온 신경이 곤두세워진다. 첫 프로젝트이니 당연하다. 함께해 주는 선배님들 덕분에 용기를 가지고 시작할 수 있었다. 1기 모집에 예상인원 20명이 다 찼다. 기분도 좋고 부담감은 더 커졌다. 줌 사용법, ppt 만들기 연습을 했다.

1기부터 시작해서 현재 7기를 진행 중이다. 프로젝트를 시작할 수 있는 용기를 준 최서연 작가와 첫 수강생으로 신청해 준 선배님들께 감사하다. 회차가 지날수록 모집할 때 여유도 생겼다. 인원이 줄었다고 소홀히 할 수 없었다. 더 정성을 들여서 내가 알고 있는 경험, 지식과 지혜를 아낌없이 나누어 주고 있다. 이런 진심이 전해졌고, 선배님들의 개인 피드백을 통해서 느낄 수 있었다.

책을 읽다 보니 처음은 작게 시작한다고. 모집 글을 올리고 한 명의 수강생도 없어서 혼자 시간을 보낸 분들도 있고. 한 명인데 시작해야 하나? 하는 걱정도 했다는데…. 한 명이라도 나에게는 소중한 고객이 될 기회이다. 한 명이 두 명, 두 명이 네 명이 될 수 있으니. 다행히 처음 시작하는 둥지가 비비엠이라는 든든한 울타리 안에서 출발할 수 있어서 더 빠르게 자리를 잡았다. 강의를 듣기만 했지 리더를 해야겠다는 생각을 못 했었던 내가 프로젝트를 진행하고 있으니 스스로 생각해도 대견하다. 다행히 내 주변에 배움에 도움이 되는 선배님들이 있고, 발자취만 조용히 따라가도 많은 것을 배울 수 있다는 걸 알았다. 본격적인 프로젝트를 하면서 깨달은 사실이다.
하나를 시작하니 또 다른 하나를 도전할 수 있었다. 나에겐 그게 온라인 강사 되기(온강사 6기)였다. 소머즈 경제뉴스 방을 운영하면서 강의 사다리를 어떻게 구성해야 하는지. 수강생들과 피드백을 하려면 어떻게 해야 하는지. 오픈 채팅방을 만들어 나만의 둥지를 만들어야 하는지. 이런 과정이 온 강사를 통해서 더 단단히 다지는 기회가 됐다. 5주간의 과정을 통해서 온라인 강사가 되는 방법을 더 깊이 알게 되었다. 도구사용에 대한 두려움을 극복할 수 있었다. 동기 선배님들한테 배울 게 더 많다는 것은 덤이다. 누군가에게 쉬운 것들이 나에게는 참 어려웠다. 도구사용을 배우는 과정이 더디었지만, 결국 반복 학습과 꾸준한 연습으로 실력이 는다는 것을 확인했다.

무엇이든 배우면 바로 사용해야 한다. 나한테 인스타는 어려운 장벽이다. 봉 PD님 강의를 들었다. 듣고 익숙해지기까지 시간이 꽤 걸렸다. 수업 중에는 피드를 열심히 올렸다. 그러나 블로그에 글 쓰는 게 나는 더 편했다. 인스타는 맘먹은 날에만 올린다. 꾸준하게 이웃들과 소통도 해야 하고 내 소식도 알려야 하는데, 그렇지 못하는 게 늘 마음에 걸린다. 요즘은 다른 피드에 가서 '좋아요'를 누르고 소통하려고 노력 중이다. 그런 날에는 내 피드에도 하트가 늘어난다. 서로 주고받는 거다. 온라인은 소통, 공감이 중요하다는 걸 알면서도 가끔 잊기도 한다.

첫 수강생들과 소통하는 게 힘들었다. 톡 방에서 활동은 활발하지 않았다. 아침 인사도 못하고 시작할 때도 있었다. 반응이 없으면 어쩌지? 하는 마음이 컸다. 시간이 지나면서 좀 느슨해지고 여유도 생긴 것 같다. 소통 방법을 알게 되었다. 내가 먼저 시작하면 된다는 걸. 시간이 지나면서 알게 되었다. 먼저 마음을 열었더니 수강생들과의 피드백도 수월해졌다. 오픈 채팅방에서 정보를 주고, 수강생들이 궁금해하는 문제를 해결해 주었다. 역시 소통하고 관심을 보이는 것이 프로젝트를 운영하는 과정에서 통했다. 먼저 사람이었다. 관계였고 연결이었다.

온라인 독서 모임 리더 11기를 수강하면서 피드백을 할 수 있었다. 조별 실전 연습으로 3회 독서 모임을 연습해야 했다. 진행만 하는 게 아니라 서로의 진행 과정을 조원끼리 이야기를 나누고 좋은 점, 개선할 점 등을 아낌없이 나누는 시간을 보냈다. 그런 성장통을 겪으면서 5주간의 수강 기간이 끝났다. 이젠 독서 모임 리더로서 준비가 되었다. 수료하기 전에 이미 모집 글을 올리고 마감이 된 선배님도 있다. 역시 배우고 바로 실행하면 성장할 기회를 먼저 잡는 것이다. 완벽해지면 다음에 해야지 하면 이미 늦다. 먼저 출발하는 용기가 필요하다는 걸. 독서 모임 리더 과정을 통해서 느꼈다.

1인 기업이 뭔지도 모르고 자기계발을 하는 모임에 쫓아다녔다. 2년 정도 독서 모임, 강의를 꾸준히 들었다. 혼자만 해야 하는 게 1인 기업이 아니었다. 서로 협업하는 것도 1인 기업이다. 우선 시작하는 게 중요한 것 같다. 고민만 하다 늦게 시작하면 이미 다른 사람들이 선점하고 있지 않을까? 누군가 손을 내밀고 기회가 주어질 때 잡고, 그런 기회가 언제 왔는지도 모르게 스치고 지나갔다면 용기를 내고 잡았기 때문에 지금 프로젝트를 진행하고 있는 것 같다.

책을 쓰는 작가가 될 줄 꿈에도 몰랐다. 책을 읽는 게 좋았고, 남들보다 좀 더 읽었다. 블로그에 글을 꾸준히 쓴 게 이런 행운을 갖게 된 것 같다. 공저가 출간된다고 하니 두렵고 떨린다.

나를 공개하고 경험을 바탕으로 쓴 이 글이 누군가에게 단 한 사람이라도 도움이 되고 시작할 수 있는 용기를 줄 수 있다면 의미 있는 일을 했구나 하는 뿌듯한 마음이 들 것 같다. 2년 전만 해도 평범한 직장인이었던 내가 용기를 내고 다른 일을 시작할 수 있었던 것은 완벽한 상태가 아니라 하나씩 배우고 익혀서 경험이 축적되다 보니 용기가 생겼던 것 같다. 지금도 사실 떨리고 두렵긴 마찬가지지만 항상 나에게 주문을 건다. 할 수 있다.

10) 누군가 해냈다면, 당신도 할 수 있습니다

✳ 김상미

나는 요즘 자칭, 타칭 '모객의 신'으로 불리고 있다. 내가 정말 모객을 잘한다는 사실을 알았다. 미리캔버스에서 포스터 안을 만들고 블로그 포스팅을 한 후 여러 단톡방을 돌아다니며 강의를 홍보했다. 강사를 섭외하고 강의 홍보문구를 받아서 어떻게 카피 문구를 써야 하는지, 쓰면 쓸수록 카피 라이팅 실력이 늘어났다. 마지막 강의 당일 강사님에게 부탁해 막판 강의 홍보 글을 부탁했다. 여기서 더 신청자가 늘어난다. 왜냐하면 나는 강의를 소개하는 입장이라 강사보다 더 자세히 설명해 줄 수가 없다. 근데 강사가 마감 몇 시간을 안 남겨 놓고 "오늘 제 강의 들으시면 저한테 밥 사고 싶어질 걸요? 제 강의에 투자한 시간이 아깝지 않도록 만들어 드릴게요." 이렇게 당당하게 말하는데 어느 누가 그냥 지나친단 말인가? 사람들은 나에게 대단한 비법이 있을 거라고 생각한다. 미안하지만 특별한 비법은 없다. 무식하게 홍보하는 것이다.

내가 속한 단톡방만 50여 군데가 넘는다. 물고기를 잡으려면 그 속으로 들어가야 한다. 오픈 카톡방을 좋아하는 사람은 오픈 카톡방 안에 다 있다. 방마다 홍보 날짜가 달라서 다이어리에 써 붙여

가면서 그 방 날짜에 맞게 홍보 글을 올린다. 사실 머리가 아프다. 하지만 각 방의 룰을 잘 지켜야 한다. 내 방이 아니지 않은가? 강사와 전화 통화를 하면서 어떻게 하면 사람들의 반응을 끌어낼까 고민한다. 내 블로그 포스팅 글을 공유해 주면 자료를 준다는 공유 이벤트를 하면 그 방에 모여 있는 사람들이 자료를 받기 위해 본인이 속한 단톡방에 홍보 글을 올린다. 내가 홍보한 적이 없는데, 누구 소개로 알게 되었다며 구글폼을 작성한다.

이것이 바로 입소문 마케팅이다. 모객의 가장 좋은 방법은 나를 대신해 입소문을 내줄 나팔꾼들이 많이 만드는 것이다. 그분들에게 어느 정도 일정 부분의 수수료를 준다든지, 고급 자료를 준다든지 해서 스스로 움직이게 만들어야 한다. 사람을 움직이게 만드는 건 돈이나, 그 사람이 진정으로 갖고 싶은 무엇이 있어야 한다.

2020년 10월 오픈 카톡방을 만들고 1년여의 시간이 지났다. 11월 30일 현재 629명이 있다. 처음 방을 만들었을 때 이렇게 방이 커질 거라 생각하지 못했다. 100명을 넘었을 때 '어머, 되네. 조금 더 홍보해 볼까? 어떻게 하면 내 방을 알리지?' 고민했다. 많은 카톡방에서 하는 저자 특강을 해보기로 했다. 주변을 둘러보니 브랜딩 마케팅 수업을 같이 들었던 윤정 언니가 생각났다. 〈작은 가게에서 진심을 배우다〉란 책을 2020년 11월에 내고 때마침 MKYU 김미경 학장님이 운영하는 북드라마에도 나오는 게 아닌가? 이건 운명 같았다. 언니를 섭외해야겠다. 수업 들은 지 2년여가 흘러서 연락처도 모르지만, 아는 원장님을 통해 연락처를 받았다.

　무작정 전화를 했더니 안 받아서 문자를 남겼다. 내용은 "언니, 같이 수업 들었던 마마무 5기 김상미예요. 오픈 카톡방 운영 중인데 언니가 낸 책 봤어요. MKYU에도 나오고 정말 멋있어요. 전화해 주세요." 이렇게 남겼더니 "응. 상미야, 오랜만이야. 잘 지냈어? 오픈 카톡방을 운영한다고. 근데 내가 무료 강연은 안 해. 어떻게든 방법을 찾아보자. 내 책 산 사람들로만 모아 줄 수 있어?" 그렇게 허락을 맡고 책을 산 사람으로만 30명을 모았다. 그게 시작이었다. 주변을 살펴보고 사돈에 팔촌까지 뒤지면 누군가는 책 한 권 낸 사람이 있을 것이다. 전혀 모르는 사람에게 저자 특강을 부탁하는 게 쉬운 일이 아니다. 내가 그동안 돈 내고 배웠던 그곳에서 같이 수강하던 동료들이 시간이 지나면 성장하게 되어 있다. 뒤로 후퇴하는 사람은 잘 없기 때문이다. 부탁하라. 뻔뻔해져라. 윤정 언니가 훗날 "상미, 너니깐 허락한 거야. 나 다 돈 받고 강의 다녀."라고 말했다. 언니는 진심으로 내가 더 잘되기를 바라는 마음으로 강의를 허락해 주었다. 나의 팟캐스트, 블로그 등을 꼼꼼히 분석하고, 본인이 출연해도 되는지 냉철하게 판단했다. 촬영 스튜디오에서만 강의를 해봤는데, 이렇게 줌에서 강의하는 건 처음이라고 했다. 나랑 모의 테스트할 때도 조명, 마이크, 집안 조명까지 새로 사고 만났으니 얼마나 꼼꼼한 성격인지 알 수 있었다.

언제나 프로의 자세로 강의 당일 실수하면 안 되니깐 사전에 맞춰보자고 한 것이다. 사람들이 나에게 전화를 한다. "상미 선배님, 강사 섭외를 어떻게 그렇게 잘하세요? 모르는 사람한테 저자 특강 해 달라고 요청하는 게 너무 힘들어요." 왜 안 그렇겠는가? 그래서 아는 지인부터 시작하라는 것이다. 내 얼굴을 아는 이상 거절하는 게 쉽지 않기 때문이다. 신은 스스로 돕는 자를 돕는다고 했다. 내가 간절히 원하는 게 있다면 외쳐라. 섭외하고 싶고 모시고 싶은 사람이 있다면 어떻게든 연락처를 알아내서 전화를 하거나 책에 나와 있는 이메일 주소로 메일을 보내는 형식으로 유명 강사를 모셨다.

루이스헤이 책을 전문으로 번역하는 엄남미 작가님도 〈해피나우〉란 책에 나온 이메일 주소로 섭외 메일을 보냈다. 내가 공을 던져야 결과를 얻을 수 있다. 그 공을 받을지 말지는 상대방의 선택에 달려 있다. 가령, 거절 메일이 오더라도 낙담하지 말아라. 세 번은 들이대야 한다. 나의 정성에 감탄하는 분이 꼭 있기 때문이다. 나의 DID 들이대 정신은 오늘도 강사를 섭외하기 위해 눈에 불을 켜고 새로운 분을 찾고 있다.

어떻게 하면 내 카톡방 사람들의 성장을 위해 에너지를 쏟을 수 있을까? 거기에서부터 아이디어가 시작된다. 내가 가진 손기술인 네일아트를 해드리면서 상담해 드리기로 했다. 내가 있는 김포까지 올 수 있는 사람을 일주일에 1명씩 한 달이면 총 4명을 선발하기로 했다. 방장인 나를 만나고 싶어서 문경에서 새벽같이 소 밥 주고 고속버스를 타고 올라온 선배님도 계셨고, 부산에서 비행기를 타고 올라온 회원분도 계셨다. 그들은 왜 나를 찾아오는 것일까? 본업이 따로 있는데도 부캐(원래 캐릭터가 아닌 또 다른 캐릭터)로 오픈 카톡방을 열심히 하는 사람은 처음 보았다고 놀랐다. 그 에너지가 어디서 나오냐고 묻는다. 상대방에 대한 작은 관심에서 시작된다. 한 사람을 내 편으로 만들어라. 그 한 사람이 나에게 진심으로 감사하고 고마워하는 마음을 갖게 하면 된다. 나의 열매는 다른 사람의 나무에서 열린다. 나의 성과는 수강생이 잘되어 돈을 벌게 되면 그가 스스로 나를 홍보하고 다닌다. 메신저의 삶은 결코 쉬운 일이 아니다. 쉽게 돈을 벌려면 주식이나 부동산을 하면 된다. 내가 닮고 싶은 롤모델이 되어야 한다. 누구보다도 새벽 기상을 해야 하고 부지런한 삶을 살아야 한다.

"내가 뭘 할 수 있을까요? 어떤 걸 콘텐츠로 잡아야 할지 모르겠어요." 많은 질문을 가지고 나를 찾아온다. 코칭은 정답을 주는 게 아니라 상대방이 하고 싶은 말을 끄집어내는 데 있다. 누군가의 삶을 변화시키고 보람을 느끼고 싶다면 나의 재능을 이용해 누군가를 도와줄 수 있을까? 나의 타깃부터 생각해 봐야 한다. '내가 과연 할 수 있을까? 나만의 팬을 만들 수 있을까?'라는 걱정보다 누구보다도 나 자신을 믿어야 한다. "내가 아니면 누가 해? 나니깐 이만큼 하는 거야." 등 스스로 칭찬을 많이 해야 한다. 한 발 한 발 사람과의 신뢰 속에서 나라는 사람을 알려야 한다. 저 사람이라면 믿고 무엇이든 수강할 수 있어. 내 고민을 해결해 줄 거야. 이런 강한 믿음이 와야 한다. 처음부터 돈을 벌려고 하기보다는 내가 누구를 도와줄 수 있을까? 진지하게 고민해 보기를 바란다. 늘 인풋만 하던 나였는데 그 경험들이 쌓여 나도 누군가의 고민을 들어주고 조언해 주는 메신저의 삶을 살고 있다.

내가 했다면 누군가도 해낼 수 있다. 작은 용기에서 시작하는 힘을 믿어보기를 바란다. 나를 사랑하지 않으면 절대 남의 아픔을 들여다보지 못한다. 이 세상에 많은 사람이 자기 경험과 지식으로 콘텐츠를 만들고, 책을 쓰고, 신뢰를 바탕으로 모임과 강연을 해나간다. 타인의 성장과 발전을 돕는 일은 참 보람된 일이다.

마치는 글

여기까지 왔습니다

○ '시작'이라는 단어는 설렘이 있다. 희망적이다. '시작이 반'이라는 속담도 있다. 생각만 하는 것보다 일단 움직여보라는 뜻이기도 하면서, 해봐야 알게 되는 것에 대한 충고이기도 하다. "첫 단추를 잘 끼워야 한다."라는 속담은 누구와 어디서 함께하는지가 중요하단 말이다. 시작이기에 부족한 점도 있었겠지만, 비비엠 공저를 시작할 수 있어서 첫 단추는 잘 끼웠다. 이 책을 읽는 독자의 1인 기업 시작을 도울 수 있어서 설렜다. 치킨은 맥주, 코로나는 마스크가 떠오르듯 '시작'은 '끝'이 있어야 한다. 결국, 실행은 각자의 몫이겠지만 1인 기업을 하며 힘들 때면 이 책의 작가들에게 도움을 청해도 좋겠다.

-최서연

○ 주사위를 던져라. 어떤 숫자가 나올지는 순전히 운에 달려 있다. 하지만 그 일을 100번 넘게 한다면 확률의 법칙이 적용된다. 낙숫물이 바위를 뚫는다. 실패를 계속 반복하라. 꾸준함을 이길 사람은 없다. 성공하기 위해서 무조건 많이 시도하고 다시 일어서야 한다. 나의 이야기가 부

디 누군가에게 시작할 수 있는 용기가 될 수 있기를 바란다. 행동하는 자만이 성공을 거머쥘 수 있다.

-김상미

○ 공저를 시작하며 가장 먼저 든 생각은 두려움이었다. 마치며 드는 생각은 역시 지르고 보길 잘했다는 것이다. 이번 공저는 내 인생에서 가장 어려웠던 과제였다. 할 수 없을 것 같은 일을 해내면 뿌듯함이 배가 된다. 그런 거름들이 쌓여 나를 더 성장시킨다. 글을 쓰면서 나와 깊게 마주할 수 있었다. 1인 기업을 시작하게 된 처음부터 지금까지의 과정을 돌아보며 울고 웃었다. 공저의 기회가 아니었다면 결코 느낄 수 없었을 감정과 마주했다. 이번 공저를 시작으로 꾸준히 글을 쓰는 작가가 되고 싶다. 글 쓰는 즐거움을 전하는 사람이 되고 싶다. 내가 느낀 이 조용한 행복이 다른 분들에게도 전해지기를 바란다.

-김선희

○ 책을 읽기 시작하면서 나에게 많은 변화가 시작되었다. 블로그에 글을 쓰기 시작했고 독서 모임에 참여하면서 성장 마인드를 가진 분들을 많이 만났다. 2년 동안 자기계발을 하면서 나와 마음이 맞는 사람들과 연결되어 소통하고 공감하는 시간이 가장 기억에 많이 남는다. 이런 시간이 쌓이다 보니 내 이야기도 쓰게 되었다. 성장할 수 있게 많은 도움을 준 글에 나오는 분들에게 감사하다. 1인 기업을 처음 시작하는 분들을 응원합니다.

-라옥자

○ 초고를 쓰기 시작했을 때, 제가 마치 뭐라도 된 것 같았습니다. "이야, 내가 이런 책을 같이 쓸 수준이 되었구나." 자아도취에 빠져 글을 쓰기 시작했는데 한 장, 두 장 써 내려갈수록 '나 아직 갈 길이 멀구나' 하는 생각이 들었습니다. 강물은 바다를 포기하지 않는다는 말을 좋아합니다. 어떤 방해물에도 굴하지 않고 흘러서 큰 바다로 나가는 것이 목표라고 여겼는데, 그 바다가 가장 아래에 있다는 것을 이 책을 쓰면서 깨달았습니다. 낮은 곳으로 흘러 많은 사람을 돕는 1인 기업이 되겠습니다. 이 책이 나오는 모든 과정을 함께해주신 분들께 감사드립니다. 그중에 제 자리가 있어 영광이었습니다.

-박보경

○ 2019년 12월 17일 이은대 작가님을 알게 되었다. 최서연 작가님 주최로 열린 비결 프로젝트에서 서평 특강을 하셨다. 강의 마치고 하셨던 말씀이 지금도 기억난다. '내년에 시작할 거야'라고 하는 건 하지 않겠다는 뜻이며, 지금 5분 내가 뭘 하고 있는지가 가장 중요하다고 하셨다. 특강을 마치고 돌아와서 바로 서평을 썼고, 작가님이 블로그 댓글로 "이렇게 쓰는 거다. 이렇게 시작하는 거다. 백 점!"이라고 쓰셨던 글에 감동했던 기억이 난다. 이번에 격이 다른 비비엠 공저에 참여하며 너무 감사하고 행복했다. 2년여 간의 1인 기업 경험과 성장에 관한 이야기를 풀어놓는 이 시간이 내가 앞으로 살아가는 동안 큰 도움이 될 것 같다. 참여할 수 있도록 기회를 주셔서 감사하다.

-유현주

○ 나는 과연 1인 기업이라 말할 수 있을까? 의구심을 가지고 글을 쓰기 시작했다. 적어 내려가 보니 1인 기업가가 되기 위해 준비한 삶의 흔적들이 꽤 많았다. 하지만 분명 1인 기업가가 아닌 모습으로 지낸 시간이 더 많았다는 것을 꼭 기억해 주면 좋겠다. 이 책을 읽으며 우리의 여정을 함께 나눈 당신도 지금보다 성장할 수 있다고. 미래에 누군가에게 용기를 주는 모습을 상상하시면 참 좋겠다. 나는 아직 1인 기업가로 가야 할 길이 멀다. 그 과정 중에 집필을 통해 내가 가진 자산을 깨닫게 해주신 이은대 작가님, 최서연 선배님께 감사합니다.

-이지혜

○ 계속 새로운 도전의 기회를 얻게 될 때마다 늘 설레는 마음과 두려운 마음, 이 두 가지가 동시에 다가왔다. 단 한 번도 한 가지 마음으로만 다가온 일은 없었다. 이번에 출판을 할 수 있었던 건 설레는 마음이 두려운 마음보다 늘 1그램이라도 컸기 때문이다. 앞으로 살아갈 날들에 어떤 형태의 도전이 있을지 알 수 없으나 늘 마음속에 설렘 1그램을 기본값으로 장착해서 살 것이다. 이 설렘이 어제보다 오늘을 더 풍성하고 열정 가득하게 만들어 줄 거라 믿는다.

-임화섭

○ 고등학교 작문 시간에 행복이라는 주제로 글을 쓰는 시간이 있었다. 선생님은 잘 쓴 글이라며 친구들 앞에서 발표해 보라고 하셨고, 칭찬해 주셨다. 그때

부터 감정을 글로 표현하는 게 재미있었다. 나이가 들면서 내 책을 갖고 싶다고 생각했다. 그 기회가 온라인 세상에서 만난 좋은 분들을 통해 이루어졌다. 글 쓰는 것이 쉽지는 않지만, 의미 있는 것임을 이번 공저를 통해서 깨달았다. 쓰는 삶을 시작하게 기회 주신 작가님들께 감사하며, 모든 1인 기업을 응원한다.

-**최영자**

○ "작가님, 오늘 글 다 썼어요?" 요 며칠 아이들이 묻는다. 공저를 시작한다는 소식을 듣고 남편과 아이들이 나를 작가님이라 부른다. 시작한 일을 포기하지 않고 구준히 했더니 내게 책을 함께 쓸 기회가 주어졌다. 상상도 못했던 기회라 첫 프로젝트의 첫 신청 댓글처럼 설레고 떨린다. BBM과 함께 배우고 시작한 나의 1인 기업. BBM의 역사 한 편을 함께 기록할 수 있어 영광이다. 앞으로도 많은 분들과 함께 배우고 시도하면서 괜찮은 1인 기업인이 되도록 노력하겠다.

-**하민수**